VERSTOSSENE

Fae

Buch Eins

Englische Bücher von R. A. Steffan

The Circle of Blood Series

Circle of Blood: Books 1-3
Circle of Blood: Books 4-6

The Last Vampire World

The Last Vampire: Books 1-3
The Last Vampire: Books 4-6
Vampire Bound: The Complete Series, Books 1-4
Forsaken Fae: The Complete Series, Books 1-3
The Sixth Demon: Complete Series, Books 1-4

The Eburosi Chronicles

The Complete Horse Mistress Collection
The Complete Lion Mistress Collection
The Complete Dragon Mistress Collection
Master of Hounds

The Love and War Series

Antidote: Love and War, Book 1
Antigen: Love and War, Book 2
Antibody: Love and War, Book 3
Anthelion: Love and War, Book 4
Antagonist: Love and War, Book 5

VERSTOßENE

Buch Eins

R. A. STEFFAN

INHALTSVERZEICHNIS

KAPITEL EINS

LEN GRAYSON ÖFFNETE DIE TÜR und blinzelte die drei Gestalten an, die auf seiner Türschwelle standen. Kurz überlegte er, ob er ihnen die Tür vor der Nase zuschlagen sollte, bevor sie auch nur ein Wort sagen konnten, und fantasierte bis ins kleinste Detail darüber, wie das ablaufen würde. Er stellte sich die erstaunten Blicke seiner Überraschungsbesucher vor und schwelgte für einen zufriedenen Moment in der Vorstellung, bevor er die Idee widerwillig verwarf.

Nach der Woche, die gerade hinter ihm lag, hatte er *nicht* genug Energie, um sich mit den Problemen auseinanderzusetzen, die diesen dreien unweigerlich auf den Fersen waren. Leider war es auch die Art von Problemen, die nicht verschwanden, wenn man ihnen die Tür vor der Nase zuschlug.

Es war nicht einmal die existenzielle Angst, die er verspürte, seit er mit der übernatürlichen Welt in Berührung gekommen war, die ihn so aufwühlte. Nun ... es war nicht *nur* diese Art von Angst, sondern es lag auch an der Tatsache, dass die meisten übernatürlichen Wesen Arschlöcher waren. Zugegebenermaßen nicht *alle* fielen in diese Kategorie, aber von seinen Besuchern waren es zwei von dreien.

2

Ransley Thorpe und Zorah Bright sahen Len mit einem breiten, übermäßig fröhlichen Vampirgrinsen an. Ihre Freude war nicht besonders überzeugend, wenn man bedachte, dass die beiden die schlaffe Gestalt einer bewusstlosen und Len nur allzu bekannten blondhaarigen Fae zwischen sich trugen.

„Was auch immer die Frage ist, die Antwort lautet *Nein*", sagte Len und ließ seinen Blick über das unnatürlich gut aussehende Wesen schweifen, das zwischen den Vampiren hing.

„Hallo, Kumpel. Du musst uns kurz einen Gefallen tun", rief Rans in seinem englischen Akzent fröhlich, als hätte er Lens pauschale Ablehnung zwei Sekunden zuvor nicht gehört.

Len spürte, wie seine Backenzähne zu mahlen begannen, und er konzentrierte sich bewusst darauf, seine Kiefermuskeln zu entspannen. Zorah mischte sich ein, bevor er vernünftige Argumente dafür vorbringen konnte, sie nicht über die Schwelle seines Hauses zu lassen.

„Tut mir leid, Len", sagte sie schnell. „Normalerweise würden wir nicht fragen, aber –"

„Und ob du das tun würdest", warf Len ein.

„Aber Albigard fühlt sich nicht wohl und er muss für eine Weile von der Bildfläche verschwinden, damit er sich erholen kann", schloss sie.

Len schloss seine Augen, fuhr sich mit einer Hand übers Gesicht und atmete langsam und tief ein. *Ein … und aus, ein und aus.*

Zorah machte die dreiunddreißig Prozent dieser Gruppe aus, die im Allgemeinen keine arschlochartigen Tendenzen aufwiesen. Um die

Situation *noch* komplizierter zu machen, gehörte ihr auch noch dieses Haus. Len hatte es nur gemietet. Nun … genauer gesagt, stellte Len monatlich einen Scheck in Höhe der Miete an ein örtliches Heim für obdachlose Jugendliche aus. Die Schecks dienten hauptsächlich dazu, sein Gewissen zu beruhigen, denn Zorah weigerte sich rundheraus, von ihm Geld anzunehmen, während sie mit ihrem obszön reichen untoten Freund durch die Welt jettete.

All das zusammengenommen machte die Aussicht, ihr die Tür *tatsächlich* vor der Nase zuzuschlagen, etwas schwierig. Len kämpfte kurz mit sich selbst, öffnete die Tür dann ein Stück weiter und trat zur Seite.

„In Ordnung", brummte er mürrisch. „Dann kommt rein. Ihr solltet den spitzohrigen Bastard im Wohnzimmer abladen, bevor einer meiner Nachbarn beschließt, die Polizei zu rufen."

Rans lächelte ihn strahlend an, und Len unterdrückte ein Schaudern, als er einen kurzen Blick auf seine Reißzähne erhaschte.

„Die Couch", entschied Zorah, und die beiden hievten den schlaffen Körper der Fae quer durch das Haus ins Wohnzimmer, bis sie sie seitlich auf das heruntergekommene Sofa fallen lassen konnten. Die Couch protestierte knarrend. Das Ding war bei einer Polizeirazzia schwer beschädigt worden, bevor er eingezogen war – damals, als Zorah noch hier gewohnt hatte und bevor sie mit dem Vampir zusammengekommen war. Sie beäugte das in die Jahre gekommene Möbelstück einige Augenblicke lang misstrauisch, um zu sehen, ob es unter dem Gewicht der Fae nachgeben würde. Das tat es nicht,

4

aber sie warf Len trotzdem einen fragenden Blick zu. „Ich dachte, du hättest das repariert?"

„Das habe ich", erwiderte er. „Ich habe ein paar Terrassensteine unter die kaputte Seite gelegt, um die Couch zu stützen. Problem gelöst."

Rans hob abschätzig eine Augenbraue.

„*Es ist eine bequeme Couch*", sagte Len angesichts der unausgesprochenen Kritik. „Und nicht jeder von uns hat ein Anlageportfolio aus dem vierzehnten Jahrhundert."

„Ich habe kein Wort gesagt, Kumpel", erwiderte Rans.

Len atmete tief ein, um sich zu beruhigen. „Nun, dann fang besser an zu reden, *Kumpel*." Er sah Rans herausfordernd an. „Warum liegt gerade eine bewusstlose Fae auf meiner vollkommen funktionstauglichen Couch, die überhaupt nicht ersetzt werden muss?"

In Wirklichkeit hatte er schon einige Theorien aufgestellt, angesichts dessen, was in den vergangenen Tagen in der Welt passiert war. Nur gefiel ihm keine von ihnen besonders gut. Nachdem er letztes Jahr ohne Rettungsring in die Tiefen der paranormalen Welt getaucht worden war, hatte Len schnell herausgefunden, dass sich die Menschheit zwar für das Alphatier des Planeten hielt, in Wirklichkeit aber eher mit Schafen als mit Löwen verwandt war.

Ohne dass die meisten Erdenbewohner es bemerkten, war unser Planet nach einem Jahrtausende währenden Krieg zwischen zwei Völkern, die weitaus mächtiger waren als die Menschen – den Dämonen und den Fae –, zu einer Art entmilitarisierter Zone erklärt worden. Die Fae hatten den Konflikt wohl gewonnen, und seither hatten sie die menschliche Regierung und die sozialen Institutionen in einem wahrhaft beunruhigenden Ausmaß hinter den Kulissen infiltriert.

Meistens bedauerte Len die bizarren aufeinanderfolgenden Ereignisse nicht, die dazu führten, dass er von all dem erfahren hatte. Jedenfalls nicht *sehr*. Viele dieser Ereignisse hatten mit Zorah zu tun, die seine Kollegin gewesen war, bevor sie in die übernatürliche Politik verwickelt und schließlich in einen Vampir verwandelt worden war. An Tagen wie heute jedoch, an denen die lästigste Fae der Welt auf seine verblichenen Polsterkissen sabberte, wäre Len gerne wieder komplett nichts ahnend gewesen.

Rans blickte stirnrunzelnd auf die bewusstlose Fae hinab, seufzte und fuhr sich mit seinen blassen Fingern durch seine dunklen, unordentlichen Haare. Len hatte den Verdacht, dass der „lässig zerzauste Rockstar"-Look des Vampirs fast so viel Haargel erforderte wie Lens eigener, bunt gefärbter Fauxhawk, auch wenn Rans normalerweise den Eindruck erweckte, als sei er gerade frisch gefickt aus dem Bett gestiegen.

„Okay. Erklärungen. Es ist eine etwas lange Geschichte, fürchte ich", sagte Rans.

Zorah setzte sich im Schneidersitz auf den Boden und lehnte sich an die Couch, um es sich bequem zu machen. Das Couchgestell gab ein weiteres protestierendes Quietschen von sich. Sie ließ ihren Kopf in den Nacken fallen und auf Albigards

Knien ruhen, und Len nahm sich einen Moment Zeit, um sich zu vergegenwärtigen, wie sehr das Fae-Arschloch es hassen würde, wenn er wach wäre.

„Du hast in den letzten Tagen die Nachrichten verfolgt, nehme ich an?", fragte sie.

Len verdrehte die Augen, bevor er sie ungläubig ansah. „Meinst du, weil alle Nachrichtensender rund um die Uhr darüber berichteten, dass weltweit Staatsoberhäupter auf unerklärliche Weise ums Leben gekommen sind und dass in Stonehenge etwas Geheimnisvolles passiert ist? Ja, ich habe *vielleicht ein- oder zweimal* eingeschaltet."

In Wahrheit steckten Rans und Zorah bereits bis zum Hals in dieser verrückten Angelegenheit mit drin, lange bevor es auf die Weltbühne gelangte. Ebenso wie Lens vampirischer Ex-Boss und seine Ex-Kollegin Vonnie, deren Kind offenbar wegen seiner magisch veranlagten Blutlinie von den Fae entführt worden war.

Während all das passierte, saß Len hier in St. Louis fest, erhielt gelegentlich Informationen per SMS oder E-Mail und fragte sich, ob diese Idioten, die er manchmal seine Freunde nannte, leben oder sterben würden, wenn die Fae die Kontrolle über den Planeten übernahmen.

Ehrlich gesagt, wäre sein Leben heute viel einfacher, wenn er sich irgendwie antrainieren könnte, sich nicht mehr um die Probleme der Vampire zu scheren.

„Okay", meinte Zorah. „Ich schätze, man konnte den Nachrichten unter den gegebenen Umständen nicht entkommen. Jedenfalls waren wir mit ein paar anderen Leuten in Stonehenge, als die Fae aufgetaucht sind und die ganze Sache – du weißt schon – in die Hose ging. Ich nehme an, davon hast du noch nicht so viel gehört, denn die ganze Magie, die da herumflog, hat das Kommunikationsnetz in fast ganz Südengland lahmgelegt. Es genügt zu sagen, dass es einen großen Kampf gab. Eine der bösen Fae hatte sich Vonnies Sohn als Ziel auserkoren, und Tinkerbell schmiss sich dem Angriff in den Weg, um Jace zu retten."

Len sah auf das egoistische Arschloch auf seiner Couch hinunter. „Warte. Er hat *was* gemacht?"

„Glaub mir", sagte Rans. „Wir waren genauso überrascht wie du."

Zorah starrte sie beide an. „Halt die Klappe", sagte sie und zeigte auf Rans. Dann wandte sie sich wieder an Len. „Hör zu. Ich weiß, eure erste Begegnung war eher … unglücklich, aber er hat uns immer wieder gegen seine eigenen Leute verteidigt, auch wenn er sich dabei meistens wie ein Arschloch aufgeführt hat. Er ist ein guter Freund, und im Moment läuft er mit einer riesigen Zielscheibe auf seinem Rücken herum."

Rans machte ein Gesicht wie zehn Tage Regenwetter. „*Freund.* Du benutzt dieses Wort immer wieder. Ich denke nicht, dass es bedeutet, was du denkst, dass es bedeutet."

Len starrte ihn an. „Oh mein Gott. Warum bin ich nicht im Entferntesten überrascht, dass ihr beide über Filmzitate aus *Die Braut des Prinzen* kommuniziert?"

Zorah sah ihn unbeeindruckt an. „Das tun wir nicht. Normalerweise kommunizieren wir über wütenden, möbelzerstörenden Sex."

„Hey, jetzt hör auf. Es ist ein *guter* Film", protestierte Rans. „Sie hat allerdings recht mit dem möbelzerstörenden Sex. Das scheint eine der unvermeidlichen Folgen zu sein, wenn man einen halben Sukkubus in einen Vampir verwandelt. Nicht, dass ich mich beschweren würde."

Len versuchte krampfhaft, nicht zu erröten, da er Zorahs *komplizierte Familiensituation* und ihre Folgen aus erster Hand kannte. Nicht viele Menschen konnten von sich behaupten, dass sie einmal einen halben Sexdämon in einen BDSM-Club begleitet und dann mit einem Shibari-Seil gefesselt hatten, damit sie sich von der sexuellen Energie der Menge ernähren konnte.

Nur leider konnte er das nicht in seinen Lebenslauf schreiben.

Zorah räusperte sich. „Okay, gut, dass wir darüber geredet haben." Ob ihr dunklerer Hautton ihre Verlegenheit verbarg, oder ob sie sich einfach nicht an der beiläufigen Analyse ihres Sexlebens störte, konnte Len nicht sagen. Wie auch immer, sie lenkte das Gespräch wieder auf das eigentliche Thema und sah Rans mit hochgezogener Braue an. „*Er ist mein Freund*, was meine Beziehung zu ihm einfacher beschreibt als eure immer wiederkehrende homoerotische Freundfeindschaft, die ihr in den letzten Jahrhunderten geführt habt."

Rans starrte sie an, als ob ihr ein zweiter Kopf gewachsen wäre. „Ich habe keine homoerotische

Freundfeindschaft mit Tinkerbell. Nimm das sofort zurück."

Len kniff sich mit Daumen und Zeigefinger in seinen Nasenrücken und spürte den Zug des Piercings in seiner linken Augenbraue, als er daran zog.

„*Okay*", sagte er ein wenig verzweifelt. „Also, ihr sagt im Grunde, dass er etwas getan hat, was die anderen Fae verärgert hat, und jetzt versucht ihr, ihn zu verstecken. Während er, ihr wisst schon, bewusstlos ist."

„Kurz und bündig", sagte Rans zufrieden. „Genauer gesagt, hat er drei Dinge in ziemlich kurzer Folge getan, um die anderen Tinkerbells zu verärgern – eine Sache ungeheuerlicher als die andere."

„Großartig", murmelte Len. „Und ihr habt ihn *hierher* gebracht, um ihn zu verstecken, weil …?"

„Oh, keine Sorge", sagte Zorah. „Das ist nicht unser endgültiges Versteck. Nicht wirklich. Wir müssen ihn nur für ein oder zwei Stunden hier verstecken, während wir den Transport zu dem Ort vorbereiten, wo er dauerhaft bleiben kann. Seinen schlaffen Körper die ganze Zeit mit uns herumzuschleppen, wäre total lästig."

Len legte den Kopf schief und sah Zorah ungläubig an. „*Ist das dein Ernst?* Ich frage dich jetzt noch mal. Ihr habt ihn mir gebracht, weil …?"

Es war Rans, der antwortete. „Weil dein Herz zu groß für dein eigenes Wohl ist, und weil du nicht *Nein* sagen kannst."

„Ich habe schon *Nein* gesagt, bevor ihr überhaupt zur Tür hereingekommen seid", sagte Len – und das zu Recht, wie er fand.

„Du bist schlecht darin, *Nein* zu sagen und es auch *zu meinen*", stellte Rans klar. „Aber keine Sorge. Unser guter alter Alby wird nur eine Weile auf deiner Couch Dornröschen spielen und du wirst kaum merken, dass er hier ist. Wir kommen zurück und holen ihn ab, sobald wir ein gut geschütztes Versteck für ihn auftreiben können. Das sollte nicht lange dauern. In dieser Gegend gibt es ein paar Möglichkeiten, die wir in Betracht ziehen."

Len ließ den Blick über Albigards helle Strähnen schweifen, die seine markanten Wangenknochen und seinen sinnlichen Mund verdeckten. Die Wimpern der Fae hatten einen dunkelgoldenen Ton und schienen unverschämt lang und dicht.

„Gott, manchmal hasse ich euch beide", sagte er zu den Vampiren.

„Kein Wunder, wenn man die Umstände bedenkt", stimmte Rans fröhlich zu. „Apropos, wie sieht es mit der Triumph aus?"

„Dein Motorrad?", fragte Len, als wüsste er nicht, wovon Rans sprach. „Ach, das. Ich habe es einem Freund geliehen und er ist gegen einen Baum gefahren. Totalschaden. Tut mir leid."

Rans sah ihn entsetzt an.

„War nur Spaß", gackerte Len amüsiert. „Niemand hat es angefasst und es steht hinten. Allerdings sollte ich darauf hinweisen, dass ich dein Motorrad nur deshalb habe, weil ihr euch beim letzten Mal, als ihr hier wart, *mein Auto ausgeliehen und es dann in Chicago stehen gelassen habt*. Wenn ihr es mir also … ihr wisst schon … eines Tages zurückbringen könntet …?"

Rans räusperte sich. „Ah. Ja. Ich hatte das Schicksal des einzig wahren Zuhältermobils bei all der Aufregung der letzten Zeit ganz vergessen."

Zorah sah nachdenklich aus. „Eigentlich wäre es doch sinnvoller, Albigards altes Anwesen in Chicago anzusteuern, als hier in St. Louis nach einem Ort zu suchen. Es ist bereits mit einem Schutzzauber belegt. Und Len, wenn du mit uns kommst, könntest du auch gleich dein Auto abholen. Kannst du dir ein paar Tage freinehmen?"

Len verschränkte die Arme. „Du erinnerst dich doch noch daran, dass der Nachtclub, in dem ich gearbeitet habe, bei einem der vielen Versuche der Fae, dich zu töten, in die Luft gesprengt wurde, oder?"

Sie sah einen Moment lang verlegen drein, erholte sich jedoch schnell wieder. „Oh, ja. Sorry. Also, ist das dann ein *Ja*? Zu meiner Verteidigung sei gesagt, dass sie eigentlich jemand anderen töten wollten, nicht mich."

„Ja, ja. Ich weiß", brummte Len. „Nun, sie haben es vielleicht nicht geschafft, dich unter die Erde zu bringen, aber sie haben es geschafft, der lokalen Wirtschaft einen ziemlich guten Schlag zu versetzen."

Die Managerin des Clubs, Gina, hatte die Gehälter der Angestellten weiter ausgezahlt, während sich die verschiedenen Versicherungsgesellschaften um den Schaden stritten. Doch eigentlich stammte ein großer Teil des Einkommens der Angestellten des Jazzclubs aus Trinkgeldern, nicht aus Löhnen. Len hatte ein wenig Geld für Notfälle beiseitegelegt, aber das würde nicht lange reichen. Er hatte sich etwas einfallen lassen müssen, um zusätzlich Geld zu beschaffen.

Zorah schnitt eine Grimasse. „Weißt du, ob Gina vorhat, den Nachtclub an einem anderen Ort wiederzueröffnen?"

„Keine Ahnung", entgegnete Len. „Wir kommen vom Thema ab. Was zum Teufel soll ich mit Albigard machen, wenn ihr weg seid? Was genau stimmt mit ihm nicht?"

Rans betrachtete die reglose Gestalt auf dem Sofa. „Wie Zorah schon sagte, ist der Idiot vor Jace gesprungen, um ihn vor einem magischen Offensivangriff zu schützen, der für einen Menschen tödlich gewesen wäre. Er ist eine Fae. Lass ihn einfach schlafen. Wenn es tödlich wäre, hätte es ihn wahrscheinlich schon dahingerafft."

„Wahrscheinlich?", erwiderte Len skeptisch, der nicht darauf scharf war, dass jemand den sprichwörtlichen Löffel abgab, während er auf seiner Couch schlief. Nicht einmal jemand, der so nervig war wie Albigard.

Rans zuckte mit den Schultern. „Okay. Wahrscheinlich. Fae sind zäh. Man kann sie kaum töten, außer man pfählt sie mit einem Eisenpflock. Oder, na ja, durch Enthauptung." Er winkte Lens besorgten Blick ab. „Wisst ihr, er wurde einmal wegen Hexerei ertränkt, damals im sechzehnten Jahrhundert. Das hat ihm kaum etwas ausgemacht. Eine Stunde später war er wieder quicklebendig, als ich ihn vom Eisen befreite, das sie ihm um den Hals gebunden hatten." Er runzelte die Stirn. „Allerdings hat er den halben Hafen ausgekotzt, als er wieder zu sich kam, und dabei mein bestes Lederwams ruiniert, wenn ich das so sagen darf. Er schuldet mir immer noch ein neues Hemd, wenn ich es mir recht überlege."

Zorah fing Lens Blick ein und flüsterte ihm *homoerotische Freundfeindschaft* zu, ohne dass es Rans mitbekam.

Len hob die Hände, um sich die Schläfen zu reiben, und versuchte so, die hämmernden Kopfschmerzen zu vertreiben, die durchzubrechen drohten. „Du sagst also, ich kann ihn einfach hier liegen und ihn sein magisches Heilungsmojo durchziehen lassen? Okay, cool. Aber wenn ihr in zwei Stunden nicht zurück seid, schleppe ich ihn nach draußen und stelle ihn an den Bordstein, damit die Müllabfuhr ihn morgen früh mitnehmen kann."

„Großartig!", sagte Rans, als hätte Len nicht gerade gedroht, Albigard auf die Mülldeponie zu schicken. „Oh, und vergiss nicht – du solltest wahrscheinlich alle elektronischen Geräte im Haus ausschalten, für den Fall, dass er aufwacht. Fae sind in Sachen Technik wirklich kostspielige Gefährten, wenn sie ihre Auren nicht aktiv abschirmen."

„Wie in Südengland, meinst du?", murmelte Zorah.

Len überlegte kurz, wann genau sein Leben aus den Fugen geraten war. Leider war die Antwort auf diese Frage viel zu deprimierend, um tiefer darauf einzugehen.

„Richtig. Elektronik. Wird gemacht", sagte er. „Und jetzt verschwindet, damit ihr so schnell wie möglich zurückkommen könnt, um dieses Arschloch von meinem Sofa zu holen. Oh, und ihr seid auf euch allein gestellt, wenn ihr ihn nach Chicago bringen wollt. Stellt jemanden ein, der mein verdammtes Auto hierher überführt, oder … ich weiß nicht, findet jemanden, der es in sein Flugzeug lädt. Ist ja nicht so, als könntet ihr euch das nicht leisten."

Rans zuckte unbeeindruckt mit den Schultern. „Na gut. Komm schon, Zorah. Lass uns jemanden finden, der bereit ist, uns ein Auto zu vermieten, das alt genug ist, dass Tinkerbell das Steuerungssystem nicht frittieren kann."

Zorah sprang auf die Beine und küsste Len auf die Wange. „Danke, dass du dich um ihn kümmerst, Len. Du bist der Beste!"

„Mhm. Das bin ich", sagte Len trocken.

„Wir sind gleich wieder da, Kumpel. Du wirst gar nicht merken, dass wir weg waren", fügte Rans hinzu. „Wenn er aufwacht, versuche, ihn nicht zu töten." Er runzelte die Stirn. „Vielleicht hätte ich den Teil mit dem Eisen durch das Herz vorhin nicht erwähnen sollen."

„Beeilt euch einfach", sagte Len und versuchte, das Grauen zu ignorieren, das in ihm aufstieg, als die beiden das Haus verließen und ihn mit der bewusstlosen Fae auf der Couch allein ließen.

◆

Die erste Stunde verging, ohne dass sich sein ungebetener Gast rührte oder sich auf irgendeine Art bemerkbar machte, und Len begann, sich ein wenig zu entspannen. Nachdem er schnell eine E-Mail geschickt hatte, um seinen abendlichen Termin abzusagen – eine der bereits erwähnten Möglichkeiten, Geld zu verdienen, während er keinen Job hatte –, befolgte er Rans' Rat und zog den Stecker von allen Geräten, die er besaß und was eine Leiterplatte enthielt. Leider stand ihm dadurch nur wenig zur Verfügung, mit dem er sich ablenken konnte.

Da er nichts Besseres zu tun hatte, verschwand er in der kleinen Küche und vertiefte sich in die Vorbereitung seiner Mahlzeiten für die kommende Woche. Normalerweise machte er sich nicht so viel Mühe. Seine Bekannten scherzten oft, dass er – ein aufstrebender Sternekoch – sich hauptsächlich von Pop-Törtchen und den Resten des Lokals ernährte, in dem er gerade arbeitete.

Da Reste von der Arbeit im Moment nicht wirklich infrage kamen, war er vor ein paar Tagen einkaufen gegangen, um Lebensmittel zu besorgen, die ein normaler Mensch gerne isst. Er schnippelte gerade Gemüse für ein Curry, als aus dem Wohnzimmer ein leises Stöhnen seine Nackenhaare aufstellte. Len legte das Messer vorsichtig auf dem Tresen ab, bevor er nachsehen ging. Und … ja. Die lästigste Fae der Welt erwachte tatsächlich wieder zum Leben.

Beeindruckend.

Albigard bedeckte sich mit einer Hand die Augen, als würde ihm das Licht Schmerzen bereiten. Er warf die Beine über die Seite der Couch, kam in eine sitzende Position, die dabei ein ähnliches Geräusch von sich gab wie das, das er gerade gemacht hatte, und atmete angestrengt.

„Du bist also nicht tot", sagte Len und zwang sich, die enorme Anziehungskraft zu ignorieren, die die Fae auf normale Menschen ausübten.

Albigard erstarrte beim Klang seiner Stimme. Dann senkte er langsam seine Hand und enthüllte seine unnatürlich grünen Augen, die direkt durch Len hindurchzusehen schienen.

„Ah", sagte die Fae. Albigards Stimme triefte vor Abscheu. „Du bist es. Das soll wohl meine Strafe sein, nehme ich an?"

„Sehr witzig", sagte Len und schürzte die Lippen. „Wenn du dich darüber beschweren willst, kannst du dir das für die Vampirbrigade aufheben. Zorah und Rans haben dich hier abgesetzt, um sich um ein besseres Versteck zu kümmern. Sie sollten bald zurück sein. Also, wie wäre es, wenn du es dir einfach verkneifst, meinen Geist zu beeinflussen, und ich dir nicht ins Gesicht schlage. Bist du hungrig? Ich kann dir einen Salat oder etwas anderes machen."

„Nein", sagte Albigard knapp.

Len entschied sich, dies als Antwort auf die Frage nach dem Salat zu interpretieren und nicht auf seine Anmerkung, nicht mental beeinflusst werden zu wollen. „Wie du willst. Oh, und Hut ab, du hast anscheinend Vonnies Kind vor dem sicheren Tod gerettet. Ich muss zugeben, dass ich das nicht von dir erwartet hätte."

„Deiner heiteren Stimmung entnehme ich, dass die anderen überlebt haben?", fragte Albigard zähneknirschend, und Len wurde klar, dass er, wenn er während eines Kampfes außer Gefecht gesetzt worden war, nicht wusste, wer gewonnen hatte.

„Niemand erzählt mir einen Scheiß", informierte ihn Len. „Doch wenn jemand von uns gestorben wäre, hätten Bela Lugosi und Draculas Braut bestürzter ausgesehen, als sie es taten."

Die Fae würdigte ihn keiner Antwort. Len zuckte uninteressiert mit den Achseln und drehte sich um, um zurück in die Küche zu gehen. Er war genau drei Schritte von seinem Ziel entfernt, als ihn ein stakkatoartiges Klopfen an der Haustür aufhielt. Albigard spannte sich an, und Len versuchte, den Adrenalinstoß zu ignorieren, der ihm durch die Nervenbahnen schoss.

„Erwarten wir Ärger?", fragte er seinen ungebetenen Gast.

Albigard erhob sich auf wackeligen Beinen. „Grundsätzlich, immer." Er trat aus der direkten Sichtlinie der auf der Veranda wartenden Leute.

Wieder klopfte es, gefolgt von einem vertrauten englischen Akzent, der durch fünf Zentimeter Hartholz gedämpft wurde. *„Mach die verdammte Tür auf, Len!"*

Len atmete tief durch, öffnete die Tür und wurde mit Rans' grimmigem Blick und Zorahs großen Augen konfrontiert. Albigard kam zu ihnen, obwohl er immer noch so aussah, als würde ihn ein kleiner Windstoß von den Füßen reißen können.

Rans musterte ihn von oben bis unten. „Oh, gut. Du bist wach. Wir scheinen ein kleines Problem zu haben."

„Und mit *klein* meint er, ähm ..." Zorah blickte über ihre Schulter und gestikulierte in Richtung Straßenecke. Sie sah verängstigter aus, als Len sie je gesehen hatte, und angesichts ihrer Vergangenheit hieß das schon etwas.

Mit einer unguten Vorahnung folgte Len ihrem Blick, sich der Tatsache bewusst, dass Albigard dasselbe tat. Am Ende des Blocks waberten schwarze, unheilvolle Dunstschwaden aus etwas, das er nur als Riss in der Realität beschreiben konnte. Die Formen ließen auf einen Schwarm schattenhafter, halb sichtbarer Krieger schließen, die versuchten, sich ihren Weg durch die wachsende Lücke zu bahnen.

Albigard wurde unnatürlich still. „Oh", sagte die Fae, „die *Wilde Jagd* scheint meinetwegen hier zu sein. Das ist ... nicht gut."

KAPITEL ZWEI

„ÄH, RICHTIG", SAGTE LEN und versuchte, das aufkommende Gefühl des Entsetzens, das ihm Schweißperlen auf die Stirn trieb, zu kontrollieren „Wer oder was ist die *Wilde Jagd*? Und warum *zum Teufel* habt ihr beschlossen, bei mir Zuflucht zu suchen, wenn so etwas hinter der Fae her ist?"

„Sie sollten nicht hier sein", sagte Rans grimmig.

„Hier ... in meiner Straße?", fragte Len.

„Hier auf diesem Planeten", stellte Rans klar.

„Äh ... Leute?", hauchte Zorah, als sich mehr von der schmierigen, amorphen Gestalt durch den Riss in der Realität zwängte. Len glaubte, in der Mitte der Masse einen Kiefer auf- und zuschnappen zu sehen, und schaute schnell weg. Albigards geschockter Gesichtsausdruck war auch nicht gerade beruhigend, was noch erschwerend hinzukam. Der Teint der Fae war schon vorher blass gewesen, aber jetzt war sie geradezu kreidebleich.

„Das ist nicht möglich", murmelte er. „Das ergibt keinen Sinn."

Rans beobachtete das ... *Ding* ... immer noch mit einem wachsamen Blick. „Vielleicht sollten wir diese mythische Fae-Urform des Todes, die gerade versucht, sich in unsere Realität zu quetschen, aus sicherer Entfernung betrachten?"

Auch Zorah war noch immer auf die nebulöse Bedrohung fixiert. „Aus einiger Entfernung heraus wie, sagen wir mal, Chicago? Albigard, du sagtest, die *Wilde Jagd* sei hinter dir her. Wenn du uns an einen magisch abgeschirmten Ort bringen könntest, würde es dir dann folgen? Oder würde es aufgeben und verschwinden?"

Ein schreckliches, kreischendes und heulendes Geräusch durchfuhr Lens Hirn. Das Geräusch traf ihn so tief, dass er sich fragte, ob er es mit den Ohren oder mit dem Verstand gehört hatte. Andere Leute in der Nachbarschaft öffneten ihre Türen und schauten hinaus. Schreie und schockierte Rufe hallten um den Block.

„Was auch immer du vorhast, vielleicht solltest du es tun, bevor das Ding noch weiter durch das Loch kommt?", schlug Len vor. Er hatte keine Ahnung, was passieren würde, wenn es die Menschen erreichte, die auf ihre Veranden strömten, aber er vermutete, dass es nichts Gutes verheißen würde.

Albigard schien sich plötzlich aus seiner Schockstarre zu befreien. „Ich bin zu schwach, um ein Portal zu öffnen, ohne dafür die Energie aus einer externen Quelle zu beziehen. Und um die andere Frage zu beantworten ... Ich habe keinen Zweifel, dass die *Wilde Jagd* versuchen wird, mir zu folgen. Ein Schutzwall sollte sie verwirren, zumindest würde ich davon ausgehen."

Albigard klang sich nicht vollkommen sicher, wie Len feststellen musste.

Zorah biss die Zähne zusammen. „Gut. Eine externe Energiequelle kommt sofort … nimm meine Energie, aber du schuldest mir danach einen Gefallen."

Albigard nickte lediglich knapp. Und bevor Len wirklich begreifen konnte, was geschah, machte die Fae eine scharfe, kreisförmige Geste mit einer Hand. Ein flammendes Oval brannte sich in seine Wand. Das Innere erschien trübe, wie ein vergilbter Spiegel. Zorah stieß einen heftigen Fluch aus, und Rans packte sie an den Schultern, als ihre Knie nachgaben.

Len spürte, wie ihn jemand hinten am Kragen packte und schrie auf, als er kurzerhand durch das Fae-Portal geschleudert wurde. Er strauchelte, als seine Füße auf Fliesen statt auf das abgenutzte Hartholz seines gewohnten Eingangsbereichs in Zorahs Haus trafen. Drei weitere Gestalten folgten ihm hindurch und Albigard ging hart zu Boden, als die feurigen Ränder des Ovals mit einem Knistern hinter ihm zuschnappten. Mit einem Stöhnen rollte er sich auf die Seite, bevor er sich auf den Rücken fallen ließ und zur Decke starrte.

Zorah sah nicht viel besser aus. Sie lehnte immer noch mit zusammengebissenen Zähnen an Rans. Nach einem Moment drückte sie die Knie durch und wandte sich von ihm ab. „Nun", sagte sie. „Das war wirklich zum Kotzen. Was jetzt?"

Len ließ seinen Blick durch den unbekannten Raum schweifen – eine Küche ohne jeglichen Schnickschnack und nicht im Entferntesten gemütlich. Viel mehr war sie staubig und in den Ecken hingen Spinnweben. Das einzige Licht kam von zwei Fenstern, die dringend geputzt werden mussten.

„Würde mir bitte jemand erklären, was zum Teufel gerade passiert ist?", fragte er. „Vorzugsweise auf Englisch. Und ihr wisst schon, in Kurzfassung."

„Wir sind in Chicago, in einem Haus. Es gehört Albigard und ist mit einem magischen Schutzwall umgeben, damit es von anderen Menschen nicht entdeckt werden kann", erklärte Rans.

„Und hoffentlich auch nicht von gruseligen Bestien aus Nebel", fügte Zorah hinzu.

Len spürte, wie die Kopfschmerzen, die sich zuvor angekündigt hatten, hinter seinem linken Auge aufblühten. „Also gut. Wir sind in einem unsichtbaren Haus in Chicago. Und warum bin ausgerechnet *ich* bei euch?"

„Weil du Kontakt zu mir hattest. Das könnte ausgereicht haben, um die *Wilde Jagd* zu ermutigen, dich in meiner Abwesenheit zu foltern – zumindest für die nächsten Stunden, bis die Spur auf dir verblasst", erwiderte Albigard vom Boden aus, doch starrte weiter die Spinnweben an, die über ihm hingen.

Len kniff die Augen zusammen und zählte bis fünf, bevor er sie wieder öffnete. „Großartig. Und noch einmal, die *Wilde Jagd* ist … was genau?"

Die Fae antwortete, ohne sich zu regen. „Die *Wilde Jagd* ist ein fundamentaler Bestandteil des Fae-Reiches", murmelte sie. „Sie ist eine physische Manifestation der *endlosen Leere*. Der Court der Fae setzt sie zur Bestrafung ein, indem man sie auf die

Jagd nach Kriminellen schickt, um deren Seelen zu verschlingen."

Len öffnete seinen Mund, zögerte und schloss ihn wieder. Da es in seiner unmittelbaren Umgebung keine Stühle gab, setzte er sich ziemlich abrupt auf den Boden und lehnte sich gegen den staubigen Schrank hinter ihm.

„Okay", murmelte er schließlich.

„Und wie wir bereits erwähnt haben, sollte es auf keinen Fall hier auf der Erde sein", meinte Rans.

Len dachte an das geschnittene Gemüse, das er auf dem Holzbrett in seiner Küche liegen gelassen hatte.

In St. Louis.

Knapp fünfhundert Kilometer entfernt.

„Verdammt", fluchte er, nicht sicher, ob es eine Reaktion auf die verschwendeten Lebensmittel oder auf das unverhoffte Auftauchen einer seelenfressenden Manifestation von *Ginnungagap* in die Menschenwelt war.

„Aber wir sind doch ziemlich zuversichtlich, dass es den Leuten in St. Louis gut gehen wird, nicht wahr?", fragte Zorah und bewies damit einmal mehr, dass sie es bisher geschafft hatte, nicht wie die anderen in die Arschlochrolle zu schlüpfen.

Albigard richtete sich auf und sah drein, als wäre ihm bei der Anstrengung übel geworden. „Die *Wilde Jagd* war auf der Suche nach mir. Es gibt keine andere Erklärung dafür. Und da ich nicht mehr in St. Louis bin und keinen Kontakt zu diesen Leuten hatte, wird sie keinen Grund haben, zu bleiben."

24

„Und der Schutzwall um dieses Grundstück?“, drängte Rans. „Er wird dich verbergen, bis wir uns eine Strategie ausgedacht haben, richtig?“

Es entstand eine längere Pause. Len fühlte sich nicht gerade *beruhigt*.

„Der Schutzwall ... würde mich nicht erfolgreich vor der *Wilden Jagd* verbergen, wenn wir in Dhuinne wären“, antwortete Albigard langsam. „Im Reich der Fae gibt es davor kein Entkommen. Das ist gerade der Punkt. Der Court versucht, mich aus Dhuinne zu verbannen, weshalb sie die Jagd gesendet haben. Sollte ich jemals versuchen, nach Hause zurückzukehren, wären mein Leben und meine Seele verwirkt. Doch die Jagd sollte überhaupt nicht hier sein. Dieses Reich ist ihr völlig fremd. Ich kann mir nicht vorstellen, dass sie mich innerhalb dieser Mauern finden kann. Nicht in einer so fremden Welt.“

Einer der fundamentalen Aspekte der paranormalen Realität, so hatte Len gelernt, war die Existenz verschiedener Welten, die übereinander lagen. So wie man es ihm erklärt hatte, hatten sich die verschiedenen Reiche ursprünglich in alternativen Dimensionen gebildet. Sie befanden sich in sich überschneidenden Sphären, waren aber normalerweise voneinander getrennt, abgesehen von gelegentlichen Toren, die sie miteinander verbanden. Diese Tore wurden sorgfältig bewacht, und Len war sich ziemlich sicher, dass es jemand erwähnt hätte, wenn sich eines davon am Ende seiner Straße befunden hätte.

Er drückte seine Handballen gegen seine Augenhöhlen und rieb kräftig, doch es half leider nicht gegen das dumpfe Hämmern. „Du hast gesagt, du hast mich mitgeschleppt, weil dich dieses Ding an mir riechen könnte. Ich nehme an, das gilt auch für die anderen. Heißt das, dass wir hier mit dir gefangen sind, wenn wir nicht wollen, dass es wie eine Art interdimensionales Schreckgespenst auf uns losgeht?"

Albigard winkte die Worte irritiert ab. „Die Spuren an euch sind schwach und werden schnell verblassen, sobald ihr euch von mir entfernt. Noch mal … Es scheint unwahrscheinlich, dass die Jagd in der Lage ist, sich in einem unbekannten Reich mit genügend Geschick zurechtzufinden, um eine so flüchtige Spur zu verfolgen, besonders jetzt, da wir nicht mehr in unmittelbarer Nähe sind."

Erleichterung durchflutete ihn. *Gott sei Dank.* „Großartig. Nächste Frage. Was hast du mit Zorah gemacht, als sie fast ohnmächtig geworden wäre?"

Zorah stöhnte. „Oh Gott. Jetzt geht's los …" Sie sah immer noch viel ausgelaugter aus, als ein Vampir, der regelmäßig das Blut anderer Menschen trank, aussehen sollte.

„Ja", sagte Rans und musterte Albigard unbeeindruckt mit seinen eisigen, blauen Augen. „Das ist ein wunder Punkt. Ich nehme an, du kennst die verschiedenen Überlieferungen, in denen die Menschen gewarnt wurden, keine Speisen der Fae zu essen oder ihren Wein zu trinken, richtig, Len?"

Len erinnerte sich an die dicken Bände der Grimmschen Märchen, die ihm seine Eltern vorgelesen hatten, als er noch klein war, bevor alles den Bach runterging.

„Äh. Irgendwie?"

„Nun, ich habe kein Essen oder Trinken angenommen", sagte Zorah schlicht und einfach.

„Lange Rede, kurzer Sinn: Sie hat törichterweise ein Geschenk von ihm angenommen, als sie sich noch nicht kannten. Und jetzt hat Alby hier eine Verbindung zu Zorahs Seele", erklärte Rans. „Das bedeutet, dass er sie überall auf der Erde oder auf Dhuinne aufspüren kann und auch in der Lage ist, ihren Animus – ihre Lebensenergie – abzuziehen, um sich mit Energie zu versorgen, wann immer er will."

„Ähm …", stammelte Len.

„Wenn du mich fragst", fügte Albigard hinzu, „der vampirische Animus schmeckt übel. Daraus zu schöpfen, ist für mich immer der letzte Ausweg."

Zorah warf ihm einen scharfen Blick zu, und ihre braunen Augen leuchteten kupferfarben auf, was sie mehr wie einen Vampir wirken ließ als zuvor. „Das Gefühl beruht auf Gegenseitigkeit, Tinkerbell. Der Animus der Fae ist auch nicht gerade ein Zuckerschlecken."

„Scheint aber heute sehr nützlich gewesen zu sein", konnte sich Len nicht verkneifen zu sagen. „Also, geht es euch beiden jetzt wieder gut, oder –?"

„Ich brauche bald Nahrung", erwiderte Zorah.

Len gab sich einen Moment, um das zu verdauen, aber dank der Erfahrung, die er mit ihr gemacht hatte, war er schon etwas damit vertraut, was *Nahrung* für Vampire und Sukkubi bedeutete. Es genügt zu sagen, dass es sich um zwei sehr unterschiedliche Dinge handelte, und er hatte mit beidem Erfahrung aus erster Hand gemacht. „Nahrung wie" – er krümmte die Finger zu Klauen – „oder ‚Nahrung' im Sinne eines Besuchs im Sexclub?"

Zorah rümpfte die Nase. „Beides, um ehrlich zu sein."

Rans verschränkte die Arme und sah sie besorgt an. „Da wir nicht wissen, was als Nächstes kommt, sollten wir dafür sorgen, dass du so schnell wie möglich wieder zu Kräften kommst, Liebes. Len, dein Auto steht in der Garage. Du kannst uns in die Stadt fahren, damit wir einen geeigneten Ort dafür finden. Ich nehme nicht an, dass du ein Seil im Kofferraum hast?"

Das war ein Beweis dafür, wie bizarr Lens Leben geworden war, dass diese scheinbar unlogische Frage für ihn absolut Sinn ergab. Er rechnete schnell nach, wohl wissend, dass der erste Gedanke der meisten Leute, nachdem sie von zwei Vampiren in einen Sexclub eingeladen wurden, nicht lauten würde: *Hmm, vielleicht kann ich heute Abend genug Benzingeld verdienen, um zurück nach St. Louis zu kommen.*

„Ja, ich denke, ich sollte noch eins im Auto haben. Unter einem der Sitze sollte eine Tasche mit dem nötigen Takelage-Zubehör liegen." Er deutete mit dem Daumen über die Schulter in Richtung Albigard. „Was ist mit ihm? Kommt er mit?"

Albigard zog die Augenbrauen hoch. „Mach dich nicht lächerlich."

Len fragte sich unwillkürlich, ob die Fae im Allgemeinen prüde waren oder ob nur Albigard so zugeknöpft war.

Rans schüttelte abweisend den Kopf. „Keine Sorge. Wir werden nicht die ganze Nacht Albys missbilligendem Blick ausgesetzt sein. Er muss nicht nur aus Sicherheitsgründen hinter diesen Mauern bleiben, sondern auch um sich zu erholen. Fae heilen am schnellsten, wenn sie der Natur verbunden sind."

Die fragliche Fae starrte Len immer noch an, als wolle sie ihm den Schädel aufreißen und ins Innere sehen. „Warum willst du die Blutsauger in eine abstoßende Lasterhöhle begleiten, Mensch? Solche Unternehmungen bringen dir, außer der Möglichkeit, dir eine unangenehme Krankheit einzufangen, rein gar nichts."

Len starrte ihn an und war von der Ahnungslosigkeit, die er an den Tag legte, zu erstaunt, um richtig wütend zu werden.

„Die meisten Sexclubs in diesem Land erlauben keinen *echten Sex*, Tinkerbell", meinte Zorah. Mit einem Hauch rachedurstiger Schadenfreude in ihren Augen fügte sie hinzu: „Und um deine Frage zu beantworten: Er ist ein Shibari-Experte. Sexclubs sind sozusagen sein Ding. Er hat mir schon mal bei der Suche nach einem Snack geholfen."

Albigard runzelte die Stirn. „Shibari? Die … kunstvolle Verschnürung von Gegenständen oder Paketen?", übersetzte Albigard wörtlich aus dem Japanischen.

„Es ist die kunstvolle Fesselung der menschlichen Gestalt mit Seilen zur erotischen Stimulation", erwiderte Len. „Ich genieße das sehr. Ganz zu schweigen davon, dass ich auf diese Weise – mit privaten einstündigen Sessions für Klienten, die bar zahlen – die meisten meiner Rechnungen begleiche, seit einer deiner Landsleute meinen Arbeitsplatz in die Luft gejagt hat. Vielleicht solltest du es einmal versuchen. Ich könnte dich einplanen ... allerdings müsstest du dir zuerst den Stock aus deinem Arsch ziehen. Er könnte sonst großen Schaden anrichten."

Zorah verschluckte sich an einem Lachen und Albigard zuckte bei der bloßen Vorstellung zusammen, obwohl Len hätte schwören können, dass sich seine Pupillen interessiert geweitet hatten, während sich seine Lippen zu einem Knurren verzogen.

„Dreckige Kreatur. Man braucht nicht lange, um zu erkennen, dass diese Welt ein Sündenpfuhl der Korruption ist", sagte er. „Wir hätten sie am Ende des letzten Krieges an die Dämonen abtreten sollen."

Rans zuckte leicht mit den Schultern. „Dem kann ich nur zustimmen, Kumpel. Zumindest was den letzten Teil angeht."

Zorah hob eine Augenbraue. „Ja ... oder ihr hättet die Welt ... ich weiß nicht, den Menschen überlassen können, da es *unser verdammter Planet* ist."

Angewidert begegnete Albigard ihrem Blick. „Und es ist großartig, was ihr bis jetzt damit gemacht habt."

Das war ein wunder Punkt, und nicht nur für die Vampire. Dämonen und Fae führten bereits Krieg um die Erde, bevor die *Homo sapiens* begannen, Steine zusammenzuschlagen, um Werkzeuge herzustellen. Es war das Pech der Menschheit, dass die Erde genau in der Mitte zwischen dem Dämonenreich der Hölle und dem Fae-Reich von Dhuinne lag und Tore aufwies, die zu beiden Welten führten. Die Menschen hatten keine Chance und wurden Teil der Beute, als die Fae vor ein paar Hundert Jahren die Oberhand gewannen.

Bis vor Kurzem hatten sich die Fae damit begnügt, die Menschen im Verborgenen zu beeinflussen. Das schien sich nun zu ändern, wie das Chaos mit den sterbenden Politikern und der übernatürlichen Schlacht in Stonehenge bewies. Doch Albigards Reaktion auf Lens Vorlieben ging über die allgemeine Verachtung der Fae für die Menschen hinaus. Es war etwas *Persönliches*. Und es raubte Len im Moment den letzten Nerv.

Er seufzte. „In Ordnung, Blondie. Ich bin sicher, dass ich das bereuen werde … aber ich beiße an. Ich weiß, warum ich *dich* hasse. Immerhin hast du bei unserer ersten Begegnung versucht, meine Gedanken zu kontrollieren. Aber ich weiß nicht genau, womit ich dir auf die Füße getreten sein soll. Bis zu unserer Prügelei *habe* ich immerhin versucht, höflich zu sein.“

Albigard blinzelte und sah ihn neugierig an, was Len eine Gänsehaut im Nacken und auf den Armen verursachte.

„Du stinkst nach dem Tod“, sagte die Fae. „Ich finde es abstoßend.“

Lens Atem stockte, während die beiden Vampire neugierig zwischen ihnen hin und her blickten. Ein Schauer lief ihm den Rücken hinunter. Er kämpfte gegen das unerwünschte Gefühl an und riss sich aus seiner Schockstarre.

„Okay. *Dem Tod* also. Ich bin mir eigentlich einigermaßen sicher, dass ich nach Drakkar Noir rieche, aber was immer du sagst, Bro." Dann sagte er zu den anderen: „Gehen wir? Und bevor wir das tun, gibt es hier irgendwo Aspirin oder Ibuprofen? Mein linkes Auge fühlt sich an, als würde es gleich aus meiner Augenhöhle springen. Ich kann mir überhaupt nicht vorstellen, *warum*."

Rans warf ihm einen mitfühlenden Blick zu. „Ja, wir sollten aufbrechen, aber es ist wahrscheinlich einfacher, unterwegs an einer Apotheke anzuhalten, als dieses Mausoleum von einem Haus zu durchsuchen."

Len nickte. „Du müsstest mir allerdings das Geld dafür vorschießen, denn ich habe keine Brieftasche, kein Handy und keinen Ausweis dabei."

„Es wäre uns ein Vergnügen", sagte Zorah schnell. „Wir können auch bei einem Diner oder so anhalten, wenn du willst."

Len wäre nicht abgeneigt, denn er hatte gerade sein Abendessen kochen wollen, als das seelenfressende Monster ihn unterbrochen hatte. „Deal. Abendessen für drei, kommt sofort, zwei Portionen … flüssig."

„Ganz recht", sagte Rans und nickte. „Alby, lade diesen netten Menschen ein, deinen Schutzzauber zu sehen und zu beschreiten, bevor wir gehen. Das ist nur höflich."

Albigard seufzte und sah zutiefst verstimmt aus. „Wie lautet der volle Name der Kreatur?"

Len legte seinen Kopf schief und sah ihn durchdringend an. „*Die Kreatur* heißt Len Grayson, Arschloch. Und ich frage mich wirklich langsam, warum du dieses Maß an Beleidigung bei Leuten pflegst, die auf deiner Seite stehen." Dann ruderte er schnell zurück. „Damit wollte ich nicht sagen, dass *ich* auf deiner Seite stehe. Ich meinte natürlich *sie*." Er deutete auf die beiden Vampire.

Die Lippen der Fae zuckten. „Len Grayson, du bist in diesem Haus willkommen", knurrte er und klang dabei alles andere als einladend. „Du wirst jetzt in der Lage sein, den Schutzzauber zu sehen, falls du zurückkommen willst."

„Fantastisch", sagte Len zu ihm. „Sei still, mein Herz."

„Das hätte ich sagen sollen", murmelte Rans, der sich nie einen Vampirwitz entgehen ließ, sei er auch noch so schlecht. „Kommt. Lasst uns nachsehen, ob wir das Zuhältermobil von den Mottenkugeln befreien können."

KAPITEL DREI

LEN UMRUNDETE DEN 1978er Lincoln Continental und beäugte ihn misstrauisch, während er mit seiner Hand über den roten Lack fuhr, welcher etwas abblätterte.

„Es ist kein weiteres Einschussloch dazugekommen, das verspreche ich", sagte Rans. „Auf der Fahrt von St. Louis hierher schnurrte er übrigens wie ein Kätzchen. Aber vielleicht solltest du in nächster Zeit mal einen Ölwechsel machen lassen."

Len warf ihm einen finsteren Blick zu. „Mach dich nicht über die Einschusslöcher in meinem Auto lustig, okay? Die –"

„Verleihen Charakter", fügte Zorah hinzu. „Das wissen wir. Und jetzt lasst uns gehen. Ich bin am Verhungern und fühle mich beschissen."

Len konnte das nachvollziehen, aber Rans hatte anscheinend mehr über Zorahs Probleme zu sagen.

„Das kommt davon, wenn man ein Geschenk von einer Fae annimmt", brummte er. „Ich habe versucht, dich zu warnen."

Zorah starrte ihn herausfordernd an. „Dann hättest du mich wahrscheinlich *vorher* warnen sollen anstatt im Nachhinein. Aber solange du für mich einen netten Sexclub voller Menschen findest,

34

von denen ich mich ernähren kann, werde ich dir wohl verzeihen."

Rans zuckte mit den Schultern und öffnete ihr die Beifahrertür. „Wie du wünschst."

Len schüttelte den Kopf. „Ich hoffe, ihr wisst, wie seltsam ihr beide seid."

„Sagt der Mann, der Seile unter dem Fahrersitz seines Wagens aufbewahrt", erwiderte Rans ohne zu zögern, als er sich auf den Rücksitz klemmte. „Na dann los. Die Schlüssel stecken im Zündschloss."

Len öffnete die Fahrertür und bestätigte, dass sie sich tatsächlich dort befanden – mit den Würfeln am Schlüsselbund und allem Drum und Dran. „Du hast mein Auto in Chicago stehen lassen, unverschlossen ... *und die Schlüssel stecken lassen?*"

„Das gesamte Anwesen ist unsichtbar", meinte Zorah. „Es ist also ziemlich sicher."

Len schüttelte ungläubig den Kopf, als er sich hinter dem Lenkrad niederließ, den Sitz zurückschob und die Spiegel anpasste. Mit angehaltenem Atem drehte er den Schlüssel im Schloss um und gab gleichzeitig ein wenig Gas. Der Motor sprang an und schnurrte fröhlich vor sich hin, so wie immer.

Er atmete erleichtert auf. „Okay, das ist gut. Ihr habt mein Auto also nicht zu Schrott gefahren. Danke."

„Das muss man mir lassen", meinte Rans in einem beleidigten Ton. „Es wäre ein Verbrechen, ein Fahrzeug mit so viel ... ich weiß nicht, zu lädieren."

„Charakter?", bot Zorah todernst an.

„Ich wollte *Geschichte* sagen", antwortete Rans.

„Es war billig, okay? Ich habe kein Geld, im Gegensatz zu manchen Leuten", murmelte Len. Er ließ den Motor warmlaufen und wartete, bis die Leerlaufdrehzahl sank, während sich die Drosselklappe des Vergasers öffnete. „Wo fahre ich eigentlich hin? Jemand muss den Navigator spielen. Es ist ewig her, seit ich in Chicago war."

„Wir sind in Homer Glen", meinte Zorah. „Das Haus grenzt an das *Messenger Woods Nature Preserve*. Unweit der Interstate 80. Wenn wir auf den Highway fahren, finden wir auf dem Weg ein Diner mit Drive-Thru und wahrscheinlich eine Erotik-Videothek. Dort können Rans und ich die Angestellten und Kunden hypnotisieren, bis wir jemanden finden, der weiß, wo wir die Untergrundszene der Stadt finden."

„Scheint fast so, als hättet ihr beide das schon ein- oder zweimal gemacht", meinte Len trocken, als er den Gang des Lincoln einlegte und vorsichtig losfuhr. „Was für ein Zufall."

※

Nachdem sie einem schäbigen Erotikladen einen Besuch abgestattet und er einen doppelten Cheeseburger und eine große Portion fettiger Pommes verdrückt hatte, fuhren sie in eine der weniger wohlhabenden Gegenden von Chicago. Die Stadt kam Len immer wie eine größere Version von St. Louis vor, nur mit einer etwas besseren touristischen Infrastruktur. Die schmuddeligen Ecken waren genauso heruntergekommen wie in seiner

Heimatstadt. Und natürlich war alles noch schlimmer geworden nach der Panik der letzten Woche, als die führenden Politiker der Welt auf mysteriöse Weise ums Leben kamen.

Als Len das letzte Mal die Nachrichten gesehen hatte, war der Verteidigungsminister für dieses Land zuständig gewesen, nachdem der Finanzminister zurückgetreten war, anstatt als Präsident vereidigt zu werden und zu riskieren, einem frühen Tod zu erliegen. In den meisten größeren Städten kam es zu Aufständen, zumindest zu einem gewissen Grad. Chicago war da keine Ausnahme, allerdings brannten und plünderten die Menschen nicht die Slums und Rotlichtviertel. Warum sollten sie auch, wenn es durchaus gute Geschäftsviertel gab, die sie stattdessen niederbrennen und plündern konnten?

Len vermutete, dass es eine Ausgangssperre gab. In St. Louis gab es eine, aber genügend Polizeibeamte zu finden, die sie außerhalb der Brennpunkte durchsetzten, war gar nicht so einfach.

Sie mussten einige Umwege fahren, um Blockaden und Straßensperrungen zu umgehen, aber schließlich kamen sie an ihrem Ziel an. Len bemerkte mit geschürzten Lippen, dass sein Auto immer besser in die Umgebung passte, je näher sie dem *Booby Trap* kamen. Das war der Name des Sexclubs, was entweder absolut genial oder eine lebendig gewordene, rote Warnflagge war, die so groß erschien, dass man damit Stalins Armee versammeln konnte.

So oder so, dies war nicht die Art von Club, die Lens persönlich gewählt hätte, so viel war klar. Da er jedoch nicht zum Vergnügen, sondern aus Notwendigkeit hier war, spielte das kaum eine Rolle. Solange der Club geöffnet war, würde er für ihre Zwecke heute Abend ausreichen.

Vor Zorah hatte er noch nie eine Frau gefesselt, aber danach kam es noch ein paar Mal vor. Len war so schwul, wie es nur ging – eine solide Sechs auf der Kinsey-Skala. Aber er wusste die weibliche Ästhetik und Flexibilität *wirklich* zu schätzen – etwas, bei dem viele der Kerle, die er gefesselt hatte, ernsthaft Nachhilfe gebrauchen konnten.

Das Booby Trap fiel überraschenderweise unter die Kategorie der angenehmen Überraschungen unter den Sexclubs. Es war diskret und wäre da nicht die kleine Gruppe aufreizend gekleideter Menschen, die vor der nicht gekennzeichneten Tür warteten, hätte Len nicht sagen können, ob sie am richtigen Ort waren.

Der Türsteher, der am Eingang stand, war so muskelbepackt, dass er definitiv die Regeln durchsetzen konnte, notfalls auch mit Gewalt, ohne auch nur ins Schwitzen zu kommen. Len persönlich fand diese Tatsache eher beruhigend als beunruhigend. Natürlich schadete es auch nicht, dass er mit zwei Vampiren hier war. Um ehrlich zu sein, nahm ihm das die ganze Anspannung.

Rans und Zorah hätten wahrscheinlich schon allein aufgrund ihres Aussehens keine Probleme beim Einlass gehabt. *Kreatur der Nacht chic* ließ sich gut mit *Sexclub chic* kombinieren, denn beides beinhaltete schwarzes Leder und ein knallhartes

Auftreten. Als der Türsteher Len hingegen von oben bis unten musterte, war das Ergebnis jedoch nicht so eindeutig. Die Baggy-Jeans und das weiße Tank-Top, das Len zu Hause getragen hatte, bevor er von der Fae entführt worden war, waren nicht gerade Clubkleidung, und ein Blick in den Rückspiegel des Zuhältermobils hatte ihm bestätigt, dass sein blauer Fauxhawk auch nicht in Bestform war.

Die schweren Brauen des Türstehers hoben sich und er holte Luft, um etwas zu sagen, doch dann fing Rans seinen Blick auf, während in seinen blauen Augen ein Hauch von innerem Licht aufblitzte. „Unser Kumpel hier ist genau die Art von Kerl, die dein Boss gutheißen würde", sagte er leichthin. „Du willst ihn reinlassen."

Der Mann blinzelte und seine Miene glättete sich. „Ihr könnt alle reingehen."

„Danke!", zwitscherte Zorah und schenkte ihm ein gewinnendes Lächeln, ohne auch nur einen Reißzahn zu zeigen.

Len rollte mit den Augen und versuchte, sich nicht zu gruseln, als er den beiden ins Innere folgte.

Eine Empfangsdame, die ein Kleid aus strategisch gut platzierten Lederriemen und nicht viel mehr trug, stand hinter einem holzgetäfelten Tresen im Foyer. Sie lächelte ihnen höflich zu, als sie sich näherten.

„Guten Abend und willkommen im *Booby Trap*. Ein Abend hier kostet fünfunddreißig Dollar pro Person, und ich muss Ihnen die Hausregeln erklären, bevor Sie eintreten, da Sie neu sind. Es ist ziemlich einfach: Genitalien und weibliche Brustwarzen müssen im vorderen Teil des Hauses immer bedeckt bleiben. Gegen eine zusätzliche Gebühr gibt es auch Privatzimmer, in denen Nacktheit erlaubt ist. Sex ist jedoch nirgendwo auf dem Gelände gestattet. Darunter versteht man die genitale Penetration jeglicher Körperöffnungen, bekleidete oder unbekleidete Masturbation oder den Austausch von Körperflüssigkeiten mit Ausnahme von Speichel."

„In Ordnung", erwiderte Zorah.

„Außerdem", fuhr die Frau fort, „gibt es keinen Alkohol auf dem Gelände. Und die wichtigste Regel ist das Einverständnis. *Nein heißt nein*, und jeder, der die Grenzen eines anderen Gastes nicht respektiert, wird sofort hinausbegleitet."

„So soll es sein", meinte Rans nickend und zog ein Bündel Bargeld heraus. Er zählte genug ab, um den Eintritt für alle zu bezahlen und reichte die Scheine der Frau weiter. Im Gegenzug stempelte sie ihre Handrücken mit einem violetten Unendlichkeitssymbol, wobei zwei Punkte in den beiden Schleifen platziert waren, um Brustwarzen anzudeuten.

Len starrte das Symbol ein paar Sekunden lang an und warf Zorah einen schiefen Blick zu. „Dir ist schon klar, dass ich niemals das Ende davon hören werde, wenn das einer meiner queeren Freunde sieht."

Ihre Wangen wurden rot, als sie ein Lächeln verbarg.

Der Club wirkte sauber und gepflegt, und er war zumindest so angenehm, wie es eben ging. Erfreulicherweise schien die Kundschaft aus seriösen

Lifestylern zu bestehen und nicht aus traurigen Incels, die dafür bezahlten, Frauen beim Küssen und Tanzen um die Stangen zuzusehen. Len spürte, wie er sich durch das Ambiente des Clubs entspannte, denn er erkannte diese *Art von Leuten.*

„Kinkster dieser Welt vereinigt euch", rief er leise.

Es sah nicht so aus, als ob dort irgendetwas allzu Extremes vor sich ginge. Man sah hauptsächlich Leder- und Vinylkleidung, und gelegentlich wurde ein Partner an einer Leine vorbeigeführt. Rans und Zorah verschwanden in einem Hinterzimmer, um mit dem Betreiber zu sprechen, und als sie wieder auftauchten, hatten sie die Erlaubnis, eine Shibari-Szene zu inszenieren, bei der jeder zuschauen konnte, wenn der Wunsch bestand.

Als die Leute auf sie zukamen, um zu sehen, was los war, hatte Len erneut einen Anflug von Verlegenheit wegen seiner legeren Kleidung und seiner katastrophalen Frisur, aber er verdrängte es. Glücklicherweise würde die Aufmerksamkeit der Menge nicht lange auf ihn gerichtet sein.

Das Nacktheitsverbot hatte ihn etwas beunruhigt, da er sich nicht sicher war, wie wirkungsvoll diese Szene sein würde, wenn Zorah weiße Baumwollschlüpfer von Target trug. Doch die Vampir-Sukkubus-Hybridin hatte offenbar ihre rote Spitzenunterwäsche sogar zur übernatürlichen Schlacht in den Ruinen von Stonehenge getragen. Zumindest nahm Len an, dass Zorah keine Gelegenheit gehabt hatte, sich umzuziehen, während sie Albigard bewusstlos durch die Gegend schleppten.

Wie auch immer, der rote Spitzen-BH und der Bikinislip würden gut zu dem natürlichen Seil passen, das Len für seine Shibari-Vorstellungen nutzte, und am Ende des Raums gab es eine kleine Bühne, auf der er arbeiten konnte. Sie schien für Burlesque-Shows errichtet worden zu sein und verfügte sogar über Vorrichtungen zum Heben und Senken von Requisiten und Kulissen. Normalerweise würde Len keiner Aufhängung vertrauen, die er nicht persönlich auf ihre Sicherheit hin getestet hatte, aber die Frau, die den Laden leitete, hatte die technischen Daten und Gewichtsangaben problemlos wiedergegeben.

Und was noch wichtiger war: Zorah war unsterblich. Eine Kleinigkeit wie ein Sturz von ein paar Metern Höhe, weil ein Flaschenzug riss, würde nicht einmal einen blauen Fleck bei ihr hinterlassen. Es war sogar sehr wahrscheinlich, dass sie sich in eine Nebelwolke verwandeln würde und davonflog, bevor sie auf dem Boden aufschlug. *Whoosh* und die Bondage-Szene würde sich in eine Zaubershow verwandeln.

Das würde die Menge mit Sicherheit begeistern, kein Zweifel.

Als Vampir würde Zorah nur dann in Lens Seilen gefesselt bleiben, wenn sie es auch wollte. Das nahm ihm zwar einen Teil des Drucks, was die Sicherheit betraf, aber es war immer noch eine seltsame Dynamik für jemanden, der es gewohnt war, Menschen aus Spaß und für Profit zu fesseln.

Nach einer kurzen Beratung mit den beiden Vampiren betrachtete Len die Fläche, die ihm zur Verfügung stand, und stellte sich die Möglichkeiten vor. In letzter Zeit war er davon fasziniert, den negativen Raum um den Körper einer Person mit Seilen zu umreißen, als Teil des visuellen Gesamtdesigns der Fesselung. Das Konzept lag genau genommen außerhalb des Bereichs des *Bondage zur erotischen Stimulation* und ging eher in Richtung Performance-Kunst.

Aber … Zorah war eine hervorragende Darstellerin für so etwas, und solange das Endergebnis für viele der heterosexuellen, bisexuellen oder lesbischen Mitglieder ansprechend aussah, konnte sie von deren Lust zehren. Len fasste den Entschluss, die Gelegenheit zu nutzen und das Beste aus einem ansonsten völlig beschissenen Tag zu machen.

Er wies sie an, sich auf die Seite der Bühne zu legen und nachdem ihr Rans galant seinen langen Ledermantel auf die staubige Fläche gelegt hatte, streckte sie sich darauf aus.

Len warf einen letzten Blick auf den Flaschenzug und die Ringschraube, die er als Verankerungspunkte verwenden würde, und begann dann, das Seil an der Länge seines Arms abzumessen.

Vierzig Minuten später war er fertig und überprüfte noch einmal die Spannung und Platzierung der verschiedenen Seile, die sich um Zorahs Körper schlängelten. Er achtete dabei besonders auf den Brust- und die Bauchgurte. „Bereit?", fragte er.

„Oh, mehr als bereit", antwortete Rans und es klang fast so, als würde er schnurren.

„Ich glaube, er hat mich gefragt, Liebster", sagte Zorah zu ihm. „Leg los, Len. Wie ich schon sagte, ich bin hungrig."

„Okay, spann deine Bauchmuskeln an", mahn-
te sie Len. „Mal sehen, ob das in echt genauso geil
ist wie in meiner Vorstellung."

Vorsichtig nahm er das Seil, das durch die Um-
lenkrolle in der Decke gespannt war. Das andere
Ende der Aufhängung war bereits in Schulterhöhe
fest verankert. Die meisten Zuschauer hatten sich
bereits wieder verteilt, während Len die Szene auf-
baute, doch als Zorah in die Luft gehievt wurde,
ertönten mehrere anerkennende Pfiffe, die viele
von ihnen zurücklockten, um das fertige Produkt
zu sehen.

Ihr linkes Bein war wie ein angewinkeltes
Froschbein gefesselt und hing seitlich, während sie
mit dem Gesicht nach unten in der Luft schwebte.
Sie schien an ihrem rechten Knöchel aufgehängt zu
sein – dieses Bein war in einem tänzerischen Bogen
nach oben und hinten gezogen worden. Ihre
Handgelenke waren gefesselt und über ihren Kopf
in Richtung der Seilrolle gestreckt. Tatsächlich hing
der größte Teil ihres Gewichts an den Gurten, die
um ihren Oberkörper gewickelt waren. Die freien
Enden der Torso-Stützseile waren über ihr zu einem einfachen Netz verwoben, dessen oberer Rand
durch den Seilbogen definiert war, der von der
Augenrolle zu ihrem rechten Knöchel, zu ihren
Handgelenken und schließlich zum Flaschenzug
führte. Dadurch waren Schmetterlingsflügel ange-
deutet, die sich über ihren Rücken spannten,
während sie in der Luft schwebte.

Len sicherte das Seil des Flaschenzugs mit einem Knoten und trat zurück, um das Gesamtbild
zu begutachten. Die Menge schwieg einen Moment

lang, bevor jemand aus dem Publikum sagte: „*Verdammt*, Alter. Das ist *heiß*." Es folgten mehr zustimmendes Gemurmel und vereinzeltes Klatschen.

Zorah zitterte, als sie die Welle der Erregung, die durch die Zuschauer rollte, traf. „Wie geil", murmelte sie ein wenig atemlos.

Rans hockte sich vor sie, um ihr einen langen, feuchten Kuss auf die Lippen zu drücken, und sie brummte zufrieden.

Nach einigen Augenblicken unterbrach er den Kuss und sah zu Len auf. „Du hast dich selbst übertroffen, Kumpel", schnurrte er leise. „Glaub mir, wenn ich sage, dass ich gerade bereue, keine Kamera dabeizuhaben."

„Sie ist ein gutes Motiv", erwiderte Len. „Normalerweise habe ich keine Gelegenheit, auf diesem Niveau zu spielen. Wir sollten irgendwann eine Szene mit euch beiden ausprobieren … am besten, wenn nicht gerade ein gruseliges Monster versucht, Tinkerbells Seele zu fressen."

Rans stieß ein trockenes Lachen aus. „Ich werde das Angebot im Hinterkopf behalten."

Len behielt sein Motiv im Auge – nicht, dass bei Zorah die Gefahr von Nervenschäden oder Atembeschränkungen bestand, aber es war Gewohnheit und er hatte es so gelernt. Er sprach immer noch leise genug, um nicht über das Summen der Menge hinweg gehört zu werden, und sagte: „Sobald Z mit dem ganzen Sex-Mojo vollgepumpt ist, werde ich hinten gegen Geld ein paar Privatszenen machen, damit ich nach Hause fahren kann. Ich lehne mich mal weit aus dem Fenster, aber ich schätze, ich werde keine große Hilfe sein, wenn es darum geht, die Kreatur aus der schwarzen Lagune zu bändigen."

„Ich glaube nicht, nein", antwortete Rans freundlich. „Albigard scheint der Meinung zu sein, dass alle Spuren, die du mit dir herumträgst, schnell verblassen werden, also solltest du nicht weiter behelligt werden."

Len nickte. „Aber was ist mit euch? Werdet ihr das allein regeln können?"

„Du willst wissen, wie besorgt wir über die Auswirkungen dieses neuesten Schlamassels sind?" Rans zuckte mit den Schultern. „Es ist eine etwas unberechenbare Situation, offensichtlich. Ich vermute, dass die Fae in Kürze bemerken werden, was hier vor sich geht, wenn sie es nicht schon mitbekommen haben. Die Situation auf der Erde ist bereits ein wenig angespannt. Es ist nicht in ihrem Interesse, wenn die *Wilde Jagd* zu allem Überfluss auch noch außer Kontrolle gerät, und ich denke, die Fae sind am besten in der Lage, mit dieser Situation umzugehen."

„Wir können auch Nigellus um Hilfe bitten, wenn es nötig ist", fügte Zorah hinzu, die immer noch etwas außer Atem klang. „Er ist ein Dämon, und zwar ein verdammt mächtiger. Vielleicht hat er ein paar Ideen."

Rans stieß ein Schnaufen aus, das ebenso belustigt wie verärgert klang. „Stimmt. Es könnte sich lohnen, nur um die Fae und die Dämonen zu zwingen, zusammenzuarbeiten. Wie auch immer, überlass es uns, Len. Mit etwas Glück können wir Alby hier so lange wie nötig hinter den geschützten

Mauern seines Anwesens verstecken, und wenn er wirklich derjenige ist, hat sie keinen Grund, woanders Ärger zu machen."

Erleichtert, dass er sich nicht die ganze Nacht ein Haus mit der lästigsten Fae der Welt teilen musste, nickte Len erneut. „Cool. Wenn das so ist, sollten wir Zorah runterholen und losbinden, damit ich nicht wie ein unseriöser Rigger wirke. Fünf oder zehn Minuten sind mehr als genug für diese Art von Bondage."

Rans hob eine Augenbraue. „Nun gut. Bist du schon satt, Liebes?"

Sie lächelte ihn an – wie ein Raubtier. „Es geht mir schon viel besser, danke. Aber vielleicht können wir noch einen Bissen zu uns nehmen, bevor wir gehen."

Len stöhnte und machte sich daran, das tragende Seil zu lösen. „Er fängt an, auf dich abzufärben, Red. Die Wortspiele sind sogar noch älter als Rans selbst."

Zorah lachte lediglich amüsiert.

KAPITEL VIER

WÄHREND ER ZORAH aus ihren Fesseln löste, kamen mehrere Leute auf Len zu, um ihm Fragen zu seinem Shibari zu stellen. Als Zorah frei war, überließen ihn die beiden Vampire seinem Publikum und versicherten ihm, dass sie selbst zu Albigards Haus zurückfinden könnten und keine Mitfahrgelegenheit bräuchten.

Mehrere aus der neugierigen Menge wollten einfach nur mit ihm reden. Einige bekundeten ihr Interesse daran, selbst gefesselt zu werden, schreckten aber vor dem vorgeschlagenen Preis für eine Stunde in einem der Hinterzimmer zurück. Eine Handvoll der Frauen bot Sex anstelle der Bezahlung an, was nicht hilfreich war, da sie einerseits nicht seinem Beuteschema entsprachen und er andererseits mit Sex kein Benzin für sein Zuhältermobil kaufen konnte, es sei denn, die Wirtschaft in Chicago funktionierte *ganz* anders als in St. Louis.

Am Ende fand er eine Frau und ein Pärchen, die zweihundert Dollar in bar für die Erfahrung mit jemandem, der wusste, was er tat, für einen fairen Tausch hielten.

Er nahm sie mit in den hinteren Teil und ging mit ihnen die Sicherheitsvorkehrungen durch. Len ließ sie wissen, dass er eine umfassende Erste-

Hilfe-Ausbildung absolviert hatte, bevor er sie über ihren allgemeinen Gesundheitszustand, ihren Bewegungsspielraum und ihre bisherigen Erfahrungen mit Shibari befragte. Als die Szene für seine Klienten vorbereitet war, machte er Fotos mit ihren Handys, um das Erlebnis zu dokumentieren. Auf die Anfrage der Teilnehmer sagte er, dass er keine professionelle Website oder soziale Medien habe, denen sie folgen könnten, und dann verabschiedete er sich – und sie waren hoffentlich zufrieden mit dem, wofür sie bezahlt hatten.

Mit vierhundert Dollar in der Tasche gönnte er sich eine Übernachtung in einem anständigen Hotel eine Stunde außerhalb von Chicago – weit weg von dem Wahnsinn, den zweieinhalb Millionen verängstigte Menschen verursachen, die in einer Stadt zusammengepfercht waren.

Len fand es zu gleichen Teilen amüsant und beruhigend, dass man sich darauf verlassen konnte, dass sich die Kinksters im gesamten Mittleren Westen wie zivilisierte Menschen verhielten, selbst wenn alles um sie herum brannte. Manchmal hatte er das Gefühl, dass die BDSM-Gemeinschaft der einzige Ort war, an den er noch passte. Er war sich nicht sicher, was das über ihn aussagte.

Am nächsten Morgen fuhr er den Rest des Weges zurück nach St. Louis, wobei er sich mit religiöser Inbrunst an die Geschwindigkeitsbegrenzung hielt und jeden einzelnen Spurwechsel rechtzeitig signalisierte, um nicht aufzufallen. Als er es nach Hause geschafft hatte, ohne dass er mit seinem nicht ganz so unauffälligen Auto angehalten wurde, atmete er erleichtert auf. Als tätowierter Kerl, mit Piercings im Gesicht, blauen Haaren und ohne Ausweis, in einem Auto mit Einschusslöchern in den Kotflügeln, war er nicht scharf darauf, einen Strafzettel zu bekommen oder sich einem Streifenpolizisten erklären zu müssen.

Jetzt, da er so darüber nachdachte, nahm er sich vor, diese verdammten Löcher irgendwann mit Spachtelmasse und Sprühfarbe zu reparieren.

Als er in seine Wohngegend einbog, sah er sich aufmerksam um. Nichts schien ungewöhnlich oder fehl am Platz. Er fuhr durch die Stelle mitten auf der Straße, an der die *Wilde Jagd* versucht hatte, in die Menschenwelt einzudringen, und konnte dabei ein Schaudern nicht unterdrücken. Doch nichts geschah. Es sprangen keine Monster aus den Schatten heraus und es taten sich keine neuen Portale auf.

Als er in seine Einfahrt fuhr und den Motor abstellte, war er gespannt, was er drinnen vorfinden würde. Schockierenderweise war niemand in sein Haus eingebrochen, während er weg gewesen war. Er machte einen kurzen Rundgang und warf das Essen vom Vortag, das er auf der Anrichte vorbereitet hatte, in den Müll. Da er der ganzen Sache noch nicht traute, ging er auf die andere Straßenseite zu der netten alten Dame, die gegenüber von ihm wohnte, und klopfte an ihre Tür.

Eine Minute später öffnete sie die Tür und wirkte unversehrt. „Hey, Len. Ist alles in Ordnung?"

„Hallo, Betty. Das wollte ich dich auch gerade fragen", sagte er. „Geht es dir gut, nach dem, was gestern passiert ist? Geht es allen anderen auch gut?"

Sie warf ihm einen seltsamen Blick zu. „Ja, natürlich. Es kamen ein paar Stunden später ein paar nette Männer vorbei und erklärten, dass es sich um Abgase aus einer Abwasserleitung handelte, die sie an der Hauptstraße reinigen. Sie führten eine Art Dampfbehandlung durch, um die Rohre zu reinigen, und der Gullydeckel am Ende des Blocks war lose."

Len blinzelte sie an und war erneut erstaunt über die Fähigkeit der Menschen, *buchstäblich alles zu* rationalisieren. Das schleichende Böse aus dem Anbeginn der Zeit versucht, sich seinen Weg durch den Schleier zwischen den Welten zu bahnen? Oh, keine Sorge, es war wahrscheinlich nur Dampf aus der Kanalisation.

Sie runzelte die Stirn. „Haben sie nicht mit dir darüber gesprochen? Sie sind von Tür zu Tür gegangen."

„Ich ... äh ... musste die Stadt verlassen, um ... mein Auto abzuholen", antwortete er ihr und deutete zum Beweis auf seine Einfahrt.

„Oh", hauchte sie, und ihr Gesichtsausdruck verriet, was sie wirklich darüber dachte, dass sein Schandfleck wieder vor ihren Fenstern stand. „Ja. Dein Auto ist wieder da. Das ist ... schön."

Er räusperte sich. „Na, gut ... solange es allen gut geht. Dann möchte ich dich jetzt nicht weiter stören, ja?"

Sie schenkte ihm ein kleines Lächeln. „Natürlich, mein Lieber. Mach dir keine Sorgen. Das war ganz harmloses Zeug. Einen schönen Nachmittag noch!"

———◆———

Eine Woche verging, und die Welt war nicht untergegangen. Die Politiker hatten aufgehört, wie Bowlingpins umzufallen, nachdem die Pläne der Fae, die Weltherrschaft zu erlangen, in Stonehenge zunichtegemacht worden waren. In einigen Regionen, die von Anfang an instabil gewesen waren, herrschte immer noch Chaos, aber in den meisten Industrieländern kehrte allmählich wieder ein Gefühl von Normalität ein ... je nachdem wie man *normal* definierte. Len hörte schließlich auf, die Nachrichten zu verfolgen, um sich selbst zu schützen. Er beschränkte sich auf eine tägliche digitale Zusammenfassung der *New York Times* und erlaubte sich nicht, die Schlagzeilen der anderen Artikel anzuklicken.

Er bekam ein paar Nachrichten von Vonnie, seiner ehemaligen Kollegin, deren Kind Albigard während der Schlacht von Stonehenge gerettet hatte. Da Len immer noch mehr als nur ein bisschen sauer auf sie war, weil sie sich in die Rettungsaktion gestürzt hatte, ohne ihm zu sagen, wohin sie ging, antwortete er ihr nicht. Dann fühlte er sich natürlich schuldig, weil er ihr nicht zurückgeschrieben hatte. Und *dann* war er irritiert, dass er sich schuldig fühlte, weil sie auch jetzt noch nicht verriet, wo sie war und was sie vorhatte.

Durch die E-Mail hatte er erfahren, dass sie und ihr Sohn in Sicherheit waren und dass ihr ehemaliger Boss, Guthrie Leonides, ebenfalls bei ihnen war. Sie würden eine Weile unter dem Radar fliegen und sich an einem abgelegenen Ort aufhalten, zusammen mit den Familien einiger anderer Kinder, die sie vor den Fae gerettet hatten. Wenn Leonides involviert war, würde es wahrscheinlich sein, dass sie zumindest Geld hatten – der Typ war unverschämt reich. Und wenn sie sagte, sie würden unter dem Radar fliegen, hatte sie wahrscheinlich einen guten Grund, ihm nicht genau zu sagen, wo sie waren.

Len würde ihr zurückschreiben … irgendwann. Nur nicht heute.

Es hatte wenig Sinn, Zorah oder Rans anzurufen, um sich über den Stand der Dinge in Bezug auf die *endlose Leere* zu erkundigen, denn sie hingen mit einem Kerl ab, dessen Aura die Technik auf zwanzig Schritte Entfernung zerstören konnte. Er war sich ziemlich sicher, dass sie auch keine Handys bei sich hatten, als sie vor seiner Tür auftauchten. Und da sie sich inzwischen wahrscheinlich neue Prepaid-Handys zugelegt hatten, wusste Len aus Erfahrung, dass sie andere Handynummern haben würden. Er kannte ihre Nummern nicht, aber wenn sie ihn für etwas brauchten, wussten sie, wo sie ihn finden konnten.

In einem Moment der Schwäche *hatte* er vor ein paar Tagen eine E-Mail an Zorah geschickt. Ein einziger Satz: *Ist Albigard schon aufgefressen worden?* Er hatte ihr geschrieben, wohl wissend, dass sie ihre E-Mails nicht oft abrief, und in der Tat war bis jetzt noch keine Antwort gekommen. Eigentlich interessierte es Len nicht sonderlich, ob die Seele der Fae schon verloren war und ließ es auf sich beruhen.

Gegen Ende der Woche schickte seine Vorgesetzte Gina eine E-Mail an die gesamte Belegschaft. Die Nachricht enthielt die erfreuliche Botschaft, dass die Versicherung für den abgebrannten Nachtclub aufkommen würde, und sie hoffte, bis zum Ende des nächsten Monats einen Mietvertrag für einen neuen Laden zu erhalten. Len dachte an seine Finanzen, rechnete ein paar Mal nach und atmete erleichtert auf, dass er sich nun doch nicht ernsthaft um einen neuen Job bemühen musste.

Er *mochte* seinen Job im *Brown Fox*, abgesehen von den gelegentlichen Unglücksfällen, wie der Explosion des Gebäudes. Er mochte Jazzmusik. Und er mochte seine Kollegen, auch wenn er immer noch sauer auf Vonnie war. Er war auch dankbar dafür, dass die Leitung der Küche und das Entwerfen der trendigen Tapas-Speisekarte des Clubs eines Tages sein Sprungbrett für einen Job als Küchenchef in einem richtigen Restaurant sein könnte. Die E-Mail war also eine gute Nachricht in einer ansonsten beschissenen Woche.

Len plante noch ein paar weitere Shibari-Klienten ein, um sein Bankkonto aufzufüllen, bis Gina alles für die Wiedereröffnung organisiert hatte. Als er sich bettfertig machte, beglückwünschte er sich selbst dazu, dass er trotz der großen Bedrohungen, denen die Welt ausgesetzt war, seinen Scheiß wieder auf die Reihe bekommen hatte.

Und dann träumte er.

KAPITEL FÜNF

ES WAR DUNKEL. In seinen Träumen war es immer mitten in der Nacht – diese surrealen Stunden, in denen die meisten normalen Menschen ruhig in ihren Betten schliefen, die Schichtarbeiter am Band in der Fabrik hart arbeiteten und jeder, der auf der Straße unterwegs war, entweder nach Ärger suchte oder ihn verursachte.

In manchen Nächten war nicht ganz klar, in welche dieser Kategorien Len fiel, wenn er im Krankenwagen saß, der neben einem Café geparkt war, und auf den nächsten Notruf über Funk wartete. Jill, seine Partnerin, stieß die Tür des Ladens mit der Schulter auf und kam mit zwei großen Bechern auf einem Becherhalter heraus. Len lehnte sich über die Mittelkonsole, öffnete ihr die Beifahrertür und nahm das Angebot seiner Koffeingöttin dankbar an.

„Irgendetwas Neues?", fragte sie und ließ sich neben ihm nieder. Sie griff beiläufig in ihre Tasche, die unter dem Sitz verstaut war, und kramte nach dem Flachmann aus Metall, den sie dort aufbewahrte, holte ihn heraus und kippte etwas in ihren Kaffeebecher. Dann reichte sie ihn ihm einladend wie immer, und wie immer winkte er ab.

„Nichts in unserer Gegend", antwortete er ihr. „Es ist eine ruhige Nacht, zumindest bis jetzt."

Sie nickte und nahm vorsichtig einen Schluck, wobei der Becher in ihren Händen zitterte. Dieses kaum merkliche Zittern würde, wie Len wusste, im Laufe der Schicht noch schlimmer werden – es sei denn, sie erhielten einen Notruf. Wenn die Sirenen heulten und er das Gaspedal durchdrückte, verwandelte sich Jill in eine medizinische Scharfschützin, die mitten in einem Erdbeben auf Anhieb eine Vene treffen konnte.

Sie alle hatten ihre eigenen Methoden, um damit fertig zu werden. Jill war mit Leib und Seele Rettungssanitäterin und seit zweiundzwanzig Jahren im Dienst – ein Rekord in ihrer Branche. Sie war ein langjähriges Mitglied der örtlichen *Anonymen Mediholiker*, einer Gruppe, die sich in einer Bar downtown traf, um sich zu betrinken, wenn die Nachtschicht um sieben Uhr morgens endete. Eigentlich war die Gruppe gar nicht so anonym und alle waren sich einig, dass es sich um einen schrecklichen Bewältigungsmechanismus handelte, der nicht einmal besonders gut funktionierte. Dennoch füllten sich die Barhocker fast jeden Morgen.

Len hingegen hatte es trotz seines Jobs geschafft, etwa achtzehn Monate lang nüchtern zu bleiben – bevor er nachgegeben hatte. Jetzt nahm er Benzos, um sich zu entspannen, und Amphetamine, um wach zu bleiben. Alkohol hatte ihn schon immer in eine tiefe Depression gestürzt, also vermied er ihn größtenteils. Bislang hatte er seinen Konsum an pharmazeutischen Mitteln auf seine Freizeit beschränkt, außerhalb seiner geplanten Schichten. Das Beängstigende daran war, dass er als Mitglied des *Detroit Medical First Responder-*

Programms mit dieser Leistung so etwas wie ein Einzelfall war.

Es genügt zu sagen, dass die Stadt schon seit Jahren ein Katastrophengebiet war, und die Leute meldeten sich nicht gerade in Scharen, um nachts um drei Uhr herumzufahren und sich um Junkies oder Schusswunden, Suizide und tote Sexarbeiterinnen zu kümmern.

Eigentlich stand es in ihren Arbeitsverträgen, dass alle Sanitäter stichprobenartig auf Drogen getestet wurden und dass nach jedem Verkehrsunfall, an dem ein Krankenwagen beteiligt war, ein Test durchgeführt wurde. In Wirklichkeit war in den fast zwei Jahren, in denen Len als Rettungssanitäter arbeitete, noch niemand entlassen worden … und er kannte persönlich mehrere Leute, die sich verdammt angestrengt hatten, um gefeuert zu werden.

Es war die Art von Job, die einen mit dem Adrenalinrausch, jemandem das Leben zu retten, in den Bann zog, nur um danach mit der Realität und der Unausweichlichkeit des Todes konfrontiert zu werden. Und gerade wenn man denkt, man kann nicht mehr …, wenn man einen Suizidfall oder häusliche Gewalt zu oft gesehen hat, in dem es um Grausamkeit um der Grausamkeit willen ging … kommt der perfekte Anruf. Du würdest einem Baby helfen, gesund auf die Welt zu kommen, oder das Leben des fünfundvierzigjährigen Ehemanns und Vaters retten, der einen Herzstillstand erlitten hatte. Du würdest für einen Tag der Held für jemand sein, und alles wäre es wieder wert.

Len könnte so einen Anruf gerade gut gebrauchen. Er vermutete, dass Jill im selben Boot saß.

Er fuhr sich mit der freien Hand durch sein kurzes, dunkles Haar und nahm einen kräftigen Schluck Kaffee. Über den Funk hörte er, wie die Zentrale einen weiteren Krankenwagen zu einer Frau hinter dem Busbahnhof an der Sixth und Howard schickte, die offensichtlich aus einer Stichwunde blutete.

„Und?", fragte Jill und füllte die darauffolgende Stille. „Wie ist das Date am Samstag gelaufen?"

Len schnitt eine Grimasse. „Das haben wir doch schon besprochen, Jill – es war kein Date. Es war ein Quickie."

Jill sah ihn an. „Semantik. War der Sex wenigstens gut?"

Len schürzte die Lippen. „Ich hatte schon besseren. Schlimmeren auch. Für jemanden, der seit fünfundzwanzig Jahren verheiratet ist, scheinst du ein ungesundes Interesse an meinem Sexualleben zu haben, muss ich ehrlich gestehen."

Jill schnaubte und kippte etwas mehr von dem Inhalt der Flasche in ihren Kaffee. „Wie du gesagt hast, ich bin seit fünfundzwanzig Jahren verheiratet. Alles, was ich jetzt noch erlebe, ist nur noch Routine."

Er hob eine Augenbraue. „Du bist hetero."

Sie zuckte mit den Schultern. „Und? Ich mag Schwänze. Du magst Schwänze. Wir sind uns einig, dass Schwänze gut sind. Also, ich verstehe nicht ganz, worauf du hinauswillst?"

Len verkniff sich ein Lachen und bevor er ihr sagen konnte, sie solle sich aus seinen Angelegenheiten raushalten und das Thema wechseln, rauschte das Funkgerät.

„49er, bitte kommen", sagte der Disponent. *„Ich habe einen heftigen Unfall mit einem Fahrzeug in Madison Heights für euch. Ein junger Mann hat sein Auto um einen Baum in Hales gewickelt, nördlich des Red Oaks Nature Center."*

Jill tauschte einen Blick mit Len aus und nahm den Notruf entgegen. „Verstanden, Zentrale. Wir sind auf dem Weg. Voraussichtliche Ankunft in zehn Minuten." Sie sah ihn mit glitzernden Augen an. „Mach acht daraus, dann geht der nächste Kaffee auf mich."

Len schenkte ihr ein grimmiges Lächeln, als er mit Blaulicht und Sirene vom Bordstein fuhr.

Die Straßenlaternen flogen vorbei, und als er über die Kreuzungen raste und mit einer Geschwindigkeit abbog, die knapp unter der lag, mit der der Krankenwagen zur Seite kippen würde, kam Len das geringe Verkehrsaufkommen zugute. Die Lizenz, wie ein Verrückter fahren zu dürfen, war eindeutig einer der Vorteile des Jobs, auch wenn der alte Braun Chief XL auf seinem Ford F-450-Gestell nicht seine erste Wahl für ein Straßenrennen gewesen wäre.

Acht Minuten und dreißig Sekunden später näherte er sich einer Kurve. Die Scheinwerfer beleuchteten die Überreste eines Autos, das etwa drei Meter vom Rand der Fahrbahn entfernt stand. Ein Pärchen, bekleidet in Bademantel und Hausschuhen, leuchtete mit Taschenlampen auf eine etwas entfernte Weide mit einem Wrack – vermutlich wohnten sie in einem nahe gelegenen Haus und waren durch den Unfall geweckt worden. Sie sahen auf, als der Krankenwagen auf dem Seitenstreifen zum Stehen kam.

„Wir waren wieder schneller als die Uniformierten", meinte Jill erfreut und war schon halb aus der Tür raus, als Len die Handbremse anzog. „Gut gemacht, Kumpel."

Jill wurde etwas selbstgefällig, wenn es ihnen gelang, die durchschnittliche Ankunftszeit der Polizei von vierzehn Minuten zu unterbieten. Bei so etwas wie diesem Unfall konnte Len ihren Enthusiasmus verstehen, aber wenn es um brenzliche Situationen ging, in denen zerbrochene Flaschen – oder Kugeln – herumflogen, war er immer froh, wenn die Uniformierten zuerst da waren.

Len schnappte sich zwei der Ausrüstungstaschen und überließ Jill die dritte. Die Frau mit der Taschenlampe eilte zu ihnen hinüber und wedelte ihnen in ihrer Eile mit dem Lichtstrahl ins Gesicht.

„Oh, gut, ihr seid da! Warum habt ihr so lange gebraucht? Beeilt euch, er ist da drüben! Wir glauben, er wurde herausgeschleudert, als sein Auto gegen den Baum prallte."

Jill fing seinen Blick auf und deutete mit ihrem Kinn in Richtung des Wracks. „Schau nach weiteren Passagieren. Ich fange mit unserem Flieger an."

Len nickte und reichte ihr die beiden anderen Taschen, nachdem er eine Taschenlampe herausgenommen hatte. „Bin schon dabei."

In der Ferne heulten die Polizeisirenen. Len rannte zum Autowrack, und als er der verbogenen Karosserie näher kam, erkannte er die unverwechselbare Silhouette und stolperte fast über seine eigenen Füße. Das Auto, das mit hoher Geschwindigkeit einen Baum geküsst hatte, war ein 1973er Ford Mustang Sportsroof Fastback. Er leuchtete mit seiner Taschenlampe alle Bereiche aus, die nicht von dem Blaulicht des Krankenwagens angestrahlt wurde und bemerkte die unverwechselbare, kupferfarbene Sonderlackierung des Wagens.

Lens Herz hämmerte schmerzhaft in seiner Brust – soweit er wusste, gab es in dieser Stadt nur ein einziges Auto dieser Art. Er zwang seine Füße, sich wieder in Bewegung zu setzen und rannte los. Die vordere und die hintere Hälfte des Wagens waren auseinandergebrochen, sodass weder der Fahrer- noch der Beifahrersitz zu erkennen war. Len zwang sich, die Überreste des Autos und die Umgebung sorgfältig abzusuchen. Immerhin war das sein Job.

Wie betäubt, stolperte er zurück zu Jill und den Anwohnern, die sich um eine zusammengerollte Gestalt auf dem Boden drängten. Galle stieg in seiner Kehle auf angesichts dessen, was er gleich vorzufinden fürchtete.

„Macht Platz, Leute", befahl Jill den Bademantelgestalten. „Bleibt zurück, aber richtet die Taschenlampen auf ihn."

Len ließ sich ihr gegenüber auf die Knie fallen und zwang sich, auf Yussefs spannungsloses Gesicht hinunterzublicken, das im gelben Licht der Taschenlampe unheimlich blass aussah. Er schluckte schwer.

„Jill, ich kenne diesen Mann", hauchte er heiser. „Er ist ein Freund von mir."

Jill warf ihm einen prüfenden Blick zu, als die Polizisten auf sie zueilten. „Wirst du dich zusammenreißen können? Denn dein Freund braucht dich, und ich brauche ein zweites Paar Hände."

Len nickte, doch hatte das Gefühl, dass sein Kopf nicht richtig mit seinem Körper verbunden war und als er wieder nach unten sah und die unnatürliche Haltung von Yussefs Hals bemerkte, traf ihn die Ironie mitten in der Magengrube.

„Gut", schnauzte Jill, ganz sachlich. „Manuelle Stabilisierung der Halswirbelsäule, sofort. Wir müssen ihn intubieren und mit dem neurogenen Schockprotokoll beginnen. Wir haben es hier mindestens mit einer instabilen C-4-Fraktur zu tun."

Lens Hände bewegten sich wie von allein, umfassten Yussefs Schädel und stützten seinen Unterkiefer, während Jill einen guten Winkel suchte, um den Laryngoskop-Spatel einzuführen.

„Ein Mann mit schweren Verletzungen. Er wurde aus dem Auto geschleudert", teilte sie den eintreffenden Polizeibeamten mit, ohne von ihrer Arbeit aufzuschauen. „Jemand muss das Krankenhaus anrufen. Sagt ihnen, dass wir ihnen eine Halswirbelsäulenverletzung bringen, sobald wir ihn stabilisiert haben."

Sie führte den Trachealtubus an Yussefs Kehldeckel vorbei und schloss einen Beatmungsbeutel an. „Beatme ihn", sagte sie zu einer Polizistin und reichte der Frau den Beutel. „Ich muss ihm eine Halskrause anlegen. Für den Transport zum Krankenwagen werden wir eine Schaufeltrage brauchen."

Len versuchte, sein Gehirn wieder in Gang zu bringen, während er Yussefs Kopf weiter stabilisierte. Jill führte die Halskrause unter seinen Hals, legte sie um und schloss sie.

C-4-Fraktur, dachte er schweigend. *Atembeschwerden wahrscheinlich, Sympathikus oft betroffen, was zu Hypotonie und Hypoxämie führt. Atemwege sichern und mit der Beatmung beginnen. Auf niedrigen Blutdruck und Bradykardie achten, Flüssigkeitsbolus verabreichen.*

Jill war ihm natürlich weit voraus und zückte bereits ihr Stethoskop. „Len. Leg mir einen IV-Zugang, solange wir noch eine Vene finden können."

Len kramte nach einer Aderpresse und band Yussefs linken Arm am Ellbogen ab. „Halte durch, Kumpel", murmelte er. „Wir kümmern uns um dich."

Er brauchte drei Versuche, um die Nadel einzuführen und die Kanüle zu platzieren. Len verfluchte sich selbst, weil er so viel Zeit verschwendete.

Jill hingegen machte sich nicht die Mühe, im Stillen zu fluchen. „*Verdammt.* Er hat zu allem Überfluss auch noch Rippenfrakturen. Wir müssen ihn festschnallen und ins Krankenhaus bringen, sofort."

Die Angst zog das Band, das Lens Lunge einschnürte, fester zusammen. Jill hatte Yussefs Hemd aufgeschnitten, und er konnte jetzt erkennen, dass sich nur eine Hälfte von Yussefs Brustkorb hob und sich die andere Seite, aufgrund von mindestens fünf gebrochenen Rippenteilen, nicht mitbewegte.

Len erschauderte, als er spürte, dass etwas wie ein kühler Wind an ihm vorbeirauschte und sich die Härchen auf seinen Armen aufstellten.

„Halte durch, Mann", flüsterte er heiser. „Bleib bei uns, okay?"

Zwei Polizisten eilten mit der Schaufeltrage herbei, während Len und Jill die Infusion anschlossen. Len übernahm den Beatmungsbeutel, und Jill legte sich den Infusionsschlauch über die Schultern, um den Fluss aufrechtzuerhalten, während die Polizeibeamten Yussef vorsichtig auf die Trage hoben und hochhievten. Sie liefen dicht gedrängt zum hinteren Teil des Krankenwagens und versuchten dabei, sich nicht gegenseitig auf die Füße zu treten.

Len warf einen Blick auf den Baum, als sie an ihm vorbeikamen, und ihn durchfuhr ein Ruck. Blass und durchscheinend in der Dunkelheit, sah er Yussef auf dem untersten Ast sitzen. Er beobachtete ihn mit seinen dunklen Augen, aber sein Kopf war in einem seltsamen Winkel geneigt. Len schnappte nach Luft und wandte seinen Blick ab – zuerst zu der reglosen Gestalt auf der Trage und dann zum hinteren Teil des Krankenwagens. Sein Nacken kribbelte unter dem unsichtbaren, anklagenden Blick.

Er half Jill, Yussef auf die Pritsche im hinteren Teil des Krankenwagens zu schnallen, und stützte seine Wirbelsäule mit Sandsäcken und Handtuchrollen, um sie zu stabilisieren.

„Wirst du uns ins Krankenhaus bringen können, ohne den Krankenwagen irgendwo gegenzufahren?", verlangte Jill zu wissen, die einen

Moment lang ihre Aufmerksamkeit von der Blutdruckanzeige abwandte, um mit ihren blauen Augen über sein Gesicht zu huschen.

„Ja", schaffte Len zu sagen, denn die Alternative wäre gewesen, die Fahrt mit dem reglosen Körper seines Freundes auf dem Rücksitz zu verbringen, um während der drei Kilometer langen Fahrt zur Notaufnahme des Ascension-Klinikums sein Herz am Schlagen zu halten und ihm Luft durch die Lungen zu pumpen.

Er schaffte die siebenminütige Fahrt in vier Minuten, raste über Kreuzungen und versuchte, die Bilder zu ignorieren, die sich vor seinen geistigen Augen abspielten. Yussef lachend ... Yussef wütend ... Yussefs fuchtelnde Hände, wenn er über Autos, Motorräder oder Frauen redete. Sie hielten vor dem Notfalleingang, rollten die Liege hinein und riefen nach einem Arzt, sobald sie durch die Tür gingen.

Len sah zu, wie Yussefs reglose Gestalt abtransportiert wurde und im Flur verschwand. Er zuckte heftig zusammen, als eine Hand auf seiner Schulter landete. Jill stand neben ihm und ihre Augen sahen zu viel in Lens Gesicht.

„Nimm dir ein paar Minuten Zeit, Kumpel", sagte sie. „Reiß dich zusammen. Ich werde im Krankenwagen warten, bis du bereit bist."

Er nickte und ging nach draußen, weg vom Wartebereich voller hustender Kinder und stumpfsinniger betrunkener Leute. Er wollte dort nicht sein und wünschte sich verzweifelt, eine Zigarette rauchen zu können.

Rosa Jimenez – das zwölfjährige Mädchen, das vom Balkon ihrer Eltern gestürzt war und sich den Schädel zertrümmert hatte – trat aus dem Schatten und schaute ihn neugierig durch ihre gebrochene rechte Augenhöhle an. Len begann zu zittern, eilte an ihr vorbei und weigerte sich, hinzusehen. Blasse Haut blitzte in der Lücke zwischen den gelblich scheinenden Parkplatzlampen auf und zog seine Aufmerksamkeit auf sich. Es war *Wild Bill*, der ältere Obdachlose, der schließlich aus der falschen Flasche getrunken und sich mit Franzbranntwein vergiftet hatte. Der Geist hob die Hand, winkte und lächelte ihn mit einem zahnlosen Grinsen an.

Ein gebrochenes Geräusch befreite sich aus Lens Kehle. Er drehte sich in die andere Richtung und begann zu rennen, ohne auf das Hupen und das Schreien der Bremsen zu achten, als er auf die Straße sprintete und weiterlief.

* * *

Len schreckte hoch und sein Herz raste. Er kämpfte sich auf, während die Decke wie Hände an ihm zerrte, als wollte sie ihn festhalten. Der Raum war dunkel, das einzige Licht kam von der Straßenlaterne, deren Schein durch die Jalousie hereinfiel.

Nein. Das war falsch.

Es war nicht das einzige Licht.

Sie waren hier.

Len schluckte schwer, sein Blick schweifte in einem langsamen Bogen durch das vertraute Schlafzimmer. Geisterhafte Gestalten bevölkerten den Raum. Sie standen an den Wänden oder saßen auf der Kommode. Jung und alt. Männlich, weiblich. Dick und dünn. Leere, anklagende Augen und entsetzliche, unblutige Wunden. Yussef stand an der Tür, den Kopf fragend geneigt, der gebrochene Halswirbel stand hervor und eine Seite seiner Brust war eingefallen.

Sie waren zurückgekehrt, um ihn erneut heimzusuchen – all diejenigen, die er nicht retten konnte.

Galle stieg in Lens Kehle auf. Mit zitternden Händen griff er nach der Nachttischlampe und fummelte an dem Schalter herum, bis ein Kreis aus warmem Licht den Raum durchflutete. Die Gestalten blieben – in der Beleuchtung durchscheinend und verwaschen, aber immer noch hartnäckig an der Realität festhaltend.

KAPITEL SECHS

„NEIN", SAGTE LEN, kniff die Augen zusammen und versuchte, nicht an die Menschen zu denken, die während seiner zweijährigen Anstellung als Sanitäter unter seinen Händen gestorben waren. „Ihr seid alle tot. Ich habe versucht, euch zu retten, aber ihr habt es nicht geschafft. Und jetzt halluziniere ich, träume manchmal von euch, weil ich zu viele Drogen genommen habe, um den Stress zu bewältigen, und das hat mein Gehirn zerstört."

Er riss ein Auge auf und stellte fest, dass die bleichen Gestalten ihn immer noch anstarrten, als erwarteten sie, dass er etwas tun würde.

„Ich kann nichts mehr für euch tun", gestand er ihnen. „Und außerdem seid ihr nicht wirklich hier. Ich zähle jetzt bis zwanzig. Bitte seid weg, wenn ich meine Augen wieder öffne."

Seine Stimme zitterte zum Ende hin, was auch verständlich war, da sich sein ganzer Körper schüttelte. Er kniff die Augen zusammen und begann zu zählen, wobei er zwischen jeder Zahl langsam einatmete. „Eins." Einatmen, ausatmen. „Zwei." Einatmen, ausatmen. „Drei." Einatmen, ausatmen …

Als er bei zwanzig angekommen war, zwang er sich, die Augen zu öffnen. Die geisterhaften Gestalten waren verschwunden. Er war allein im

Zimmer. Der Wecker neben ihm zeigte in knallroten Farben *vier Uhr dreiundzwanzig* an. Immer noch zitternd griff er nach seinem Handy und zog den Stecker des Ladegeräts. Das Kabel fiel ihm aus seinen tauben Fingern und in den schmalen Spalt zwischen Bett und Tisch. Er ließ es dort liegen, unerreichbar.

Er wählte Kats Nummer und es klingelte und klingelte, aber schließlich nahm sie ab.

„Hallo?", fragte sie und klang genau so, wie man es von jemandem erwarten würde, der gerade unerwartet um vier Uhr morgens aus dem Schlaf gerissen worden war. „Len, bist du das?"

Er hielt sich das Handy ans Ohr und spürte, wie die Schuldgefühle, sie geweckt zu haben, mit seinem wachsenden Bedürfnis verschmolzen, in die Stadt zu fahren, einen Drogendealer zu finden und so viel Koks zu nehmen, wie nötig war, um sich nicht mehr an die letzten paar Minuten zu erinnern.

„Ja, ich bin's", erwiderte er heiser. „Ich … äh. Ich hatte eine schlimme Nacht. Mir geht's nicht gut. Können wir uns treffen?"

„Ja", erwiderte Kat und klang jetzt etwas wacher. „Ja, natürlich. Ähm … wie viel Uhr ist es? Oh, okay. Donutladen, dreißig Minuten. Wir sehen uns dort."

❖

Einunddreißig Minuten später betrat Len den Kaffee- und Donutladen. Er trug eine Jogginghose und einen Kapuzenpulli und hatte die Kapuze hochgezogen, um den katastrophalen Zustand seiner Frisur zu verbergen. Kat wartete schon an einem Tisch in der hinteren Ecke mit zwei Tassen Kaffee auf ihn. Sie war ungeschminkt, und ihre schwarzen, mit Silber durchzogenen Braids waren auf einer Seite platt gedrückt, weil sie darauf geschlafen hatte. Sie trug ungefähr dasselbe *Haute-Couture*-Ensemble wie er, nur dass sie die Kapuze abgestreift hatte.

„Morgen, Baby", begrüßte sie hin. „Setz dich hin. Trink erst mal deinen Kaffee."

Len setzte sich und nahm die Tasse entgegen, die sie ihm über den Tisch zuschob. Er fuhr sich mit den Handballen über das Gesicht und umging dabei die Piercings in Augenbraue, Nase und Lippe mit Leichtigkeit, dank seiner langen Übung. „Hey, Kat. Tut mir leid."

Sie gab ein abweisendes Geräusch von sich. „Sei still, du. Das ist doch unser Deal, oder?"

„Ja", stimmte er zu. „Ja, das ist es. Danke, dass du für mich da bist."

Kat und er hatten ein paar Monate zuvor bei der Arbeit im *Brown Fox* eine lockere Freundschaft geschlossen. Die beiden waren gleichgesinnte Streuner mit einer verkorksten Vergangenheit … Queers, mit einer äußerst fragwürdigen Vorgeschichte. Das, was Len inzwischen als ihren Deal bezeichnete, hatte sich im Laufe der Zeit entwickelt. Nachdem Len ihr von den Flashbacks und PTBS-Episoden erzählt hatte, die ihn manchmal plagten, und davon, wie leicht ihn diese Flashbacks wieder in den Drogenkonsum stürzen konnten, hatte Kat gesagt: „Wenn es das nächste Mal passiert, ruf mich an. Es ist egal, wann, ob Tag oder Nacht."

Len hatte ihr gedankt und wollte sie höflich vertrösten, aber sie sah ihm in die Augen und fügte hinzu: „Wenn mir das passiert, habe ich auch jemanden, den ich anrufen kann." Von diesem Tag an war es eine unausgesprochene Regel. Er konnte sie immer anrufen, wenn die Albträume kamen und in ihm das Verlangen nach Drogen weckten. Und sie konnte ihn immer anrufen, wenn ihre Gedanken in die dunkle Richtung gingen, die sie in den letzten zehn Jahren zweimal zu einem Selbstmordversuch geführt hatte.

Kat nippte an ihrem Kaffee und stützte ihr Kinn in ihre Hand. Sie sah immer noch sehr müde aus und im wenig schmeichelhaften Licht des Ladens wirkte ihr hageres Gesicht ein wenig blass. „Willst du darüber reden?", fragte sie.

Len schloss für einen Moment die Augen und versuchte zu entscheiden, ob er es tat oder nicht. „Ich hatte einen Traum von Yussef", sagte er nach einer Pause. „Ein Traum, in dem mich die Geister all der Menschen, die gestorben sind, während ich Rettungssanitäter war, heimsuchten. Und dann bin ich aufgewacht, und sie waren immer noch da, auch als ich das Licht anmachte."

Kat nickte. „Man sollte meinen, dass unsere verdammten Schreckgespenster so gute Manieren hätten, zu verschwinden, wenn wir die Augen öffnen, oder?" Sie nippte erneut, mit nachdenklicher Miene. „Wie fühlst du dich jetzt?"

Len drehte die Kaffeetasse in seinen Händen hin und her, wobei der Inhalt etwas schwappte.

„Immer noch zittrig", antwortete er. „Ich hätte jetzt nichts gegen etwas, das meinen Geist etwas mehr benebelt als das Koffein. Und ich bin mir nicht sicher, ob ich weniger oder mehr beunruhigt wäre, wenn ich mit Sicherheit sagen könnte, dass Geister nicht real sind. Weißt du, was ich meine? Ich bin die ganze Zeit davon ausgegangen, dass es sich um Halluzinationen handelt, aber … was, wenn es nicht so ist?"

Wie er war auch Kat in die paranormale Welt hineingezogen worden – in die Schatten, in denen es von Vampiren, Dämonen und Fae tummelt. Das war einer der Gründe, warum sie sich so gut verstanden. Kat hatte es bisher immer geschafft, mit einem Fuß fest am Ufer der Normalität zu bleiben, anders bei Len, der oft in Gefahr zu sein schien, für immer unter die Flut gezogen zu werden.

„Hast du Leonides gefragt?" Kat sah ihn fragend an. „Über Geister, meine ich."

Len blickte stirnrunzelnd auf den Tisch. „Nein, habe ich nicht. Wie ich schon sagte, bin ich mir nicht sicher, ob ich die Antwort hören will."

„Gut", meinte sie. „Okay, und was würde jetzt helfen? Willst du mir mehr darüber erzählen?"

Er schnitt eine Grimasse. „Ehrlich gesagt? Ich glaube, ich möchte lieber abgelenkt werden. Können wir über etwas anderes reden? Wie geht es dir? Hast du dich schon entschieden, ob du dir Implantate in deinen Hintern einsetzen lassen willst?"

Kat lehnte sich zurück und ließ den Themenwechsel einfach über sich ergehen. „Ja, ich schiebe es auf, denke ich. Zumindest im Moment." Sie deutete mit einer Hand auf ihre Brust. „Die Operation war großartig, und sie hat mir sehr mit meiner Dysphorie geholfen. Ich denke, ich möchte dem Ganzen noch etwas Zeit geben, und mich daran gewöhnen. Und ..., wenn die Welt wirklich untergeht, möchte ich nicht im Bett gefangen sein", meinte sie ironisch.

Sein eigener Lachanfall über Kats Galgenhumor überraschte ihn. „Richtig. Es hört sich an wie ... ,*Bitte verschieben Sie alle geplanten Eingriffe auf die Zeit nach der Apokalypse.*' Oh Gott. Unser Leben ist *aus den Fugen geraten*, Kat."

Sie kicherte, aber dann wurde sie nüchtern, fummelte am Ärmel ihres Kapuzenpullis herum und sah auf. „Außerdem ist da noch etwas anderes. Ich treffe mich mit jemand Neuem."

Len hob die Augenbrauen. Die richtige Reaktion auf eine solche Erklärung wäre gewesen, sich zu freuen und ihr zu gratulieren, aber Len hielt in diesem *Fall* ein wenig Vorsicht für angebracht, da ihm Kats letzter Freund ein Messer in die Lunge gestoßen hatte, als er gegen die einstweilige Verfügung verstoßen und ihr eines Abends im Club nachgestellt hatte.

„Oh?", erwiderte er erstaunt.

Sie sah unter ihren Wimpern zu ihm auf. „Ich bin vorsichtig. Ich ... glaube nicht, dass er ein Stalker ist. Nicht so, wie Aiden es war. Er sagt, er sei pansexuell. Er schämt sich nicht, mit mir in der Öffentlichkeit gesehen zu werden und hat nicht versucht, gleich beim ersten Date mit mir ins Bett zu springen oder mich über meine Anatomie auszufragen. Ich denke ... er könnte diesmal der Richtige sein."

Bitte, betete Len zu jeder Gottheit, die ihm zuhören könnte, *bitte lass diesen Kerl der Eine für sie sein.*

Aber laut sagte er: „Du weißt, dass ich keine Beziehungsratschläge gebe, nicht bei meiner Erfolgsbilanz. Aber ich freue mich für dich, Kat. Du bist wunderschön, fantastisch und stark, und du verdienst jemanden, der das zu schätzen weiß."

Kat blickte zu ihm auf. Ihr Gesichtsausdruck schwankte zwischen Zuneigung und dem vorsichtigen Ausweichen, das für Menschen typisch war, die fast nie Komplimente hörten. „Eines Tages werde ich den perfekten Mann für dich finden und dich verkuppeln, okay? Wart's nur ab."

Er gab einen Protestlaut von sich. „Ich bin nicht auf dem Markt, Kat – und außerdem, warum solltest du so etwas mit einem völlig unschuldigen, beliebigen Kerl machen wollen?"

Sie schüttelte den Kopf, und ihr Unbehagen von zuvor verschwand. „Hör dir mal selbst zu, Baby. Du kannst Komplimente verteilen, aber du kannst sie selber nicht für bare Münze nehmen." Mit einem letzten prüfenden Blick wechselte sie geschickt das Thema. „Und, hast du die E-Mail von Gina neulich bekommen? Ich dachte schon, die Versicherungsgesellschaften würden den Papierkram nie regeln. Was denkst du, wo die neue Bar sein wird? Ich hoffe, der Weg dorthin ist nicht zu weit ..."

Len lehnte sich zurück und nahm den Small Talk dankend in sich auf, während ein Teil der Anspannung von ihm abfiel, da die Kleinigkeiten des täglichen Lebens die Geister der Vergangenheit vertrieben.

———◆———

Etwa eine Stunde später machte sich Len auf den Heimweg und musste gegen das grelle Licht der aufgehenden Sonne anblinzeln. Sein brennendes Bedürfnis nach Koks war auf ein erträgliches Maß gesunken, obwohl er seinen Notvorrat an Zigaretten plündern würde, wenn er wieder im Haus war – und damit den Göttern der Sucht eine Zigarette opfern würde.

Er hatte sich dazu durchgerungen, den Herbstputz einen Monat früher in Angriff zu nehmen, weil er dachte, dass Untätigkeit unter diesen Umständen schlecht für seinen geistigen Zustand wäre. In Ermangelung eines regulären Jobs war dies das Einzige, was ihm einfiel, um Zeit und Energie produktiv zu nutzen. Außerdem würde das Haus danach sauber sein. Der Plan stand.

Der morgendliche Verkehr war noch relativ gering, als er von der Hampton Avenue abbog und auf das malerische kleine Viertel östlich des Francis Park zusteuerte. Das erste Anzeichen dafür, dass etwas nicht stimmte, war ein Mann, der mit einem Kleinkind, das er wie einen Fußball unter dem Arm hielt, den Bürgersteig entlangrannte, ein älteres Kind an seiner anderen Hand. Lens Puls beschleunigte sich. Er fuhr langsamer, als vor ihm weitere rennende Gestalten auftauchten, von denen einige mitten auf der Straße entlangsprinteten.

„Oh nein ...", murmelte er und verlangsamte das Tempo weiter, um die verzweifelten Menschen zu umfahren, von denen ihm einige mit den Armen zuwinkten, um ihn abzubremsen. „Nein, nein, nein ..."

Die riesige Eiche am Ende seines Häuserblocks hatte alle Blätter verloren, ihre Äste knarrten im Wind. Das Ding war an einem Tag hundert Jahre gealtert. Als er vor ein paar Stunden zum Kaffee gefahren war, war die Eiche in spätsommerliches Laub gehüllt gewesen. Er fuhr den Lincoln an den Straßenrand, stellte den Motor ab und ignorierte die Parkverbotsschilder, die den Block säumten. Sirenen heulten in der Ferne und holten ihn in die Traumwelt des nächtlichen Detroit zurück. Realität und Erinnerung verwoben sich, überlagerten sich.

Len stieg aus dem Auto aus und begann wie benommen zu laufen. Er versuchte, einige der Leute anzuhalten, die immer noch auf der Straße in die entgegengesetzte Richtung liefen. „Was ist los?", fragte er. „Was ist passiert?" Aber sie rissen sich von seinem Griff los und liefen fassungslos weiter. In ihrem Gesichtsausdruck war das Entsetzen erkennbar und ihre Gesichter waren blass.

„Dreh um!", rief eine Frau, als sie mit einer fauchenden Katze in den Armen an ihm vorbeilief. „Was machst du da? Verschwinde!"

Er blinzelte und sah an ihr vorbei, als sie davoneilte. Das Gras auf dem Grünstreifen vor ihm war verwelkt, die Blätter kränklich gelbbraun. Ein toter Vogel lag auf der Straße. Lens Atem ging schnell und flach, als er seinen Blick weiter den Block hinunter schweifen ließ. Eine menschliche

Gestalt lag auf dem Bürgersteig, und zwei kleinere, pelzige Haufen lagen in der Nähe. Einer war schwarz, der andere braun. Er blinzelte, und die Haufen klarten in ein vertrautes Hundepaar auf. Ihr Besitzer ging jeden Morgen bei Sonnenaufgang mit ihnen spazieren.

Alle Bäume in der Nachbarschaft waren so kahl wie die große Eiche. Ziersträucher und Blumenbeete waren braun und hingen herunter. Weitere tote Vögel lagen auf der Straße, in den Vorgärten und auf den Gehwegen. Auf dem Boden lagen noch andere Menschen, unbeweglich.

Len spürte nicht, wie seine Füße den Bürgersteig berührten, seine Beine trieben ihn unbewusst immer weiter vorwärts. Die Sirenen näherten sich dem Gebiet aus verschiedenen Richtungen. Es fühlte sich an, als sei ein Seil an sein Brustbein gebunden und der Strudel des unerklärlichen Todes zog ihn vorwärts. Er hätte um keinen Preis stoppen können – die leblose Zone um sein Viertel herum zerrte mit unerbittlicher Kraft an seinem Körper.

Die Grenze zwischen grünem Gras und welkem Zerfall war deutlich, aber unregelmäßig. Lens Augen wurden unscharf, als er sich ihr näherte. Er konnte das Fehlen von Leben vor ihm *spüren*. Er konnte es wie einen Sirenengesang hören … sie riefen und riefen.

Sein Fuß landete geistesabwesend auf der anderen Seite der Grenzlinie, und eine schmerzhafte Welle durchflutete seine Brust, unabwendbar. Unwiderstehlich. Sein Gehirn hatte eine Fehlfunktion und sendete widersprüchliche Impulse über seine

Wirbelsäule in seine Glieder. Seine Muskeln zuckten, Lichtblitze schossen wie Feuerwerkskörper gegen die Rückseite seiner Augenlider. Es fühlte sich an, als hätte er einen stromführenden Draht zwischen den Zähnen.

Der Boden hob sich und traf ihn im Gesicht. Er registrierte den Aufprall kaum. Sein Körper zuckte, die Muskeln verkrampften sich unkontrolliert, seine Wirbelsäule krümmte sich und seine Gliedmaßen zuckten wie bei einer Marionette, die von einem betrunkenen Puppenspieler gesteuert wurde. Als sich schließlich Dunkelheit über sein knisterndes, von Stromschlägen durchzechtes Gehirn legte, war es eine Erleichterung.

KAPITEL SIEBEN

DAS GERÄUSCH von piepsenden Monitoren und das Quietschen von Tennisschuhen auf Linoleum war sowohl vertraut als auch unerwünscht. Leise Stimmen summten im Hintergrund, und Len hatte das Gefühl, als hätte er sich die Zunge fast abgebissen. Sie war geschwollen, unkooperativ und klebte an seinem Gaumen.

Sein Lippenpiercing war verschwunden. Das war das Erste, was ihm auffiel, als er es schaffte, seine Zunge unter Kontrolle zu bringen, um sich über die Lippen zu lecken. Seine Augenlider fühlten sich an, als hätte jemand Schmirgelpapier auf ihre Rückseite geklebt. Er gab ein wirsches Wimmern von sich, als er dennoch versuchte, die Augen zu öffnen. Er konnte nicht mehr erkennen als einen verschwommenen weißen Fleck und ein wenig Farbe. Eine kühle Hand legte sich um seinen Bizeps.

„Hey, Baby", sagte eine vertraute Stimme. „Da bist du ja. Halte noch ein oder zwei Minuten durch … Ich habe deinen Infusionsbeutel gegen einen mit Rans' Blut ausgetauscht. Das wird dir im Handumdrehen helfen, und dann können wir hier verschwinden."

Len blinzelte schnell und versuchte, *irgendwo in seinem verdammten Körper* etwas Feuchtigkeit zu erzeugen. „Z'rah?", lallte er.

„Ja, ich bin's", murmelte sie. „Rans bringt gerade eine Krankenschwester dazu, deine Entlassungspapiere auszufüllen und alle deine Einweisungsunterlagen irgendwo in einem Schredder zu entsorgen."

Endlich gelang es ihm, seinen Blick zu klären, und er spürte das unverkennbare Kribbeln des Vampirblutes, das seinen menschlichen Körper zwang, in einem unnatürlichen Tempo zu heilen. Zorah trug einen blauen Kittel und ihre wilden Locken waren zu einem Pferdeschwanz zurückgebunden. Ein Stethoskop hing um ihren Hals und vervollständigte ihre Verkleidung nach dem Motto: *Beachtet mich nicht, ich bin eine ganz normale Ärztin.*

„Was ...?", versuchte er zu fragen.

„Was ist passiert?", bekam er schließlich raus. Ihr Gesichtsausdruck wurde leer. „Es ist besser, wenn wir uns das aufheben, bis wir irgendwo sind, wo uns nicht jeder belauschen kann. Ich habe schon ein bisschen mit der Vampir-Hypnose-Sache um mich geworfen, weil ich in Wirklichkeit überhaupt keine Ahnung von Medizin habe. Wie fühlst du dich jetzt?"

Len versuchte, Bilanz zu ziehen. „Als ob meine Arterien Termiten hätten", entschied er. „Aber danke, dass du Rans' Blut genommen hast und nicht deins. Nichts für ungut."

„Schon gut", sagte sie trocken.

Len hatte Horrorgeschichten über die Wirkung von Sukkubusblut gehört, unabhängig davon, ob der betreffende Sukkubus zufällig auch ein Vampir war oder nicht. ‚Untoten-Viagra' war noch die am wenigsten explizite Art, um die Wirkung zu beschreiben.

Im Moment war er jedoch ehrlich gesagt mehr mit dem Loch in seinem Gedächtnis beschäftigt, wie er überhaupt in einem Krankenhausbett gelandet war. Er stieß in der gleichen Weise darauf, wie er auch auf seinen fehlenden Lippenring stieß. Dann fiel ihm etwas weniger Wichtiges ein, aber mit sofortiger Wirkung. „Verdammt! Alle meine Piercings werden sich schließen!"

Vampirblut war nicht wählerisch, was es heilte, und es gehörte zum Standardverfahren, dass das medizinische Personal jeglichen Metallschmuck entfernte, den es fand, damit er die Scans oder MRTs nicht beeinträchtigte.

„Ähm … ja. Das tut mir leid", sagte Zorah. „Ich fürchte, das steht nicht ganz oben auf der Liste unserer Sorgen, nachdem wir dich endlich aufgespürt hatten. Im Moment bin ich viel mehr daran interessiert, wie wir dich am besten von diesem ganzen Zeug losreißen können, ohne dass ein Alarm ausgelöst wird."

Das Loch in Lens Gedächtnis hielt sich hartnäckig, voller Dunkelheit. *Sehr schlimme Dinge* lauerten in den Schatten und warteten auf den Moment, um zuzuschlagen. Er schob die beunruhigende Lücke so gut es ging beiseite. Das verschaffte ihm Raum, um über die nächste nahe liegende Frage nachzudenken. *Wollte* er wirklich von zwei

Vampiren aus dem Krankenhaus befreit werden, wenn die Alternative darin bestand, hier in diesem schönen verstellbaren Bett zu liegen, mit der Aussicht auf interessante Schmerzmittel und der professionellen Meinung echter, ehrlicher Ärzte und Krankenschwestern, die wussten, was zum Teufel sie taten?

„Das kommt darauf an", sagte er zu Zorah. „Wenn ich dir sage, wie du mich losmachen kannst, was passiert dann als Nächstes?"

Sie fuhr bereits mit den Fingern an den verschiedenen Schläuchen und Drähten entlang und versuchte herauszufinden, was wohin führte und wofür es war. „Wir bringen dich nach Chicago zurück, was für dich wohl sicherer ist als St. Louis."

Sein Herz sank. *Chicago.*

„Die verdammte Fae ist hier bei dir, nicht wahr?", fragte Len resigniert.

Doch Zorah schüttelte den Kopf und war damit beschäftigt, die Kabel des Herzmonitors zu entwirren. „Nein, es ist zu gefährlich. Er ist immer noch in Chicago."

Len runzelte die Stirn. „Bist du hierhergeflogen?", fragte er. Das bedeutete für einen Vampir natürlich etwas ganz anderes als für einen Menschen und hatte in keiner Weise etwas mit Verkehrsflugzeugen oder dem Flughafen O'Hare zu tun.

„Nein. Zu langsam", sagte sie. „Wir haben unsere eigene Mitfahrgelegenheit genommen – definitiv keine Fae."

„Kann ich das ablehnen?", fragte er, als sich eine andere Gestalt dem Bett näherte.

„Das würde ich nicht vorschlagen", sagte Rans, der mit seinen dunklen Jeans, dem langen Ledermantel und dem zerzausten Haar eines Rockstars überaus deplatziert aussah. „Außerdem habe ich gerade zwanzig Minuten damit verbracht, deine Entlassungspapiere zu organisieren."

Len seufzte und gab auf. In Ermangelung besserer Möglichkeiten erklärte er Zorah, wie sie ihn losmachen konnte, ohne die diensthabende Krankenschwester mit einem Notfallkarren im Schlepptau herbeizurufen. Die imaginären Insekten, die in seinen Adern herumkrabbelten, schienen damit fertig zu sein, ihn wieder zusammenzusetzen, nachdem ... was auch immer mit ihm geschehen war. Er kletterte vorsichtig aus dem Bett und versuchte, keinem der Vampire seinen nackten Hintern, der durch den offenen Rücken des Krankenhauskittels sichtbar war, zur Schau zu stellen.

„Das könntest du brauchen", sagte Rans trocken und reichte ihm seine Klamotten.

Er nahm den Stapel sorgfältig gefalteter Kleidung und starrte auf die Jogginghose und den Kapuzenpulli, in der Hoffnung, dass sie seiner Erinnerung auf die Sprünge helfen würden. Das Gefühl, dass etwas nicht stimmte, verstärkte sich, und eine Erinnerung an die Geister in seinem Schlafzimmer ließ seinen Magen sinken.

Rans beobachtete ihn aufmerksam. „Denk am besten nicht zu viel darüber nach. Jedenfalls jetzt noch nicht", sagte der Vampir. „Lass uns einfach von hier verschwinden."

Nachdem Len seine Hose und Schuhe angezogen, den Kittel ausgezogen und in T-Shirt und

Kapuzenpulli geschlüpft war, überreichte ihm Rans eine Plastiktüte mit seiner Brieftasche, Telefon und dem nun nutzlosen Schmuck.

„Wenn wir eine Weile weg sein werden, sollte ich zuerst beim Haus vorbeischauen", sagte Len, auch wenn diese Worte eine neue Welle des Grauens in seiner Brust auslösten. „Ein paar Sachen holen."

Rans und Zorah tauschten einen Blick aus. „Nein, ich fürchte, das solltest du wirklich nicht", sagte Rans zu ihm. Der Hauch von eisigem Licht in seinen blauen Augen verriet Len, dass jeder Versuch, das Thema voranzutreiben, wahrscheinlich dazu führen würde, dass er unter Hypnose gezwungen werden würde, nachzugeben ... wenn auch auf die höfliche britische Art. Len schluckte. „Richtig. Nur damit du es weißt, ich bin schätzungsweise zehn Minuten davon entfernt, völlig durchzudrehen. Wenn wir also gehen wollen, sollten wir es jetzt tun."

„Sich selbst zu kennen, ist sehr wichtig", sagte Rans. „Lasst uns aufbrechen."

„Zum nächsten Fahrstuhl geht es hier entlang", fügte Zorah hinzu und wies nach rechts.

Len folgte ihnen nach draußen und wunderte sich über das Desinteresse der Krankenschwestern und des Personals beim Anblick eines eben noch bewusstlosen Patienten, der in Begleitung einer Frau, die nicht gerade überzeugend im Arztkittel aussah, und eines Mannes, der auf das Cover des *Rolling Stone* gehörte, hinauslief.

Ich habe schon ein bisschen mit der Vampir-Hypnose-Sache um mich geworfen, hatte Zorah gesagt.

Len konnte nicht umhin, sich zu fragen, was ihre Definition von „ein bisschen" war. Wie dem auch sei, niemand stellte sie infrage. Ein paar Minuten später traten sie in das träge Sonnenlicht des späten Sommernachmittags, während sich die Tür zischend hinter ihnen schloss.

Len blickte zurück auf das Gebäude, da er es nicht gewohnt war, ein Krankenhaus von vorne zu sehen, denn normalerweise sah er nur den Eingang der Notaufnahme.

„Die eigentliche Frage ist … wird meine Versicherung das alles bezahlen?", fragte er. Als keiner der beiden antwortete, fügte er hinzu: „Das war übrigens ein Scherz. Ich habe keine Versicherung."

„Keine Sorge", sagte Rans. „Da es keine Unterlagen über deinen Aufenthalt gibt, haben sie auch niemanden, dem sie die Rechnung stellen können."

„Das ist praktisch, denke ich." Er sah sich um. „Also, äh … wo ist deine Mitfahrgelegenheit, die *definitiv keine Fae* ist?"

Wie aufs Stichwort löste sich eine dunkle Gestalt von der Wand, die neben einer kleinen Grünfläche mit ein paar Bänken, ordentlich geschnittenen Sträuchern und fröhlich blühenden Blumen stand. Len blinzelte, und für den Bruchteil einer Sekunde flackerte eine Szene mit den farbenfrohen Pflanzen und Blättern in Überlappung mit dem Anblick kahler Äste und verwelkter brauner Blätter auf.

Zorah nahm ihn am Arm und führte ihn vorwärts, um den seltsamen Moment zu unterbrechen.

„Unser dämonischer Taxiservice, bereit zur Abfahrt", sagte sie. „Nächster Halt: Chicago."

Jeder Nerv in Lens Körper war in Bereitschaft und nahm zur Kenntnis, dass der Mann – *Dämon* – auf sie zukam und sie auf halbem Weg traf. Abgesehen von Zorah, die zu einem Viertel ein Sukkubus war, hatte Len bisher nur einen anderen Dämon richtig kennengelernt. Dieser war weiblich und böse gewesen und hatte damals versucht, ihn und seine Freunde zu töten.

Im Gegensatz dazu war dieser Dämon höflich, imposant und angeblich auf ihrer Seite – zumindest im Moment. Dies, so vermutete Len, war der berüchtigte Nigellus ... der einst Rans' Leben gerettet hatte und nun seinerseits Anspruch auf seine Seele erhob – und damit auch auf die von Zorah. In dem Desaster, als das sich Lens Leben entpuppte, war der Verkauf der Seele an den Teufel ... etwas mehr als eine klischeehafte Metapher. Es schien, als seien Seelen für übernatürliche Wesen eine wertvollere Währung als Gold – und jeder wollte ein Stück abhaben.

Nigellus schien ein imposanter Mann in den späten Vierzigern zu sein – ein paar Zentimeter größer als Len mit seinen 1,82 Meter. Seine Gesichtszüge ähnelten einem Falken und sein dunkles Haar hatte an den Schläfen weiße Strähnen und lief mittig zu einem auffällig spitzen Haaransatz zusammen. Seine Augen waren von der Farbe des teuersten Bourbons, den der *Brown Fox* zu bieten hatte. Er trug einen konservativen, aber exquisit geschnittenen schwarzen Businessanzug.

Ich ernte nicht immer die Seelen meiner Feinde, dachte Len mit geschürzten Lippen, *aber wenn ich es tue, bewundern sie die Qualität meiner maßgeschneiderten Anzüge bis hinunter in die Hölle.*

Der intensive, bernsteinfarbene Blick überflog Len mit begrenztem Interesse, wobei er zweifelsohne seine *bescheidene* Kleidung, die der eines Obdachlosen ähnelte, und die dunklen Ringe unter seinen Augen wahrnahm. Len versuchte, sich nicht wie eine Gazelle zu fühlen, die einem Löwen gegenübersteht.

„Sind wir bereit, aufzubrechen?", fragte der Dämon mit seiner klangvollen, unvergesslichen Stimme, womit er eine Late-Night-Radiosendung über Geister, Außerirdische und Dinge, die in der Nacht spukten, äußerst erfolgreich moderieren könnte.

„Darauf kannst du wetten", murmelte Zorah und sah sich um, um sicherzugehen, dass niemand in ihre Richtung schaute. „Je eher wir herausfinden, was wir gegen dieses Chaos unternehmen können, desto besser."

Ohne Vorwarnung setzte Lens Herz einen Schlag aus, als die Erinnerungen wieder auftauchten. *Der Traum. Der Anruf bei Kat. Der Kaffee im Donutladen. Die Fahrt nach Hause.*

„Oh, verdammt", murrte er, als ihn eine unbekannte Hand oberhalb des Ellbogens packte und alles dunkel wurde.

KAPITEL ACHT

WÄHREND SICH DAS REISEN durch ein Fae-Portal wie ein freier Fall durch den Weltraum anfühlte, so fühlte sich das Reisen per Dämonenteleportation an, als würde man durch einen Spalt gequetscht, der viel zu schmal für den eigenen Körper war. Zum Glück dauerte es nicht lange, bis sie in der deprimierenden Küche der Fae wieder auftauchten – obwohl es so aussah, als hätte jemand zumindest die Spinnweben entfernt, seit er das letzte Mal hier gewesen war.

Er wirbelte zu Zorah und Rans herum und schwankte ein wenig. „Verdammt. *Verdammt!* Geht es Kat gut?"

Zorah legte ihm eine Hand auf den Arm, um ihn zu beruhigen. „Ich weiß nicht, wer das ist. War sie bei dir? Woran erinnerst du dich?"

Er trat zurück, wandte sich von ihr ab und hob eine Hand an die Stirn, als könne er seine umherwirbelnden Gedanken damit beruhigen. „Ich … nein. Warte. Ich glaube, ich war allein. Wir tranken einen Kaffee in diesem kleinen Laden in Bancroft. Aber dann habe ich sie dort zurückgelassen und bin zum Haus gefahren."

Albigard erschien wie ein Geist in der Tür und umklammerte mit einer Hand den Holzrahmen. Sein Gesicht war so hager, wie Len es noch nie gesehen hatte, nicht einmal, als die Fae verletzt ... oder gerade gefoltert worden war. Seine grünen Augen waren auf den Dämon gerichtet, der auf der anderen Seite der Küche stand und ihn wie eine Katze beobachtete, die den massigen Rottweiler abschätzte, den die Besitzer gerade aus dem Tierheim mitgebracht hatten.

„Len? Du bist zurück zum Haus gefahren und ... was ist dann passiert?", fragte Zorah und ignorierte die Anspannung, die im Raum herrschte.

Unzusammenhängende Bilder stürmten auf ihn ein – Menschen, die vor etwas wegrannten ... Tote, die regungslos auf den Gehwegen lagen ... verrottete Bäume ... und winzige Kadaver von Vögeln, die die Straße übersäten. Ein Band der Panik legte sich um Lens Brust, als er sich daran erinnerte, wie er sein Auto geparkt hatte. Wie ferngesteuert folgte er dem unaufhaltsamen Sog in die Zone der Zerstörung.

„Alle waren tot", sagte er heiser. „Menschen, Tiere, Bäume, das Gras ...“

„Wir haben es gesehen", sagte Rans leise. „Als wir nach dir gesucht haben. Hast du gesehen, wer das verursacht hat?“

„Nein", erwiderte Len. „Ich glaube, es war schon weg, als ich ankam.“

Nigellus seufzte. „Es gibt wenig Rätselhaftes und es bedarf keiner großen Schlussfolgerung, um zu dem Schluss zu kommen, dass die *Wilde Jagd* zu der Schwachstelle zurückgekehrt ist, die sie bereits zwischen den Welten aufgerissen hatte. Offensichtlich hat sie sich diesmal in ihrem neuen Territorium weiter vorgewagt, bevor sie sich wieder auf vertrautes Terrain zurückzog."

Albigard sah regelrecht angewidert aus und sein Griff um den Türrahmen wurde fester. Er griff so fest zu, bis das Holz hörbar knarrte. „Die Jagd tötet nicht wahllos", protestierte er.

Nigellus spottete. „Bis jetzt hatte die Jagd noch nie Zugang zu einem Ort, an dem es Leben gibt, das so leicht sterben kann. Für ein Wesen, das die Seelen der Lebenden in die Leere saugt, ist die Erde ein Festmahl."

Len war entsetzt und versuchte, diese Offenbarungen zu verarbeiten. „Du sagst also, dass – nachdem du *mir ausdrücklich gesagt hast,* dass dieses Ding versuchen würde, dir nach Chicago zu folgen und St. Louis nicht mehr belästigen würde – es zurückkkam und *jedes lebende Wesen in meiner Nachbarschaft* getötet hat?"

Er versuchte, sich Bettys letzte Stunden vorzustellen ... die süße alte Frau, die auf der anderen Straßenseite wohnte, Ryan und Cherise, mit ihrem kleinen Kind und dem Baby, das unterwegs war, oder der nervige Typ drei Häuser weiter, der spätnachts immer seine Stereoanlage aufdrehte. Sein Herz klopfte wie wild in seinen Ohren. Um diese Gedanken zu blockieren, schlug er mental eine Tür zu. Jemand hatte einen ramponierten Tisch und Stühle in den leeren Essbereich neben der Küche geschleppt. Len stolperte hinüber, zog sich einen Stuhl heran und ließ sich holprig darauf nieder.

Die Stille, die auf seine Worte folgte, war erdrückend. Sie zog sich schmerzhaft in die Länge, bis sich Nigellus räusperte.

„Sie hat nicht *jedes* Lebewesen getötet", meinte der Dämon.

Alle Augen richteten sich auf Len. Er blickte auf und spürte, wie sie ihn musterten. „Ich habe es euch schon gesagt", schnauzte er. „Die Jagd war weg, bevor ich zurückkam."

Rans' Stirn runzelte sich. „Hat es eine anhaltende Wirkung … der Seelenraub? Oder tritt es nur auf, wenn die Jagd aktiv ist?"

Es gab eine Pause, bevor Albigard antwortete. „Wenn sich die Jagd zurückzieht, bleibt nichts zurück."

Zorah runzelte die Stirn und gestikulierte mit einer Hand zu Len. „Und doch fanden wir Len im Krankenhaus, immer noch bewusstlos nach einem, äh … wie nannte man das? Myotonischen Krampf? Und das schon seit mehr als vierundzwanzig Stunden."

Auch Len zog die Brauen zusammen. „Meinst du myoklonische Krampfanfälle? So lautete meine Diagnose?"

„Ja, das haben sie gesagt. Was ist das Letzte, woran du dich erinnern kannst?", drängte Rans.

Mit großem Widerwillen dachte er zurück an das Ereignis. „Ich … habe das Auto geparkt? Es liefen Leute die Straße hinunter, und ich konnte einen großen Baum am Ende der Straße sehen, der in den zwei Stunden, in denen ich weg war, um Kat zu treffen, alle seine Blätter verloren hatte. Das Gras war braun." Seine Lippen wurden schmal, als er sich zwang, weiterzusprechen. „Als ich näher kam, sah ich auch Menschen und Tiere … alle tot. Ich bin einfach immer weitergelaufen. Es war, als könnte ich nicht aufhören, als würde ich vorwärts gezogen werden." Er schluckte schwer und fragte: „Wie groß war das Gebiet, das betroffen war?"

„Ungefähr zwei Häuserblocks", antwortete Rans. „Aber damit ist die Frage immer noch nicht beantwortet. Wenn sich die Wirkung der *Wilden Jagd* bereits verflüchtigt hatte, warum hat dann die Annäherung an sie dazu geführt, dass unser Freund hier im Krankenhaus gelandet ist?"

„Schock?", fragte Nigellus trocken.

„Ein emotionaler Schock löst keine myoklonischen Krampfanfälle bei jemandem aus, der nicht schon vorher damit belastet ist ", warf Len ausdruckslos ein. „Was bei mir nicht der Fall ist."

„Der Mensch wurde in die tote Zone gezogen, weil er latente Nekromantie besitzt." Alle im Raum drehten sich um und sahen Albigard an. Die Fae durchbohrte Len mit einem Blick. „Zweifellos wurde er aus demselben Grund von der Erfahrung negativ beeinflusst."

Len starrte ihn an und ließ sich die Worte ein zweites Mal durch den Kopf gehen, in der Hoffnung, dass sie mehr Sinn ergaben. Das taten sie nicht.

„*... Was zum Teufel meinst du damit?*", fragte er, Albigard immer noch finster anblickend.

Die Fae hob eine Augenbraue. „Nekromantie. Die Fähigkeit, Macht aus dem Moment des Todes zu ziehen, unabhängig davon, ob es eine vorherige Seelenbindung zwischen den beiden Parteien gibt oder nicht."

Len nahm nur am Rande wahr, wie Nigellus ihm einen spekulativen Blick zuwarf – er war zu sehr damit beschäftigt, darauf zu warten, dass die Fae in der Tür mit der Hand abwinken und sagen würde, dass sie nur einen Scherz gemacht habe und dass Len ein dummer, ganz normaler Mensch sei, der niemanden interessierte.

Du stinkst nach Tod.

Die Worte hallten in seiner Erinnerung nach. War das erst vor einer Woche gewesen? Len nahm in seinen Augenwinkeln ein Leuchten wahr und riss seinen Kopf in diese Richtung. Yussefs Geist saß auf der Anrichte in der Ecke und schwang seine Beine. Sein Kopf lag auf seinem gebrochenen Hals. Len blinzelte, und die Vision war verschwunden.

„So viel Tod an einem Ort wäre für jemanden mit solchen Vorlieben unwiderstehlich – aber die Jagd hatte bereits gespeist", fuhr die Fae fort, als wäre Len nicht im Raum. „Das Versprechen des Todes war eine Illusion. Der Animus war bereits weg, in die Leere gesogen. Die Diskrepanz zwischen Erwartung und Realität könnte ausgereicht haben, um einen menschlichen Geist in einen Zwiespalt zu stürzen, der sich bis ins Physische erstreckt. Sie sind, wie bereits erwähnt, zerbrechliche Geschöpfe."

Lens Stuhlbeine knirschten über die Fliesen. „Ich muss mich hinlegen."

„Oben gibt es Zimmer." Albigards kühler, gleichgültiger Tonfall ließ es so klingen, als hätte er Pläne für das Abendessen oder etwas ähnlich Langweiliges besprochen, aber die Anspannung in seinem ekelhaft hübschen Gesicht sagte etwas anderes. Len biss die Zähne zusammen und drängte sich an ihm vorbei durch die Tür, wobei er die Fae unsanft mit den Schultern anrempelte.

***

Das Schlafzimmer, in das Len stolperte, beherbergte ein Bett und eine Kommode, auf der ein Kamm und … seltsamerweise … eine Häkelnadel lag, einen Stuhl und nicht viel mehr. Er starrte lange in den Spiegel der Kommode und begegnete dem grauäugigen Blick eines blassen Fremden in einem Kapuzenpulli, mit blauem Haar, das in schlaffen, fettigen Strähnen in seine Stirn hing, doch ohne Piercings, die sein Gesicht normalerweise zierten.

Er kramte in seiner Hosentasche und holte den Plastikbeutel mit den drei Piercings heraus. Das Krankenhaus hatte eine der losen Perlen verloren, die normalerweise an den Ringen hingen. Er warf das Tütchen auf die Kommode und legte seine Brieftasche und sein Handy daneben.

Kat war bestimmt am Durchdrehen, dachte er. Er musste sie wissen lassen, dass es ihm gut ging … je nachdem wie man *gut* definierte. Er hatte kein Ladegerät für sein Handy, das mit ziemlicher Sicherheit schon leer war. Und selbst wenn er ein Ladegerät gehabt hätte, würde es der Versuch, das Handy in diesem Haus einzuschalten, solange Albigard anwesend war, wahrscheinlich zerstören. Er wandte sich von dem jämmerlich aussehenden Mann im Spiegel ab und rüttelte an der anderen Tür des Zimmers.

Sie führte zu einem geräumigen Badezimmer. Wie der Rest des Hauses stank auch dieser Raum nach Vernachlässigung. Zu seiner Erleichterung gab es Wasser, und irgendwo war auch ein Warmwasserbereiter. Im Schrank unter dem Waschbecken befanden sich Handtücher und Waschlappen. Sie rochen abgestanden, schienen aber sauber zu sein. Len vergewisserte sich noch einmal, dass die Dusche funktionierte, bevor er sich auszog. Wenigstens waren seine gottverdammten Tattoos noch da, die sich an beiden Armen entlangzogen. Ein Teil der Identität – der *Rüstung*, die er sich nach Detroit zugelegt hatte – war noch da.

Auf dem Regal in der Duschkabine standen Shampoo, Spülung und es gab ein Stück Seife – billiges Zeug, wie man es in jeder Drogerie fand. Er trat unter den Wasserstrahl und hob sein Gesicht dem Duschkopf entgegen, entschlossen, an nichts anderes zu denken als an das warme Wasser, das auf seine Haut prasselte. Die Dusche war riesig, groß genug für zwei Personen. Ehrlich gesagt war das ganze Haus riesig … aber es fühlte sich ungemütlich an. Vernachlässigt. Als ob die kleinen Dinge, die ein Haus zu einem Zuhause machten, für die Fae, der es gehörte, genauso unsichtbar war, wie es das Anwesen angeblich für andere war.

Len wischte sich das Wasser aus den Augen, griff nach der Seife und begann, sich die letzten Tage von der Haut zu schrubben. Er shampoonierte sein Haar zweimal, arbeitete etwas Spülung ein und wünschte sich verzweifelt, er hätte Haargel, Schaumfestiger oder wenigstens sein verdammtes Haarspray. Nachdem er sich mit einem der muffigen Handtücher abgetrocknet hatte, zog er sich seine zwei Tage alte Jogginghose und sein T-Shirt wieder an.

Der Kamm auf der Kommode war mit etwas Klebrigem behaftet – wahrscheinlich mit Sheabutter aus der kleinen Dose, die auf der Kommode stand. Der Gedanke, den Kamm eines anderen zu benutzen, hätte ihn normalerweise mehr als nur ein wenig angewidert … aber den Kamm im Waschbecken mit heißem Wasser und Seife zu schrubben, war eine gute Ablenkung, um ein paar Minuten lang nicht nachdenken zu müssen. Er trocknete ihn ab und fuhr damit durch die längeren blauen Strähnen und dann mit den Fingern durch das natürliche schwarze Haar an den kurz geschorenen Seiten.

Da er nichts anderes hätte tun können, außer wieder nach unten zu gehen und die Anwesenheit der anderen zu ertragen, legte er sich auf das Bett, wobei er sein feuchtes Haar so legte, dass es nach dem Trocknen nicht nach hinten abstehen würde. Er hatte das Licht im Schlafzimmer angelassen, zum Teil in der Hoffnung, die Geister abzuschrecken, aber vor allem, weil er eigentlich nicht schlafen wollte.

Er tat es trotzdem.

KAPITEL NEUN

ZUM GLÜCK BLIEBEN DIE TRÄUME, die ihn in letzter Zeit geplagt hatten aus und er wurde einige Zeit später durch ein leises Klopfen an der Tür geweckt. Das schwache Licht vor den Fenstern ließ darauf schließen, dass es früher Abend war. Ihm wurde klar, dass er keine Ahnung hatte, wie spät es gewesen war, als ihn die anderen aus dem Krankenhaus geholt und hierhergeschleppt hatten.

„*Len?*", rief Zorah vorsichtig. Er seufzte resigniert.

„Hey, komm rein", rief er zurück.

Die Tür knarrte, als Zorah sie öffnete. Len stand nicht auf, als sie hereinkam. Sie setzte sich auf die Bettkante und schaute zu ihm rüber.

„Hey", sagte sie. „Ich dachte, du hast vielleicht Hunger. In der Küche gibt es etwas zu essen, auch wenn es hauptsächlich vegetarische Sachen sind." Sie hielt inne. „Willst du darüber reden, was Albigard gesagt hat, oder –?"

„Nein", schnauzte er sofort. „Auf keinen Fall."

Ihre wissenden braunen Augen schweiften über ihn, doch sie wechselte schnell das Thema. „Richtig. Nigellus ist vor ein paar Stunden gegangen. Er sagte, er wolle jemanden kontaktieren, der uns vielleicht bei der Sache mit dem wütenden, seelenfressenden Monster helfen kann."

„Gut für ihn", meinte Len. Er setzte sich auf. „Erinnerst du dich an Betty von der anderen Straßenseite, ein Haus weiter?"

Zorah schwieg einen Moment lang. „Ja. Ich meine ... nicht gut. Ich glaube, sie hat ein paar Mal Zeitschriftenabonnements von mir gekauft, als ich ein Kind war und das Schwimmteam Geld für die Landesmeisterschaften sammelte. Sie schien nett zu sein."

Len rieb sich die Augen und drückte seinen Nasenrücken. „Sie *war* nett. Und jetzt ist sie tot. Es sei denn, sie war aus irgendeinem Grund zufällig zwischen fünf und sechs Uhr morgens nicht in der Gegend."

Zorah nickte, ohne etwas zu sagen.

„Es gab *Kinder* in der Nachbarschaft, Z."

„Ja. Ich erinnere mich."

Len sah sie an und kämpfte gegen den Drang an, zu schreien. Er wollte ausflippen, bis jemand anderes sich genauso aufregte, wie er sich gerade fühlte.

Zorah wich seinem Blick nicht aus. „Die Welt ist beschissen. Sie ist *viel beschissener*, als wir dachten, bevor wir von den Monstern wussten. Menschen sind gestorben. Wir können sie nicht zurückholen. Stattdessen müssen wir uns weiter vorwärts kämpfen. Albigard und Nigellus glauben, dass die Jagd, nachdem sie auf der Erde auf den Geschmack gekommen ist, immer wieder zurückkommen wird. Und jedes Mal, wenn sie sich nährt, wird sie stärker werden. Sie wird *mächtiger* werden, Len."

Das verzweifelte, unkontrollierte Gefühl, das Len im Laufe der Jahre zu fürchten gelernt hatte, stand mental in den Startlöchern. Er beugte sich vor, vergrub seine Finger in seinem Haar und hielt sich fest.

„Sag mir nur eines und lüg mich nicht an", forderte er. „Ist das Ding in unser Viertel zurückgekommen, weil ich da war? Weil ich darauf bestanden habe, nach Hause zu gehen?"

„Was? Nein!", rief Zorah entsetzt, als hätte sie gerade herausgefunden, in welche Richtung seine Gedanken gingen. Sie legte ihre Hand auf seine Schulter. „Len, *nein*. Die Jagd kam zurück, weil der Schleier bereits ein Loch hatte." Sie legt ihm eine Hand auf die Schulter und spannte sie an, bis er aufblickte. „*Wir* sind diejenigen, die es vermasselt haben. Nicht du. Albigard war sich *sicher*, dass sie ihm folgen würde. Er sagt, sie verhält sich nicht so, wie es für die Jagd üblich ist. Ehrlich gesagt, flippt er deswegen ein bisschen aus. Ich habe ihn noch nie so aufgebracht gesehen."

Len wollte etwas Beleidigendes über den emotionalen Zustand der Fae sagen … es lag ihm auf der Zunge, aber er erinnerte sich an ihre hageren Gesichtszüge und schluckte die Worte hinunter. Er fragte sich, wie es sich anfühlen musste, wenn man erfährt, dass das eigene Volk einen Henker auf einen angesetzt hatte und sich dieser nebenbei in Massenmord übt.

„Okay", murmelte er stattdessen. „Du sagtest, Nigellus sei gegangen. Heißt das, ich kann auch gehen?"

Ihr Gesichtsausdruck wurde besorgt. „Len, du solltest nicht zurück nach St. Louis gehen. Dieses Ding wird wahrscheinlich zurückkommen, sobald es wieder Hunger hat … oder sobald es anfängt, mutiger zu werden."

Er schüttelte irritiert den Kopf. „Ich spreche nicht von St. Louis. Hältst du mich für einen Idioten, Zorah? Ich *meinte*, ob ich für ein paar Stunden in die Stadt fahren kann. Ich muss ein paar Sachen besorgen."

„Oh. Richtig … Ich meine, soweit ich weiß, ist das in Ordnung. Aber wir haben hier kein Auto, mit dem du in die Stadt fahren kannst", sagte sie entschuldigend.

„Ich kann mir ein *Uber* rufen", schlug er vor. „Gibt es hier irgendwo ein Ladegerät für ein iPhone? Ich nehme an, dass ich den Akku in Blondies Nähe aufladen kann, solange ich das Handy nicht einschalte."

Sie nickte. „Ja, es gibt noch eine Sammlung von Ladegeräten vom letzten Mal, als wir hier mit Guthrie und Vonnie festsaßen. Aber du musst das *Uber* zu einer der Adressen der Nachbarn schicken und ihn an der Straße treffen. Keine ist in der Lage, dieses Haus zu sehen."

Len seufzte. „Verdammt, natürlich. Weil es unsichtbar ist."

„Ich werde ein Ladegerät für dich auftreiben", meinte sie. „Und Len … es tut mir wirklich leid, dass wir dich in diesen Schlamassel hineingezogen haben."

Len wehrte sich gegen die Dunkelheit, die ihn zu verschlingen drohte. „Nicht deine Schuld, Z."

„Na ja, aktuell sieht es aber sehr danach aus.“ Sie seufzte. „Aber ich schätze, es wäre so ziemlich das Gleiche passiert, egal wo wir ihn hingebracht hätten. Ich bin nur froh, dass es dir gut geht. Als wir die Berichte in den Nachrichten gesehen haben, habe ich fast den Verstand verloren. Ich werde nicht lügen. Wir kamen so schnell wir konnten und fanden dein Auto außerhalb der toten Zone geparkt. Also fingen wir an, die Krankenhäuser abzuklappern und nach dir zu suchen.“

„Hey, wenigstens habt ihr mir die Arztrechnungen erspart“, murrte er, auf der Suche nach *etwas*, das die bedrückende Stimmung zwischen ihnen auflockern würde.

„Kein Problem. Das gehört alles zum Service“, stimmte sie zu und versuchte zu lächeln, was nicht sehr überzeugend war. „Dabei fällt mir ein … Rans hat das Zuhältermobil in einem Langzeitparkhaus westlich des Tower Grove Park untergestellt. Der Besitzer schuldet ihm einen Gefallen, und wir dachten, so wird dein Auto wenigstens nicht abgeschleppt.“

„Gut zu wissen“, meinte er so müde klingend, dass es ihm selbst auffiel.

„Wie auch immer“, fuhr Zorah fort, „Albigard ist irgendwo am Grübeln … falls du etwas essen willst, während du dein Handy auflädst. Du solltest also sicher vor ihm sein.“

Die Erwähnung der Fae verdüsterte Lens Stimmung erneut, aber er nickte nur. „Okay. Also dann … Essen.“

Der Kühlschrank war mit allem gefüllt, was Len für Kaninchenfutter hielt, aber es war frisch, und es war Bio. Er warf einen Salat zusammen und würzte ihn mit Öl und Essig. Er hatte sich vorgenommen, unterwegs etwas Nahrhafteres zu besorgen.

Als sein Handyakku zu fünfzig Prozent aufgeladen war, war es draußen dunkel. Er ging nach draußen, um das *Uber* zu rufen, damit Albigard nicht aus Versehen sein Handy schmolz, und lief dann wieder hinein, um den anderen mitzuteilen, dass er spät zurück sein würde. Dann ging er hinunter zur Straße, um den Fahrer zu treffen. Ihm war vorher gar nicht aufgefallen, wie bewaldet die Gegend war, obwohl er sich daran erinnerte, dass ihm Zorah gesagt hatte, dass das Grundstück an ein Naturschutzgebiet grenzte. Die geschotterte Auffahrt war lang und kurvenreich, und es dauerte eine Weile, bis er schließlich die Straße erreichte. Bis zum nächsten Nachbarn war es ein ziemlich langer Fußmarsch.

Das bedeutete zumindest, dass er nicht lange auf seine Mitfahrgelegenheit warten musste. Sein Bankkonto würde es ihm nach heute Abend zwar nicht danken, aber wenigstens hatte er aufgrund seines Nebengeschäfts ein bisschen Geld in der Tasche. Außerdem musste man manchmal die Vernunft beiseitelassen und alles tun, was nötig war, um einen weiteren Tag über die Runden zu kommen.

Er wies dem Fahrer den Weg zum nächstgelegenen Fast-Food-Laden mit Drive-in, versprach ihm ein hohes Trinkgeld und bot ihm an, ihm einen Shake oder etwas anderes zu spendieren, wenn er das wollte. Danach setzte ihn das *Uber* an einem Tattoostudio ab, das Laufkundschaft annahm und im Internet ausgezeichnete Bewertungen hatte.

Eine Stunde später kam er mit all seinen Piercings wieder intakt heraus. Sein Gesicht tat höllisch weh, aber das war es ihm wert, um sich wieder wie er selbst zu fühlen. An der Ecke gab es einen Drogeriemarkt, in dem er sich mit dem Nötigsten versorgte ... Zahnbürste, Zahnpasta, Socken, Unterwäsche und Haarpflegemittel sowie einen billigen Rucksack, um alles zu transportieren. In einem Secondhand-Laden zwei Blocks weiter fand er einige Jeans und ein paar Shirts.

Nachdem er seine Besorgungen erledigt hatte, trat Len auf den Bürgersteig und atmete tief durch. Positiv war, dass er den Eindruck hatte, viel weniger auf einem Pulverfass zu sitzen als letzte Woche. Einige Fenster in der Stadt waren immer noch mit Brettern vernagelt, und die Leute, die umherliefen, warfen ihm wachsame Blicke zu. In der kurzen Zeit, die er hier war, hatte er zwei Streifenwagen langsam an ihm vorbeifahren sehen.

Doch die Geschäfte waren größtenteils geöffnet, und niemand lief in der Gegend herum und zündete Sachen an. Len war sich schmerzlich bewusst, dass es für ihn nicht allzu schwierig sein würde, ein Stück weiter in eine Seitenstraße zu gehen, um einen Dealer zu finden und etwas Koks zu kaufen. Er überlegte so lange, bis seine Hände anfingen zu zittern.

Ruf Kat an, sagte die kleine Stimme der Vernunft, die sich gelegentlich meldete, wenn er über schreckliche Lebensentscheidungen nachdachte.

Der Gedanke, dass Kat immer noch nicht wusste, ob er tot oder lebendig war, rüttelte ihn aus dem Sirenengesang der Sucht heraus – zumindest für einen Moment. Er fand einen ruhigen Gebäudeeingang, unter den er sich stellen konnte, und wählte Kats Nummer.

„Len?" Kats Stimme klang laut in seinem Ohr. „*Oh mein Gott, Len! Bist du das? Sag doch was!*"

„Ich bin's", bestätigte er. „Mir geht's gut. Tut mir leid, dass ich nicht früher angerufen habe. Ich war im Krankenhaus und –"

„*Aber dir geht es gut?*", fragte sie. „*Ich habe die Nachrichten gesehen –*"

„Mir geht's gut", versprach er. „Ich bin in Chicago und wohne bei ein paar Vampiren. Was in meiner Nachbarschaft passiert ist ... das hat eher was mit den Fae zu tun. Es ist schlimm, Kat."

„*In den Nachrichten sagten sie, es sei ein Chemie-unfall gewesen*", erwiderte sie. „*Das klang wie Blödsinn.*"

„Hundertprozentiger, zertifizierter Blödsinn", stimmte Len zu. „Hör zu ... Ich weiß nicht genau, wie sich die Sache entwickeln wird. Aber hast du irgendwelche Freunde, die du für ein oder zwei Wochen außerhalb der Stadt besuchen könntest? Es besteht die Möglichkeit, dass dieses Ding, was auch immer es ist, immer wieder an dieselbe Stelle zu-rückkehren wird, an der es vorher durchgebrochen ist. Nur ... es wird größer sein beim nächsten Mal."

Kat schwieg einen Moment lang. „*Wie viel grö-ßer? Und was ist das für ein ‚Ding'?*"

Len schloss die Augen und lehnte sich gegen die Backsteinwand des Eingangs, in dem er stand.

„Das ist das Problem. Ich habe keine Ahnung. Keiner scheint es genau zu wissen. Es ist eine Art Monster, das aus dem Reich der Fae ausgebrochen ist. Es sollte überhaupt nicht auf der Erde sein."

Jetzt herrschte auf beiden Seiten Stille.

„Ist dir aufgefallen, dass in letzter Zeit jede neue Katastrophe schlimmer ist als die vorherige?", fragte sie schließlich.

Ist mir aufgefallen, dachte er. „Ja", sagte er stattdessen. „Die letzten Monate waren ein ziemlicher Clusterfuck. Kannst du trotzdem eine Weile aus der Stadt verschwinden?"

„Nach diesem Gespräch bin ich hoch motiviert", versicherte sie ihm. *„Ich werde mir etwas einfallen lassen."*

Er nickte, obwohl er wusste, dass sie ihn nicht sehen konnte. „Gut."

„Und was ist mit dir?", fragte sie. *„Brauchst du etwas? Hast du Geld?"*

Len schnaubte. „Mir ging es *nie* besser. Nein ... keine Sorge. Ich habe etwas Bargeld und eine Kreditkarte dabei. Und wenn es ganz schlimm kommt, sind die Vampire noch da und die sind ja unverschämt reich, oder? Ich bin sicher, einer von ihnen kann mir ein paar Hunderter leihen, ohne dass sie den Verlust bemerken."

„Ist Leonides bei dir?", fragte Kat.

„Nein, er ist immer noch irgendwo mit Vonnie und den entführten Kindern untergetaucht", antwortete Len. „Ich bin gerade bei seiner Enkelin und ihrem Freund. Ich glaube nicht, dass du sie kennst, aber sie sind eigentlich ganz in Ordnung ..., wenn sie nicht gerade damit beschäftigt sind, mich in verrückte Sachen hineinzuziehen."

„Sei einfach vorsichtig, okay?", bat Kat ihn. *„Kommst du zurecht?"*

„Ja. Ich versuche, mich mit den Umständen zu arrangieren." Das war keine Lüge. Wenigstens hatten seine Hände aufgehört zu zittern.

„Nun, halte mich auf dem Laufenden. Ich muss dir bestimmt nicht sagen, dass ich ein Wrack war, als ich bemerkte, dass sie in den Nachrichten von deiner Nachbarschaft redeten."

„Ich halte dich auf dem Laufenden, so gut ich kann", versprach er. „Aber es gibt verschiedene Sicherheitsvorkehrungen bei diesen Leuten und ihrem Mist, und ich kann mein Handy nicht immer einschalten, um jemanden anzurufen und auf Nachrichten zu antworten. Such dir ein nettes Plätzchen, das weit weg von St. Louis liegt, und tauch eine Weile unter, okay? Sag Gina und allen anderen, die du erreichen kannst, dass sie das Gleiche tun sollen."

„Bin schon dabei", meinte sie leise. *„Gott sei Dank geht es dir gut, Baby. Wir sprechen uns bald."*

„Wir hören uns", stimmte er zu. „Bye, Kat."

Er legte auf und ließ seinen Kopf zurück gegen die Wand fallen. Der verzweifelte Drang, high zu werden, war verschwunden, aber er wusste verdammt gut, dass er in diesem Zustand kein Auge zumachen würde. Nachdem er eine ganze Minute lang im Stillen mit sich selbst gerungen hatte, gab er nach und suchte im Handy nach Marihuana-Apotheken in der Nähe. Die nächstgelegene war mehr als drei Meilen entfernt. Er hätte ein weiteres

Uber rufen können, um ihn dorthin zu bringen, aber jemanden dafür zu bezahlen, ihn an einen Ort zu fahren, an dem das Gras teurer sein würde, als wenn er es auf der Straße kaufte, war ihm irgendwie unangenehm.

Nachdem er noch einige Augenblicke überlegt hatte, kam er schließlich zu dem Schluss, dass er seine Informationen nicht bei einer Chicagoer Apotheke hinterlegen wollte, solange er sich mit einer flüchtigen Fae versteckt hielt. Das setzte natürlich voraus, dass irgendjemand überhaupt auf seine elektronische Spur achtete – und es war schließlich nicht so, dass ihn eine ausreichend motivierte Person nicht anhand seiner *Uber*-Aufzeichnungen aufspüren könnte. Aber ... scheiß drauf.

Er ging zur Drogerie zurück und kaufte Zigarettenblättchen, ein Feuerzeug und ein kleines Pfefferspray, nur für den Fall. Damit bewaffnet, wanderte er weiter durch die Stadt, bis er zu einem Ort kam, an dem er ein paar Dime-Tütchen billig und ohne viel Aufhebens kaufen konnte. Sobald er alles hatte, was er brauchte, rief er ein *Uber*, das ihn an der Einfahrt des Nachbarn absetzte, von der er zuvor losgefahren war. Da Albigard für ihn den Schutzzauber sichtbar gemacht hatte, konnte er die kurvenreiche Schotterauffahrt, die zum Haus führte, problemlos sehen. Die Tür war nicht verschlossen, also ging er hinein und stellte seinen Rucksack mit den Einkäufen in seinem Zimmer ab. Dann machte er sich auf die Suche nach den Vampiren.

Len fand sie in der Küche. Sie hatten sich spontan zu einem Kriegsrat mit Albigard zusammengefunden und als sie seiner gewahr wurden, blickten sie alle gleichzeitig auf.

„Rans", sagte Len. „Ich brauche ein paar Tropfen von deinem Blut."

Rans' Stirn runzelte sich. „Bist du verletzt?"

Len deutete mit der Hand auf sein Gesicht, das mit einem Piercing mehr als früher verziert war. „Nur im freiwilligen Sinne, aber da du meine Piercings im Krankenhaus ruiniert hast, dachte ich mir, dass du sie für mich heilen kannst, damit sie sich nicht entzünden."

„Oh, Gott sei Dank", hauchte Zorah. „Nichts für ungut, aber dich ohne Piercings zu sehen, war irgendwie verstörend. Du hast wie neunzehn ausgesehen."

„Ich bin achtundzwanzig", meinte er trocken. „Aber wart's nur ab … in zwanzig Jahren wird niemand mehr über mein hübsches Babygesicht lachen, vorausgesetzt, ich lebe in zwei Jahrzehnten noch und bin nicht von dem Todesmonster aus dem Reich der Fae gefressen worden."

Rans ritzte kommentarlos seinen linken Zeigefinger an einem seiner Reißzähne ein und hielt ihn Len hin. Len packte Rans' Handgelenk und leckte den roten Blutstropfen ab. Inzwischen kümmerte er sich nicht mehr um Etikette und dergleichen, denn er genoss es viel zu sehr, dabei Blickkontakt mit Albigard zu halten, um ihn zu ärgern.

Innerhalb weniger Augenblicke begannen die frisch gestochenen Löcher der Piercings in seinem Gesicht zu jucken und heilten mit wundersamer Geschwindigkeit. „Großartig. *Danke!* Ich habe Gras gekauft, als ich in der Stadt war, also werde ich nach oben gehen und so viel davon rauchen, um mich für den Rest der Nacht zu betäuben."

Zorah runzelte ihre Stirn. „Ähm … Len … solltest du Gras rauchen, nachdem du …" Die Worte ‚nach deinem Drogenentzug‘ blieben ungesagt, aber er hörte sie laut und deutlich.

„Ganz bestimmt nicht", sagte er. „Worauf willst du hinaus?"

„Lass den armen Mann rauchen gehen, Zorah", warf Rans ein, die ruhige Stimme des Hedonismus. „Nigellus wird morgen Vormittag mit einem oder mehreren neuen Verbündeten zurück sein. In einem der Schränke sollte Kaffee stehen, wenn du morgen früh welchen möchtest."

„Cool", erwiderte Len und verabschiedete sich.

In seinem Zimmer holte er die Blättchen hervor und zerbröselte mit den Fingern so viel von dem Gras, dass es für einen Joint ausreichte. Das Zeug stank höllisch, aber er hoffte, dass es genug Wirkung haben würde, um für den Rest der Nacht mit seiner Matratze eins zu werden. Nachdem er sich das Feuerzeug geschnappt hatte, ging er wieder die Treppe hinunter und suchte die Hintertür und die Einsamkeit der stillen Nacht.

KAPITEL ZEHN

DURCH DIE HINTERTÜR an der Rückseite des Hauses gelangte er auf eine gepflegte gepflasterte Terrasse, die von einer niedrigen Steinmauer umgeben war. Len hievte sich darauf, stützte sich mit einem Bein auf den Boden und blickte in den Wald, den er durch die Dunkelheit kaum noch erkennen konnte. Das Rascheln der Äste im Wind und der Geruch von Tannennadeln vermischten sich mit dem gelegentlichen Ruf einer Eule und lockerten die Anspannung der verspannten Muskeln seiner Schultern.

Sein handgerollter Joint begann gerade zu wirken und klarte seine verworrenen Gedanken auf ähnliche Weise auf, als sich die Terrassentür hinter ihm quietschend öffnete und wieder schloss. Zunächst nahm er an, dass entweder Rans herausgekommen war, um ihm witzige Sprüche an den Kopf zu werfen, oder dass Zorah gekommen war, um sich Sorgen über seine Drogensucht zu machen. Diese Annahme hielt so lange an, bis ihn die unverkennbare Aura der Überlegenheit der Fae traf.

Er drehte sich nicht um. „Nur damit das klar ist, die einzigen Worte, die ich im Moment von dir hören will, sind: ‚Kann ich einen Zug haben.'"

Der genervte Seufzer der Fae war kaum laut genug, um von menschlichen Ohren wahrgenommen zu werden. Len spürte Albigards stachelige Präsenz und einen Moment später stand er an seiner Seite, zwei Schritte entfernt an der niedrigen Mauer.

„Indica oder Sativa?", fragte die Fae monoton.

Len warf ihr einen Blick von der Seite zu. Ihre blasse Haut und die wirren Locken ihrer langen, platinfarbenen Haare schienen im Sternenlicht zu leuchten.

„Pot-Bauern stehen heute mehr auf Hybridsorten", erwiderte er. „Der Dealer versprach allerdings, dass es mich auf einem epischen Level an die Couch leimen würde. Resultierend daraus und dem ausgeprägten *Eau de Stinktier*-Aroma nach zu urteilen, ist das hier wahrscheinlich eher am unteren Ende von Indica angesiedelt."

„Nun gut", antwortete sein unerwünschter Gefährte.

Len sah ihn stirnrunzelnd an. „Nun gut ... was?"

Albigard warf ihm einen Blick zu, der normalerweise Kindern und geistig Schwachen vorbehalten war. „Nun gut, ich werde dein Cannabis rauchen", sagte er und streckte gebieterisch eine Hand aus.

Len blinzelte ihn an, machte aber keine Anstalten, ihm den Joint zu reichen. „Warte mal kurz. Warum fällt Kiffen nicht unter die Kategorie der anstößigen, degenerierten menschlichen Laster?"

Albigard erwiderte seinen verwirrten Blick. „Die getrockneten Blätter einer gewöhnlichen

Pflanze zu konsumieren, ist kein moralisches Laster … obwohl das Einatmen von Rauch zugegebenermaßen eine etwas unangenehme Art der Verabreichung ist. Cannabis ist besser als Nahrungsmittel."

Nachdem er ein paar Sekunden lang erfolglos versucht hatte, diese Aussage zu verarbeiten, warf Len einen misstrauischen Blick auf den Joint und fragte sich, ob er stärker war, als er schien. Er erschien ihm unschuldig, also richtete Len seine Aufmerksamkeit wieder auf Albigard.

„Das *Laster* hat mehr mit der Wirkung der Blätter zu tun als mit den Blättern selbst. Es sei denn … Marihuana hat keinen Einfluss auf deine Art?"

Die Fae starrte ihn immer noch mit diesem *Du-bist-dumm-Blick* an. „Es ergibt wenig Sinn, den übel riechenden Rauch um seiner selbst willen einzuatmen, Mensch."

Er hatte immer noch seine Hand in einer unausgesprochenen Aufforderung ausgestreckt. Len sah ihn einen Moment lang an und dann reichte er ihm langsam den Joint, weiter davon überzeugt, dass er in Wirklichkeit viel, *viel* mehr bekiffter war, als er sich gerade fühlte. Albigard nahm den schwelenden, unregelmäßig geformten Zylinder, führte ihn an seine Lippen und atmete tief ein. Die Spitze flammte auf und glühte orange … Len konnte sehen, wie der Joint im Griff der Fae minimal zitterte.

Albigard reichte ihm den Joint zurück. Len nahm ihn und kommentierte das Zittern nicht. Albigard atmete den Rauch aus, nachdem er ihn einige Sekunden lang gehalten hatte, und blickte auf den nächtlichen Wald hinaus. Sie reichten den Joint schweigend hin und her und rauchten ihn bis auf den Stummel herunter. Dann machte Albigard auf dem Absatz kehrt und zog sich ohne ein Wort ins Haus zurück. Len starrte weiter trübsinnig in das Gewirr von Bäumen, die er kaum sehen konnte. Der plötzliche Drang, sich auf die steinerne Terrasse zu legen und ein wenig auszuruhen, überzeugte ihn davon, dass er wohl auch ins Haus gehen sollte.

Mit dem leichten, nicht unangenehmen Gefühl, dass es eine Verzögerung zwischen der Bewegung seines Körpers und der Wahrnehmung der Bewegung durch seine Sinne gab, ging er die Treppe hinauf in sein Zimmer. Er zog sich die Schuhe aus und legte sich mit dem Gesicht auf das Bett. Einen Moment später stellte er mit distanziertem Desinteresse fest, dass er das Licht wieder angelassen hatte, was einen Tag vorher dafür gedacht war, die Geister in Schach zu halten. Aber wieder aufzustehen, war nicht sehr attraktiv. *Couch-Leim für den Sieg*, dachte er. *Oder Bett-Leim, schätze ich.*

Wie dem auch sei, er beglückwünschte in Gedanken den Straßendealer zu seiner Ehrlichkeit bei der Vermarktung seines Grases und fiel glücklich in den meditativen, gedankenlosen Halbschlaf eines wirklich Bekifften. Es war nicht besonders erholsam, aber zumindest war er frei von Albträumen, ob halb wach oder nicht.

Abgesehen von trüben, blutunterlaufenen Augen und einem trockenen Mund fühlte sich Len mehr oder weniger wie ein Mensch, als er einige Stunden später durch die Geräusche einer herumtrampelnden Person im Erdgeschoss geweckt wurde. Es klang wie ein normales morgendliches Kommen und Gehen, also nahm er sich ein oder zwei Minuten Zeit, um herauszufinden, ob seine Erinnerung an Mr. Sündenpfuhl der Verhaltensanomalie und Korruption, der letzte Nacht die Hälfte seines Joints geraucht hatte, echt war oder eine durch Gras und Stress ausgelöste Halluzination.

Es ... schien real zu sein. Vor allem die Erinnerung an das schwache Zittern des Joints in der Hand der Fae, als sie den Joint an die Lippen hob, hatte ein gewichtiges Gefühl von Echtheit an sich. Allerdings schien der Teil, in dem der hochmütige Bastard fünfzehn Minuten lang den Mund gehalten hatte, ohne eine Beleidigung auszusprechen, ein wenig verdächtig. Nachdem er einige Zeit darüber nachgedacht hatte, beschloss Len, einfach so weiterzumachen und so zu tun, als wäre das Ganze nie passiert.

Er putzte sich die Zähne, duschte und zog sich seine Secondhand-Klamotten an. Mit großer Sorgfalt trocknete er sein Haar und stylte es zu dem normalen Fauxhawk. Sein Spiegelbild starrte ihn aus dem Spiegel heraus an, und er erkannte sich *selbst wieder*.

Als er die Treppe hinunter und in die Küche ging, fand er Zorah und Rans am Küchentisch vor. Sie waren in ein Gespräch vertieft, sahen aber auf, als er hereinkam.

„Morgen", sagte Len. „Bitte sagt mir, dass das mit dem Kaffee kein Scherz war."

„Ich weiß aus zuverlässiger Quelle, dass mit Kaffee nicht zu spaßen ist", sagte Rans. „Ich glaube, er steht im Schrank über der Spüle."

„Fühlst du dich heute Morgen schon ein bisschen besser?", fragte Zorah, während er in den Schränken kramte und eine vielversprechende kolumbianische dunkle Röstung fand. „Ich habe den Fauxhawk fast so sehr vermisst wie die Piercings."

„Wenn ich heute einem der Lakaien der Hölle gegenübertreten muss, dann lieber mit ausreichend Stylingprodukten im Haar", sagte er und begutachtete den Zustand der heruntergekommenen Stempelkanne, die in einer Ecke auf der Anrichte stand.

„Sehr weise", meinte eine neue, tiefe und klangvolle Stimme hinter ihm.

Len zuckte geschockt zusammen, drehte sich fluchend um und stellte fest, dass der besagte Lakai vor dem Küchenfenster stand und mit hinter dem Rücken verschränkten Händen auf die bewaldete Landschaft hinausblickte.

„Guten Morgen, Nigellus", sagte Rans in einem Ton, der fast aggressiv neutral wirkte. „Wo ist unser neuer Verbündeter?"

„Unterwegs", antwortete der Dämon und drehte sich zu ihnen um. „Wo ist eure Fae?"

„Er umarmt Bäume, schätze ich", meinte Zorah. „Er ist in letzter Zeit ein bisschen nervös."

„Verständlich", räumte Nigellus ein.

Len schaffte es, seinen rasenden Puls unter Kontrolle zu bringen, da er es immer noch nicht gewohnt war, dass Leute einfach unerwartet aus dem Nichts auftauchten.

„Kaffee?", fragte er und gestikulierte dann zu den Vampiren. „Meiner ist besser als der Kaffee dieser beiden."

„Ja, bitte", erwiderte Nigellus, ganz das Bild eleganter Urbanität. „Schwarz ist gut."

Len fand einen Topf und begann Wasser zu erhitzen, erleichtert, etwas mit seinen Händen zu tun zu haben. Als er den Kaffee abgemessen hatte und das Wasser kurz vor dem Siedepunkt stand, kam Albigard herein. Er erschien stirnrunzelnd in der Tür und stützte sich mit einer Hand am Rahmen ab.

„Oh", sagte er. „Du bist allein gekommen."

„Nur für den Moment, Flight Commander." Nigellus warf der Fae einen durchdringenden Blick zu. „Verzeih mir, dass ich deine Schützlinge so überrumpelt habe. Es schien mir diskreter, als draußen anzukommen."

Albigard ließ den Türrahmen los und trat mit geübter Lässigkeit ein. „Mein militärischer Rang hat hier keine Bedeutung", sagte er. „Heutzutage kommandiere ich nichts und niemanden mehr." Er runzelte die Stirn. „Aber du solltest nicht in der Lage sein, den Schutzzauber zu passieren."

Rans schnaubte. „Hast du das vergessen? Du hast deine Tore für mich geöffnet, und ich habe meine Seele schon im achtzehnten Jahrhundert an *ihn* verkauft. Alles, was er tun muss, ist, der Spur dorthin zu folgen, wo ich bin. Ein paar läppische Schutzzauber werden ihn nicht daran hindern."

Die Miene der Fae wurde noch finsterer. „Ah. *Ganz recht.*"

Len wusste in groben Zügen von Rans' jahrhundertealtem ‚Pakt mit dem Teufel', der nun auch Zorah einschloss. Sie hatte ihm einmal davon erzählt und es als den Preis für Rans' Überleben am Ende des letzten großen Krieges zwischen den Dämonen und den Fae genannt. In gewisser Weise ähnelte es dem Einfluss, den Albigard auf Zorah ausübte, nachdem sie unwissentlich ein Geschenk von ihm angenommen hatte ... aber es war verbindlicher. Ein Dämon, dem deine Seele gehörte, konnte dich jederzeit und aus jeder Entfernung niederstrecken und deine Lebenskraft ernten.

Im Gegensatz zu einer Fae konnte ein Dämon jedoch auch entscheiden, dir Kraft zuzuführen, dich von tödlichen Wunden zu heilen und tödliche Krankheiten rückgängig zu machen. Jemand, der an einen Dämon gefesselt war, war praktisch unsterblich ... solange diese Person auf der Seite des Dämons stand. Das war eine gute Nachricht für Rans. Da es nach dem Krieg nur noch den einen Vampir gab, war Nigellus hoch motiviert, ihn – und jetzt auch Zorah – am Leben zu halten.

Doch ganz ehrlich ... der Versuch, den Überblick über all die Seelenverbindungen in diesem inzestuösen kleinen übernatürlichen Kader zu behalten, bereitete Len Kopfschmerzen, also konzentrierte er sich auf die unmittelbarste Frage. „Willst du Kaffee?", fragte er und nickt in Richtung Albigard.

Die Fae sah ihn verwirrt an. „Nein. Das Zeug ist schrecklich."

Len nickte und wandte sich dem nächstliegenden Thema zu. „Also gut. Nächste Frage. Nichts für ungut, aber was zum Teufel hast du da *an*?"

Albigard blickte ausdruckslos an sich herunter und dann wieder hoch. „Kleidung."

Die Fae war nicht mehr in sein unauffälliges Hemd mit Knöpfen und der üblichen Wollhose gekleidet, sondern trug jetzt Lederhosen, die in abgenutzten, kniehohen Wildlederstiefeln steckten. Sein Hemd war aus ungebleichter Baumwolle oder Leinen – locker und organisch, an den Handgelenken gerafft und am breiten Kragen zugeschnürt. Aus dem Hemd lugten oben Tattoos hervor, schwarze Formen, die sich um seine Schlüsselbeine schlängelten wie umgedrehte Baumwurzeln.

Am auffälligsten war, dass er den Schimmer, der ihn menschlich aussehen ließ, abgelegt hatte. Seine weiß-goldenen Haare wurden von verschlungenen Zöpfen aus dem Gesicht gehalten und enthüllten geschwungene, goldbraune Brauen und die zarten Spitzen seiner Ohren.

„Du siehst aus wie ein Statist, der vom *Hobbit*-Set entkommen ist", bemerkte Len.

Zorah schnaubte hinter ihm am Tisch und versuchte unbeholfen, es mit einem Husten zu überspielen. Da sie ein Vampir war und nicht atmen musste, war das keine sehr überzeugende Vorstellung.

Albigards Augen, die genau den Farbton eines Laubwaldes innehatten, fielen auf Len und hielten ihn in seinem Bann. „Du hast blaues Haar und Löcher im Gesicht. Vielleicht sollten wir uns darauf einigen, niemanden nach seinem Aussehen zu verurteilen."

„*Vielleicht* sollten wir uns auf das Wesentliche konzentrieren", murrte der Dämon, der am Fenster stand.

Len goss heißes Wasser in die Stempelkanne, um den Kaffee ziehen zu lassen, und blickte auf die alte analoge Uhr an der Wand, um vier Minuten abzuschätzen. „Ja, das sollten wir", erwiderte er. „Glaubt ihr, dass ihr das in Ordnung bringen könnt, bevor noch mehr Menschen sterben?"

Das Schweigen, welches die Frage begrüßte, war nicht gerade das, was man als vielversprechend bezeichnen würde.

„Es handelt sich um eine noch nie da gewesene Situation", sagte schließlich Nigellus.

„Wenn die Behörden einen Funken Verstand haben, werden sie ein größeres Gebiet um die tote Zone evakuieren", sagte Zorah, aber klang unsicher.

Rans rutschte unruhig hin und her. „Wie lange wird es dauern, bis die anderen Unseelie hier auf der Erde merken, was los ist, Alby?"

„Nicht mehr lange", antwortete Albigard. „Aber wenn die Jagd wirklich von der Leine gelassen wurde, stehen ihre Chancen, sie zu kontrollieren, nicht besser als meine. Die Fae sind machtlos. Das war schon immer der Sinn dieser verdammten Sache."

„Das stimmt", sagte Nigellus, „aber nicht ganz."

Albigard schaute den Dämon scharf an. Len drückte auf den Kolben der Kaffeemaschine und goss zwei dampfende Tassen mit schwarzem Kaffee ein. Er nahm beide Tassen, durchquerte den Raum und reichte eine davon Nigellus, der sie mit einem dankenden Nicken entgegennahm. Len setzte sich auf einen leeren Stuhl am Tisch, nippte an der brühend heißen, bitteren Flüssigkeit und wartete darauf, dass jemand auf diese eher kryptische Aussage einging.

Als sie das nicht taten, setzte er seine Tasse ab. „Kann das jemand für den ahnungslosen Menschen in leichte Worte übersetzen?"

Ein seltsames Geräusch unterbrach das Gespräch und verhinderte die Antwort, die Nigellus hätte geben können. Es kam aus der Richtung der Eingangstür – ein Geräusch wie Fingernägel, die über das Holz kratzen. Albigard drehte den Kopf und runzelte alarmiert die Stirn. Die beiden Vampire erhoben sich von ihren Stühlen und machten ebenfalls ein überraschtes Gesicht. Nigellus hob nur eine Augenbraue.

„Ah", sagte er. „Unser Gast scheint angekommen zu sein. Vielleicht möchte jemand die Tür aufmachen?"

Das Kratzen kam wieder, diesmal etwas eindringlicher. Albigard warf Nigellus einen finsteren Blick zu. „Dafür wirst du eine Erklärung brauchen, Dämon."

Len nippte an seinem Kaffee und schaute zu den anderen. „Ich nehme an, jemand wird mir Bescheid sagen, wenn ich mich darauf einstellen muss, in den nächsten Minuten auf schreckliche Weise zu sterben?", fragte er. „Denn bevor ich nicht noch eine weitere Tasse Kaffee getrunken ha-

be, bin ich nicht wirklich wach genug, um mich mit
so einem verdammten Mist zu beschäftigen."

„Dein Tod steht nicht unmittelbar bevor", sagte Albigard und ging zur Tür.

Wenige Augenblicke später kam er zurück, gefolgt von …

„Okay", sagte Len langsam. „Eine Katze. Das
ist … unerwartet."

KAPITEL ELF

DIE KATZE war groß und schwarz, mit schräg gestellten grünen Augen und einem weißen Fleck auf der Brust. Sie stolzierte dicht auf Albigards Fersen in die Küche, den Schwanz hocherhoben, als gehöre ihr der Laden.

„*Oh.*" Zorahs leiser Ausruf durchbrach die Stille. „Natürlich."

Rans warf Nigellus einen Blick zu, der von offensichtlicher Spekulation geprägt war. „Hmm. Ein Verbündeter, der uns vielleicht helfen kann, was? Interessant."

„Not –", begann Nigellus.

„Kennt kein Gebot?", beendete Rans für ihn. „Was für eine interessante Redewendung."

Len hob einen Finger, wie jemand, der sich in der Schule meldet, um die Aufmerksamkeit des Lehrers zu bekommen. „Unser neuer Verbündeter im Kampf gegen ein rasendes Todesmonster aus einer anderen Dimension ist eine Hauskatze? Wenn das so ist, habe ich mich vorhin geirrt. Dafür brauche ich etwas sehr viel Stärkeres als Kaffee."

Der Raum um die Katze herum drehte sich, und plötzlich stand eine menschliche Gestalt dort, wo sie zuvor gestanden hatte. Len blinzelte. Nein, das war kein Mensch. Die geschmeidige, androgyne Gestalt war ähnlich gekleidet wie Albigard, doch trug zusätzlich eine samtige, waldgrüne Wildlederweste. Noch aufschlussreicher war, dass er oder sie spitze Ohren hatte, die sich unter einem ordentlichen Schopf aus dunklem Haar abzeichneten.

„Oh", sagte er, wodurch er wie Zorah zuvor klang.

Die Brauen der zierlichen Fae zogen sich zusammen, als sie Len neugierig betrachtete. „Warum habt ihr einen Menschen in diese Angelegenheit verwickelt?" Die Stimme des Neuankömmlings war hoch, fast kindlich.

„Er könnte uns von Nutzen sein", erwiderte Nigellus.

Len gefiel die Idee nicht besonders, aber er legte es für später zu den Akten.

Zorah räusperte sich. „Len, das ist die Katzensidhe, von der ich dir erzählt habe. Die Sidhe hat uns schon einmal aus der Klemme geholfen … aber ich wusste nicht, dass Nigellus sie kennt."

Len neigte den Kopf zur Begrüßung. „Hey. Freut mich, dich kennenzulernen … vorausgesetzt, du hast nicht vor, meine Gedanken zu beeinflussen, mich zu töten oder meinen Planeten zu zerstören. Willst du einen Kaffee?"

Die Sidhe rümpfte die Nase. „Ich will keinen Kaffee."

„Die Sidhe sind eine andere Art von Fae", erklärte Rans. „Sie unterscheiden sich von den Seelie und Unseelie." Sein Blick richtete sich wieder auf Nigellus. „Sie haben im Allgemeinen nicht viel Kontakt mit Außenstehenden."

„In der Tat", antwortete Nigellus und wich der angedeuteten Frage gekonnt aus. „Mir kam der Gedanke, dass die Sidhe eine einzigartige Perspektive auf unsere derzeitige Situation haben könnten."

Obwohl er sich der Ironie dieses Gedankens bewusst war, konnte Len nicht umhin zu bemerken, dass Albigard wie eine langschwänzige Katze in einem Raum voller Schaukelstühle aussah, unter deren Kufen er sich einklemmen könnte. Der Grund für seine Verärgerung wurde einen Moment später deutlich, als er die Arme verschränkte und sich an die Katzensidhe wandte.

„Dieses Haus ist mit einem Schutzzauber belegt. Auch wenn man das nach den Ereignissen von heute Morgen nicht vermuten würde." Ein Muskel in seinem Kiefer zuckte. „Ist meine Magie plötzlich so schwach geworden?"

„Deine Schutzzauber sind ausreichend, *a Leanbh*", sagte die kleine Fae. „Das weißt du sehr wohl, aber sie haben keine Auswirkungen auf mich."

„Die *Wilde Jagd* ...", begann Rans und brachte das Gespräch wieder auf den Punkt. „Ich nehme an, Nigellus hat dich bereits auf den neusten Stand gebracht? Was können wir dagegen tun? Gibt es da irgendetwas?"

Die Katzensidhe dachte einige Augenblicke über die Frage nach, wanderte durch die Küche und blieb stehen, um beliebige Gegenstände mit offensichtlicher Faszination zu untersuchen. „Das Reich der Fae ... Dhuinne ist krank", sagte sie abwesend. „Das weißt du bereits, Vampir. Die Magie ist aus dem Gleichgewicht geraten. Dies ist lediglich die neueste Manifestation dieses Leidens."

„Das ist keine brauchbare Antwort", meinte Rans.

Die elfengleiche Gestalt wandte sich ihm zu. „Wie die Unseelie dir zweifellos bereits gesagt hat, war die Jagd in seinem Fall eher als Verbannungsstrafe und nicht als Henker hierher geschickt worden. Der Court musste nach seinen vielen Vergehen gegen ihn vorgehen, aber er ist viel zu wertvoll, um ihn einfach zu töten."

„Wirklich? Was ist so wertvoll an ihm?", kam Len nicht umhin zu fragen.

„Meine Familie bringt Zwillinge zur Welt", sagte Albigard mit zusammengebissenen Zähnen.

„Eine ungewöhnliche Fähigkeit unter den Fae", stimmte die Katzensidhe zu. „Und eine, die sehr begehrt ist."

„Wir kommen wieder vom Thema ab", warf Rans ein.

Die Katzensidhe nickte zustimmend. „Der Punkt ist, dass die grundlegende Basis von Dhuinne zusammenbricht. Das magische Ungleichgewicht greift auf die anderen Reiche über."

Zorah sah besorgt aus, als sie sagte: „Als wir letztes Jahr in Dhuinne waren, war die Pflanzenwelt völlig außer Kontrolle geraten. Es war wie im Dschungel und hat auch die Städte erobert, nicht nur die Landschaft. Ist es das, was du meinst?"

„Das ist ein weiteres Symptom, ja", antwortete die Katzensidhe gelassen.

„All das sagt mir immer noch nicht, ob du helfen kannst, dieses Ding davon abzuhalten, meine Stadt zu fressen", meinte Len. „Denn – ich will nicht lügen – die Antwort auf diese Frage ist aus meiner Sicht eine ziemlich große Sache."

Die androgyne Fae begegnete seinem Blick, wobei Len in den Augen der Shide das Gewicht der Ewigkeit wahrnahm und wider Willen erschauderte.

„Wenn es uns nicht gelingt, den Riss zwischen den Welten zu kauterisieren, um die *Wilde Jagd* daran zu hindern, neue Löcher in den Schleier zu reißen, steht nicht nur eine einzige Stadt auf dem Spiel. Die Menschen sterben zu leicht. Wenn die Jagd stärker wird, wird sie die Erde in ein Spiegelbild von Dhuinne verwandeln – ein Reich, in dem sich das Leben unkontrolliert vermehrt ... ein Reich, in dem der Tod über das Land kriecht, bis er alles verschlungen hat, was ihm im Weg stand."

Stille senkte sich wie eine Wolke über den Raum.

Es war Nigellus, der sie unterbrach – der einzige Anwesende, der kein direktes Interesse an der Antwort hatte, da es nicht *sein* Zuhause war, das bedroht wurde. „*Kauterisieren.* Ist das wörtlich oder metaphorisch gemeint?"

Die Katzensidhe sah nachdenklich drein. „Beides, vielleicht. Ich werde zu diesem Riss im Schleier reisen und ihn selbst erkunden müssen. Und dann werde ich mit anderen sprechen, deren Fähigkeiten bei unserem Vorhaben hilfreich sein könnten."

„Tu das." Albigards Ton war eiskalt. „Und zögere nicht, dich selbst hereinzulassen, wenn du zurückkommst."

Mit diesem Abschiedsgruß drehte er sich um und verließ die Küche. Len haderte einen Moment lang mit sich selbst, bevor er den Rest seines Kaffees hinunterschluckte und sich umwandte, um ihm zu folgen. Die Höflichkeit gebot es ihm, sich von den anderen zu verabschieden, bevor er ging, aber er machte sich nicht die Mühe, denn zwei der Anwesenden nahmen ihn kaum als fühlendes Wesen wahr und die anderen beiden hatten ihn überhaupt erst in diesen Schlamassel hineingezogen, also schuldeten sie ihm ein wenig Nachsicht.

Len war sich nicht sicher, ob er die Antworten auf einige der Fragen, die er an Albigard hatte, wirklich wissen wollte, aber er wusste, dass diese Fragen gestellt werden mussten. Er musste fast rennen, um das Arschloch einzuholen, was ihn nur noch mehr irritierte. Die Fae bewegte sich auf die Rückseite des Hauses zu – wahrscheinlich in der Hoffnung, wieder ins Freie zu gelangen.

Len packte ihn am Arm, um ihn herumzudrehen, in der Erwartung, mit Magie von den Füßen geweht oder vielleicht in einen Frosch oder so etwas Ähnliches verwandelt zu werden. Albigard knurrte verärgert, riss seinen Arm aus Lens Griff und starrte ihn mit einem Gesichtsausdruck an, der besagte, dass eine Verwandlung in einen Frosch definitiv infrage kam.

„Bevor du wegläufst, schuldest du mir ein paar Antworten", knurrte Len. „Wovon zum Teufel hast du gestern gesprochen? Abgesehen von gelegentlichem Videospielen bin ich kein verdammter *Nekromant* und war es auch nie. Das ist nicht einmal real."

Die Fae stieß ein Zischen aus, das die Katzensidhe stolz gemacht hätte. Len hätte nicht sagen können, was für eine Reaktion er erwartet hatte, aber auf jeden Fall nicht, dass ihn die Fae mit eisernem Griff an seiner Schulter durch die nächstgelegene Tür im Flur zerrte und diese hinter sich schloss, indem sie Len mit dem Rücken von innen gegen sie stieß.

Die Kammer war dunkel, fensterlos, winzig und erinnerte an die Abstellkammer eines Hausmeisters in einer Schule. Es roch nach Reinigungsmitteln. Um Albigards Hand bildete sich ein unheimliches Glühen, und Len rechnete definitiv mit einer bevorstehenden amphibischen Verwandlung. Stattdessen verstummte alles um sie herum, als die Magie alle Geräusche von draußen blockierte und den Klang seines eigenen rasselnden Atems dämpfte.

Das Leuchten verblasste, und dieselbe Hand grub sich in den Stoff von Lens Hemd und hielt ihn an die Tür gepresst fest. Er spielte kurz mit dem Gedanken, dem Fae-Arschloch einen Kinnhaken zu verpassen, wie er es bei ihrer ersten Begegnung vor einigen Monaten getan hatte, aber zum einen konnte er in diesem stickigen kleinen Raum nichts sehen, und zum anderen war Len ehrlich gesagt ein wenig neugierig auf das, was die heftige Reaktion der Fae ausgelöst hatte.

„Wenn du nicht so tot enden willst wie die verdorbene Macht, aus der du schöpfst", knurrte

Albigard, „dann diskutiere solche Dinge nicht in Gegenwart anderer Fae."

Es dauerte einen Moment, um die Worte zu entwirren … eine Leistung, die nicht dadurch erleichtert wurde, dass er das Arschloch so direkt vor seinem Gesicht hatte.

„Du meinst Nekromantie?", fragte er. „Kumpel. *Du bist derjenige, der damit angefangen hat.* Ich habe immer noch keine Ahnung, wovon du überhaupt redest."

Ein kleines Licht in seinem Augenwinkel lenkte Lens Blick auf Yussef, der an Albigards Schulter stand. Die Lippen des Geistes bewegten sich lautlos.

Lügner, hauchte er.

Lens Herz schlug gegen seine Rippen. Er kniff die Augen zusammen und weigerte sich, den Geist zur Kenntnis zu nehmen. Als er sie wieder öffnete, war Yussef verschwunden. Er hob die Arme und stieß die Fae einen Schritt zurück – überrascht, als sich Albigard wegbewegen ließ.

„Hör mal", sagte er und suchte nach *etwas*, das ihn von seinem eisigen Gefühl des Grauens ablenkte, das ihm den Rücken hinunterlief. „Ich frage nur ungern, da ich weiß, dass du alle Menschen von Natur aus abstoßend findest, aber warum stehen wir zusammen in *einem engen Schrank?* Ich hoffe, du weißt, wie schwer es mir fällt, das nicht als Metapher zu verstehen."

Die Anspielung segelte direkt über Albigards Kopf hinweg. „Es ist einfacher, einen Schweigezauber in einem geschlossenen Raum auszusprechen." Wieder umspielte das funkelnde

Licht die Finger der Fae, doch diesmal schwebte es nach oben und formte sich zu einer Kugel. Sie warf goldgelbes Licht in den kleinen Raum mit Aufbewahrungskisten, Wischern und Reinigungsmitteln. „Die Fae missbilligen Blutmagie – die Waffe unserer Feinde. Aber sie *verabscheuen* Todesmagie. In Anwesenheit unseres Besuchers über solche Dinge zu sprechen, bedeutet, deinen eigenen Untergang herbeizuführen."

Len starrte ihn an. „Sie mögen keine Todesmagie ... also töten sie Leute, die darüber reden? Das scheint irgendwie ... kontraproduktiv zu sein."

„Sie töten Menschen, die diese Form der Magie *besitzen*", stellte Albigard klar.

„Ich glaube, *heuchlerisch* ist das Wort, das ich suche." Len schüttelte den Kopf und versuchte, sich wieder zu konzentrieren. „Es klingt, als ob sie zum Problem beitragen, anstatt es zu lösen, wenn sie gegen Dinge sind, die mit dem Tod zu tun haben."

Er spürte, wie sich Schweißperlen auf seiner Stirn bildeten und wie die Saat der irrationalen Panik in seiner Brust aufkeimte, obwohl er versuchte, sich mit verbaler Diarrhö abzulenken.

„Wenn ein Wolf anfängt, die Herde abzuschlachten, klopft man ihm nicht auf den Kopf und wirft ihm weitere Schafe zu", sagte Albigard. „Nekromanten ernähren sich vom Tod derer, die schwächer sind als sie selbst. Und der Gestank von verwesenden Seelen umgibt dich wie Moschus."

Als Len die Fae von sich weggestoßen hatte, hatte er einen Schritt nach vorne gemacht, aber bei diesen Worten stolperte er zurück und seine Schultern prallten erneut gegen die Tür.

Und als er weitere bleiche Gestalten sah, die sich schattenhaft hinter Albigard bewegten, fing sein Herz an, panisch zu schlagen und gegen seine Rippen zu pochen.

„Ich war Rettungssanitäter", stieß er hervor. „Genauer gesagt ... Krankenwagenfahrer. Du hast das falsche Ende des Stocks erwischt. Ich habe den Tod gesehen, das ist wahr. Eine Menge Todesfälle. Aber ich habe versucht, sie zu *retten*. Es war meine Aufgabe, sie vor dem Sterben zu bewahren."

Albigards Blick bohrte sich in ihn.

Mich hast du nicht gerettet. Yussef war wieder da, seine Lippen bewegten sich lautlos. Das vertraute, gefürchtete Band zog sich um Lens Brust zusammen.

„*Verdammt noch mal.*" Er zwang die Worte heraus, mit Lungen, die sich nicht blähen wollten, und versuchte verzweifelt, nicht auf die Geister zu achten, die sich um sie herum vermehrten und den engen Raum ausfüllten. „Ich werde von der Erinnerung an jeden einzelnen Menschen heimgesucht, den ich nicht retten konnte, du Arschloch. *Jeden. Einzelnen. Menschen.*"

KAPITEL ZWÖLF

ER KONNTE SELBST HÖREN, wie atemlos und schwach er klang. Als seine verräterische Brust versuchte, Luft einzuziehen, und dabei scheiterte, blühten an den Rändern seiner Sicht graue Flecken auf. Seine Finger krümmten sich zu Klauen, die Nägel gruben sich in das Holz hinter seinem Rücken ... das passierte wirklich, oder? Er stand kurz vor einem verdammten Nervenzusammenbruch und das in Beisein der eingebildeten Fae, die ihn schon einmal von seiner schlechtesten Seite gesehen hatte und viel mehr über seine dunklen Gedanken wusste als sonst irgendjemand.

„*Verdammt*", keuchte er und kämpfte darum, seine Knie durchzudrücken, damit er nicht die Tür hinunterrutschte und zu den Füßen des Mistkerls landete.

Eine Hand packte unsanft sein Kinn, sodass seine Augen vor Überraschung aufflogen. Er hatte gar nicht bemerkt, dass er sie geschlossen hatte. Ein durchdringender Blick – grüne Augen in einem von einem Meister geformten Gesicht – tauchte in seiner schwankenden Sicht auf, während er darum kämpfte, Sauerstoff in seine Lungen zu ziehen. Len versuchte, sich auf dieses Gesicht zu konzentrieren, aber hinter der Fae drängten sich die vertrauten, bleichen Gestalten, deren schreckliche Verletzungen im warmen Licht der magischen Leuchtkugel, die über ihm schwebte, deutlich sichtbar waren. Der Geruch ihres Blutes drang zu ihm durch ... oder vielleicht war es sein eigenes Blut – er hatte sich auf die Innenseite seiner Wange gebissen, ohne es zu bemerken.

Albigards Augenbrauen zuckten und eine Furche bildete sich zwischen ihnen. Er warf einen Blick über seine Schulter, um Lens entsetztem Blick zu folgen. *„Heimgesucht.* Du meinst das wortwörtlich." Er schien einen Moment lang mit sich selbst zu ringen, bevor sich seine Miene klärte. „Nun gut ... aber sei dir bewusst, dass ich dir diesmal nicht erlauben werde, mich zu schlagen."

Das schreckliche keuchende Geräusch seiner sich nicht blähenden Lungen hallte in Lens Ohren wider. Es klang in der erstickenden Atmosphäre des schalldämpfenden Feldes zwischen ihnen seltsam flach. Len starrte Albigard verständnislos an und klammerte sich an die grünen Augen der Fae. In dem geschlossenen Raum entfaltete sich eine unsichtbare Aura, wie schützende Vogelflügel, die sich über Len legten und die alles außer dem Gesicht vor ihm ausblendeten.

„Du willst mir gefallen, nicht wahr?", fragte Albigard, wobei sein Tonfall untypisch beruhigend wurde. „Es würde mich freuen, wenn du jetzt deine Ängste loslassen und tief und langsam durchatmen würdest. Ich bin hier, Mensch, alles ist gut."

Das Band, das Lens Rippen zusammenpresste, riss, und Sauerstoff flutete seine Lungen mit einem Geräusch, das verdächtig nach einem Schluchzen klang. Die Geister um sie herum verschwanden im Nichts und nahmen seine Angst mit sich. Len sackte in sich zusammen, denn er wusste in der Tiefe seiner Seele, dass er nicht mehr allein in der Dunkelheit war, umgeben von Geistern.

Alles war gut. Er stand unter dem Schutz eines mächtigen und wohlwollenden Wesens, und alles, was er zu tun hatte, war das, was von ihm verlangt wurde. Das Gefühl der Erleichterung durchströmte ihn auf einmal und machte ihn benommen. Plötzlich durchflutete Liebe und Dankbarkeit für dieses wunderbare Wesen sein Herz, das ihm seine Angst genommen hatte.

Albigard war atemberaubend. Die Fae war *erstaunlich*. Len liebte sie.

Die Realität und seine Selbstwahrnehmung kehrten innerhalb eines Herzschlags zurück. Mit einem Keuchen stieß Len gegen die Brust der Fae und befreite sich gleichzeitig aus ihrem Griff. Seine Beine wollten seinen Befehlen nicht folgen, sodass er schließlich ins Wanken geriet und in einen Stapel Kisten im hinteren Teil des Lagerraums fiel. Er kämpfte sich aus dem zusammengebrochenen Kartonstapel heraus und taumelte auf die Beine, wobei er keuchend versuchte, so viel Abstand wie möglich zwischen sich und die Fae zu bringen.

„Das ist ein gewisser Fortschritt, nehme ich an", bemerkte Albigard trocken und beobachtete Len wie ein unberechenbares wildes Tier. „Wenn einer von uns am Ende mit blauen Flecken dasteht, ziehe ich es vor, dass du es dieses Mal bist."

Len starrte ihn ungläubig an, sein Brustkorb hob und senkte sich in einem schnellen Rhythmus

– seine Gedanken waren von demselben benebelten Gefühl durchdrungen, welches er gestern Abend gehabt hatte, als er bekifft war.

„Trotzdem", fuhr die Fae fort. „Deine Neigung, meinen Einfluss mit einer solchen Leichtigkeit abzuschütteln, ist beunruhigend."

Len schluckte und leckte sich über die trockenen Lippen. *Beunruhigend?* Das trifft es auf den Punkt", sagte er vorsichtig. Er blickte sich im Raum um, fürchtete sich davor, was er in den Ecken sehen könnte – aber es waren keine blassen Gestalten zu sehen, die in den Schatten lauerten, und um seinen Brustkorb gab es kein erstickendes Band der Panik. Er fühlte sich erschöpft, während er gegen seine Psyche kämpfte. Ganz zu schweigen von seinem unattraktiven Sturz gegen die Kisten.

Ein vertrauter Zorn ersetzte den Schrecken und zerrte an seinen Nerven. Das Wissen, dass sein Geist ohne sein Einverständnis dem Willen eines anderen unterworfen worden war, kämpfte mit der erbärmlichen Dankbarkeit, von seiner Panikattacke befreit worden zu sein … von seinen Geistern. Er schluckte das Gefühlswirrwarr hinunter, um einige der Antworten zu bekommen, die er einfordern wollte.

„Das erste Mal, als du das versucht hast", begann er, „schienen die anderen zu denken, dass ich dich abschütteln konnte, weil ich high wie eine Haubitze war. Wenn aber der Koffeinrausch von einer Tasse Kaffee nicht die gleiche Wirkung hat wie das Kokain, war das offensichtlich nicht der Grund."

„Nein", meinte die Fae. „Das war es nicht."

Es war klar, dass die Fortsetzung dieses Gesprächs so einfach sein würde wie Zähne ziehen. „Also, was *war* dann der Grund?", drängte er.

Albigard zögerte.

„Die Magie der Fae ist gegen Vampire nur wenig wirksam, weshalb die Dämonen im letzten Krieg Blutsauger rekrutiert haben, die für sie kämpften. Ihre Form der Magie steht im Widerspruch zu unserer. Sie neigen dazu, Lebenskraft zu absorbieren, anstatt sie abzugeben."

„Ich bin kein Vampir", betonte Len.

„Du bist ein Nekromant. Du absorbierst die Lebenskraft von Sterbenden, nicht von Blut."

Lens Herzschlag beschleunigte sich wieder, aber diesmal ohne den würgenden Anflug von Panik. „Ich habe es dir schon einmal gesagt. Das tue ich *nicht*. Ich habe mehr als genug Todesfälle gesehen, das ist wahr, aber ich habe mich nie … mächtig oder so gefühlt, wenn jemand unter meinen Händen gestorben ist. Eigentlich ist eher das Gegenteil der Fall."

Albigard musterte ihn einen Moment lang. „Erzähl mir von den Toten, die dich heimsuchen."

Len hatte kaum genug Energie, um sich auf den Beinen zu halten, geschweige denn all seine Albträume wiederzugeben. Er ließ sich schließlich an der Wand herunterrutschen und rieb sich grob über die Augen. Seine Wimpern waren feucht, verdammt. Irgendwann waren ihm die Tränen gekommen – entweder während seines epischen Nervenzusammenbruchs oder als er von einer falschen, *verdammten* Bewunderung für den Bastard vor ihm überwältigt worden war.

„Ich war etwa zwei Jahre Krankenwagenfahrer, als meine Partnerin und ich zu einem Verkehrsunfall gerufen wurden. Es war ein Freund von mir. Sein Auto prallte gegen einen Baum. Er starb an seinen Verletzungen, während wir ihn versorgten … Sein Herz schlug noch und wir beatmeten ihn manuell", sagte er monoton und holte tief Luft. „Als wir ihn in den Krankenwagen brachten, sah ich im Augenwinkel einen Lichtblitz und drehte mich um, um nachzusehen. Er saß auf dem Baum über dem Autowrack und sah mit gebrochenem Genick und eingedrückten Rippen auf mich herab. Oder besser gesagt … sein Geist."

Albigard lehnte sich mit verschränkten Armen an die gegenüberliegende Wand und blickte auf ihn herab. „Geister gibt es nicht. Nicht in dem Sinne, wie du meinst."

„Ja, den Teil habe ich verstanden, danke", schnauzte Len. „Es war eine Halluzination, in Ordnung? Das ist mir bewusst. Ich war schon eine ganze Weile am Rande des Abgrunds, das lag einfach am Job. Aber in dieser Nacht bin ich zusammengebrochen. Als ich das Krankenhaus verließ, fing ich an, andere Patienten zu halluzinieren, die ich auch verloren hatte … die in den Schatten lauerten und mich mit ihren schrecklichen Verletzungen und toten Augen anklagend anstarrten. Ich hatte einen Zusammenbruch. Ich habe gekündigt und bin den Drogen verfallen. Es dauerte Monate, bis ich wieder das Tageslicht gesehen habe, dann war ich obdachlos und praktisch arbeitslos."

Albigard nickte langsam, sein Gesichtsausdruck war nachdenklich.

Offensichtlich hatte Lens Mundwerk beschlossen, ohne seine Erlaubnis weiterzuerzählen, jetzt, da er in Fahrt war. Es war seltsam – mit Ausnahme von Kat und ein paar seiner Therapeuten in der Reha hatte er noch nie jemandem die ganze Geschichte erzählt. Wenn jemand versucht hätte, ihn davon zu überzeugen, dass er sie diesem Arschloch erzählen würde, hätte er ihm ins Gesicht gelacht. Doch die Worte kamen einfach herausgesprudelt.

„Ich musste ein paar ziemlich schäbige Sachen machen, um genug Geld für ein Busticket zusammenzukratzen, aber schließlich bin ich in St. Louis gelandet", fuhr er fort. „Ich fand ein Restaurant, das verzweifelt genug war, mich als Tellerwäscher einzustellen, und arbeitete mich bis zum Küchenchef hoch. Das Leben wurde für eine Weile besser. Aber die Geister – die Halluzinationen – kommen immer zurück, wenn es schwierig wird. Ich träume dann von ihnen ... und wenn ich aufwache und das Licht anmache, sind sie immer noch da."

„Das sind keine Halluzinationen."

Es war gut, dass Len bereits saß. Ein kalter Schauer überlief ihn und seine Arme und Beine zitterten. „Du hast mir gerade gesagt, dass Geister nicht real sind", brachte er heiser hervor.

Albigard hob eine Augenbraue. „In der Tat, das sind sie nicht. Trotzdem hätte ich gedacht, dass es dich freuen würde, zu hören, dass du nicht klinisch verrückt bist."

Lens Kiefer bewegte sich lautlos, während er versuchte, Worte zu finden. „Glaubst du, ich würde lieber glauben, dass mein Freund Yussef ... dass all diese Menschen ... in einer Art lebendem Tod gefangen sind?"

Die Fae betrachtete ihn, als wäre er eine faszinierende, neu entdeckte Art von Insekt. „Sie sind keine Menschen. Dieser Teil deiner visuellen Interpretation ist lediglich der Versuch des menschlichen Verstandes, sich einen Reim auf etwas zu machen, das jenseits seiner Erfahrung liegt, mehr nicht."

Len starrte ihn entgeistert an. „Ich halluziniere also. Entscheide dich, verdammt noch mal."

Doch Albigard winkte irritiert ab. „Das menschliche Gehirn ist darauf programmiert, Informationslücken zu füllen. Das ist nicht pathologisch, zumindest nicht mehr als jedes andere menschliche Verhalten."

„Danke", sagte Len etwas beleidigt.

„Das Faszinierende ist, dass du den Tod, den du anziehst, anscheinend noch nie selbst erlebt hast. Das ist wirklich sehr außergewöhnlich."

„Ich habe immer noch keine Ahnung, was du mir sagen willst", sagte Len. „Geister sind nicht real ... aber meine Geister *sind* es schon?"

Albigard stieß sich von der Wand ab. Der Raum war zu klein, als dass er auf und ab gehen konnte, aber er strahlte plötzlich eine Nervosität aus. „Wie ich schon sagte, es sind keine Geister. Du bist umgeben von der Lebenskraft – dem Animus – derer, die in deiner Gegenwart gestorben sind. Sie haftet an dir wie Rauch, und dein Geist versucht, sie zu katalogisieren, indem er dir die Erinnerung an ihre Quelle zeigt. Aber du hast ihn nicht verzehrt."

Wie verzehrt?, wollte er fragen, aber die Worte schmeckten faulig. *Was zum Teufel soll das überhaupt bedeuten?*

„Und dieser ... *Animus*? Ist das der Grund, warum ich für dich nach dem Tod stinke?", fragte er stattdessen.

Die Fae schaute ihn scharf an. „Anscheinend schon."

Erschöpfung zerrte an ihm und er wünschte sich, er wäre mit seinem Kaffee in der verdammten Küche geblieben. „Was genau soll ich mit all dem anfangen? *Herrgott noch mal.* Ich habe nicht die Absicht, *mich an der Macht des Todes zu laben.* Ich habe auch keine Lust, meinen Verstand komplett zu verlieren und mich einweisen zu lassen. Das Essen ist in Irrenanstalten grauenhaft."

Albigard musterte ihn weiterhin mit beunruhigender Intensität. „Du bist nicht das, was ich ursprünglich angenommen habe."

„Verpiss dich", sagte Len. „Nein, warte. Beantworte erst meine Frage. *Dann* kannst du dich verpissen. Was soll ich mit dieser Information anfangen?"

Die Fae legte den Kopf schief und dachte nach. „Eine interessante Frage. Es scheint, dass du vor der Ankunft der Jagd eine Art Gleichgewicht erreicht hattest, ja?"

„Ich schätze, ich kam damit zurecht", gab Len zu. „Obwohl es viel einfacher wäre, wenn meine Freunde sich nicht ständig in tödliche Gefahren stürzen würden." Er hielt inne. „Wenn ich Freunde sage, meine ich natürlich nicht *dich*. Du kannst nach Herzenslust hineinspringen."

Albigard ignorierte die Stichelei. „Wenn der Planet nicht durch Dhuinnes entweichende Dunkelheit zerstört wird, solltest du in der Lage sein, dasselbe Gleichgewicht wiederherzustellen, sobald die gegenwärtige Krise vorüber ist."

„Prima", sagte Len. „Hat irgendjemand erwähnt, dass du schlecht im Aufmuntern bist?"

„Fae können nicht lügen", erinnerte ihn Albigard.

Len schloss die Augen. „Richtig. Wenn das so ist, kannst du mir meine Fragen direkt beantworten, nicht wahr? Diese Visionen ... dieses Animus-Zeug ... haben die Leute, die gestorben sind und in meiner Umlaufbahn festsitzen, ein Bewusstsein von sich selbst? Sind sie irgendwie mit mir gefangen, anstatt ... dorthin zu gehen, wo sie normalerweise hingehen würden?"

Wieder schien Albigard von der Frage überrascht zu sein. „Animus ... ist nicht empfindungsfähig. Es ist Energie. Eine Quelle der Macht, nichts weiter. Er mag sozusagen den Fingerabdruck seiner Quelle behalten, aber Animus ist kein Wesen."

„Sie leiden also nicht?", drängte Len.

Die Fae zögerte, als ob er seine Worte wählte. „Sie sind tot. Wenn es Gerechtigkeit im Universum gibt, endete ihr Leiden im selben Moment wie ihr Leben."

Len ließ diese Worte auf sich wirken. Dann nickte er. „Du weißt nicht mehr darüber, was nach dem Tod passiert, als wir anderen, oder?"

Zunächst glaubte er nicht, dass die Fae antworten würde, doch dann holte Albigard Luft. „Die menschliche Sicht des Todes wurde durch Jahrtausende religiöser Propaganda geprägt. Vieles davon stammt von meinem eigenen Volk. Es versteht sich von selbst, dass die Bösen nicht in die Hölle kommen, um dort auf ewig gequält zu werden. Wäre das der Fall, wären die Dämonen angesichts der Vorliebe der Menschen für das Böse schon längst aus ihrem eigenen Reich verdrängt worden."

„Das ist gut", bemerkte Len.

„Seit Äonen hat niemand mehr etwas von den Engeln gehört", fuhr Albigard fort und ignorierte die Unterbrechung. „Es gibt keinen Grund anzunehmen, dass der Himmel für das Leben nach dem Tod eine größere Bedeutung hat als die Hölle."

„Und was ist mit den Fae?", fragte er. „Was denken sie?"

Wieder dieses Zögern, bevor er antwortete.

„Den Kindern der Fae wird beigebracht, dass sie, wenn sie gut sind, zu Mutter Dhuinne zurückkehren, der Kraft, die unsere Spezies seit ewigen Zeiten ernährt hat. Und wenn sie böse sind ..."

„Nimmt sie die Jagd und schleudert ihre Seelen in die *endlose Leere*", endete Len und erinnerte sich an den existenziellen, entsetzen Gesichtsausdruck seines Begleiters, nachdem sie vor der Kreatur in St. Louis geflohen waren. „*Verdammt.*"

Albigard machte eine ungeduldige Bewegung mit einer Hand. „Ganz recht."

„Aber das glaubst du nicht", fuhr Len fort. Zumindest war er sich sicher, dass Albigard das nicht glauben *wollte*. Und wer konnte es ihm unter diesen Umständen verübeln?

„Das ist reine Spekulation", sagte die Fae. „Wie könnte es etwas anderes sein? Es ist schließlich nicht so, dass man das nachprüfen und hinterher berichten kann."

„Ganz zu schweigen davon, dass es sich um eine ziemlich transparente Methode der zwischenmenschlichen Beeinflussung handelt", erklärte Len. „Ich sollte es wissen, mir wurde jahrelang gesagt, dass ich für alle Ewigkeit in einem See aus Feuer und Säure leiden würde, wenn ich nicht mit der ganzen *Schwulensache* aufhören würde."

„Hat es funktioniert?", fragte Albigard.

„Nein", sagte Len trocken. „Ich sollte Nigellus wahrscheinlich sogar bitten, dass er für mich einen feurigen See anlegen soll, denn ich möchte nicht, dass die Hölle unvorbereitet ist. Und um das klarzustellen … ich will damit nur sagen, dass das, was sie mit dir machen, so ziemlich nach demselben Mist klingt: *Verhalte dich so, wie wir es wollen, oder die* Wilde Jagd *wird deine Seele fressen.*"

„Ein schwacher Trost", sagte Albigard mit einem Hauch von Bitterkeit, „denn jeder, der von der Jagd genommen wird, ist genauso mausetot."

„Ich persönlich würde jederzeit das Vergessen dem endlosen Leiden vorziehen", antwortete Len. „Um ehrlich zu sein, gibt es Zeiten, in denen die Aussicht darauf geradezu erholsam klingt."

„Du wirst mir verzeihen, wenn ich es vorziehe zu leben", erwiderte die Fae.

Len zuckte mit den Schultern. „Dafür brauchst du meine Vergebung nicht. Allerdings muss ich feststellen, dass, da niemand wirklich weiß, was nach dem Tod passiert, die Fae-Version und die religiöse Propaganda gefährlich nahe an einer Lüge zu sein scheinen. Ich dachte, eure Bande könnte das nicht?"

Albigard ließ sich gegen die Tür sinken, und sein Rückgrat verlor etwas von seiner Steifheit. „In diesem Zusammenhang sind Lügen eher eine Frage der Absicht als der sachlichen Richtigkeit. Jeder kann etwas glauben, und später stellt er fest, dass er sich geirrt hat. Doch eine Fae, die einen anderen absichtlich in die Irre führt, ist keine Fae mehr."

„Verrate mir etwas. Wenn du Kinder hättest, würdest du ihnen sagen, dass ihre Seelen in die *Kluft der Klüfte* geschleudert werden, wenn sie böse sind?", fragte Len, aufrichtig neugierig.

„Nein", hauchte Albigard so leise, dass es kaum zu hören war. „Ich würde ihnen sagen, dass sie, wenn sie sich dem Fae Court widersetzen, eine Strafe in Form von Exil oder Tod durch die *Wilde Jagd* riskieren, aber dass es manchmal trotzdem das Richtige ist, sich dem Court zu widersetzen. Keine Regierung ist unfehlbar."

Wenn er versuchte, darauf direkt zu antworten, befürchtete Len, dass er ungewollt Sympathie – oder schlimmer noch, Mitleid – für dieses Arschloch ausdrücken könnte. Also sagte er: „Na gut. Ich weiß nicht, wie es dir geht, aber ich persönlich ziehe es vor, mich zu *outen*. Oh, und … die Nachricht ist angekommen … Nekromantie wird nicht in gemischter Gesellschaft erwähnt. Auch wenn ich immer noch davon überzeugt bin, dass du nur Mist erzählst."

Albigard grunzte als wortlose Bestätigung. Er schnippte mit den Fingern, und die leuchtende Kugel, die über ihnen schwebte, erlosch. Zur gleichen Zeit fiel die erstickende Atmosphäre, die zwischen ihnen bestand, weg. Die Tür öffnete sich und Licht von draußen strömte herein. Len folgte der Fae nach draußen und wäre beinahe mit seinem Rücken zusammengestoßen, als Albigard abrupt vor ihm zum Stehen kam. Prompt ärgerte er sich wieder und wollte sich an ihm vorbeischieben, erstarrte aber beim Anblick der schwarzen Katze, die im Flur saß, die Ohren gespitzt und den Kopf neugierig zur Seite geneigt.

KAPITEL DREIZEHN

DIE KATZE BLINZELTE SIE AN, ihre großen grünen Augen schlossen und öffneten sich träge. *„Mallacht mo chait ort!"*, knurrte Albigard. Es hörte sich so an, als würde er einen bösartigen Fluch aussprechen.

Die Fae schob Len hinter sich, als wolle er ihn vor der Sidhe abschirmen. Sein Körper vibrierte vor Spannung und seine Aura prickelte gegen Lens Bewusstsein wie statische Elektrizität – ein Gefühl, das er mit der bevorstehenden Entfesselung von Magie in Verbindung brachte.

„Du wirst diesem Menschen kein Leid zufügen", erklärte Albigard mit Nachdruck. „Er hat einen Wert für die anderen, und wir werden sie als Verbündete brauchen."

Len musste noch nie vor einer Hauskatze beschützt werden. Er hatte auch noch nie erlebt, dass eine Hauskatze verärgert mit den Augen rollte. Die Realität verschob sich um die Sidhe. Len blinzelte, und als er die Augen öffnete, war die Kreatur wieder in menschlicher Gestalt. Oder … zumindest hatte sie einen Körper.

„Du glaubst, ich kümmere mich um die Vorurteile von Seelie und Unseelie, wenn die *Wilde Jagd* den Schleier zwischen den Reichen zerreißt?" Die kleine Fae beäugte Len neugierig, als er Albigards

Griff abschüttelte und sich neben ihn stellte, bevor sie hinzufügte: „Obwohl ich jetzt verstehe, warum der Dämon an diesem so interessiert zu sein scheint."

„Du hast also jedes Wort gehört, trotz des Schutzzaubers, was?", fragte Len. „*Fantastisch.*"

Die Katzensidhe zuckte mit den Schultern, und ihre Aufmerksamkeit richtete sich wieder auf Albigard. „Ich habe es dir schon vorhin gesagt ... deine Schutzzauber haben keinen Einfluss auf mich."

Albigards Schultern lockerten sich ein wenig, obwohl ihm ein weiteres leises, irritiertes Knurren entwich. Len spürte, wie sein eigener Adrenalinstoß nachließ, da die beiden Fae offenbar nicht vorhatten, sich hier auf dem Flur magische Schläge zu versetzen.

„Ich werde mich jetzt verabschieden", sagte die Katzensidhe, „und bald mit anderen zurückkehren, die uns helfen können."

„Ähm ... tschüss", meinte Len. „Danke, dass du nicht versucht hast, mich umzubringen."

„Es war mir ein Vergnügen, Mensch", sagte die Sidhe ernst.

———◆———

Da alle davon ausgingen, dass es noch ein paar Stunden dauern würde, bis etwas von Bedeutung passieren würde, machte Len einen Spaziergang durch den Wald hinter dem Haus, um sich die Zeit zu vertreiben. Nicht, dass Wandern wirklich sein Ding gewesen wäre, aber Zorah und Rans hatten vor, eine Weile in die Stadt zu gehen, und das bedeutete, dass die Alternative darin bestand, sich entweder in seinem kahlen, hallenden Schlafzimmer zu verstecken oder unten mit einem einschüchternden Dämon und einer Fae herumzuhängen.

Nachdem er heute bereits ein längeres Gespräch mit Albigard geführt hatte, erschien ihm die Entscheidung für die Wanderung als der bessere Weg, seine Tapferkeit unter Beweis zu stellen. Außerdem hatte er nach seinem kurzen Aufenthalt in der Abstellkammer eine Menge nachzudenken.

Ein Pfad aus zertrampeltem Gras führte von der gepflasterten Terrasse in Richtung der Bäume – ein Beweis dafür, dass Albigard häufig vorbeikam. Der schmale Pfad kreuzte schließlich einen markierten Feldweg – vermutlich ein Teil des Naturschutzgebiets, das Zorah erwähnt hatte. Auch wenn er jemand war, der Nachtclubs und Tattoostudios dem Giftefeu und den Moskitos vorzog, musste Len zugeben, dass es ein schöner Wald war. Der Boden war mit Wildblumen übersät, und das Zwitschern der Vögel übertönte das ferne Geräusch des Vorstadtverkehrs.

Die menschliche Auffassung vom Tod ist durch Jahrtausende religiöser Propaganda geprägt worden. Ein Großteil davon stammt von meinem eigenen Volk, hatte Albigard gesagt.

Die Religion war eine Sache, die Len für einen Großteil des Schmerzes in seinem frühen Leben verantwortlich machte, obwohl es vielleicht zutreffender wäre, die menschliche Natur dafür verantwortlich zu machen. Dennoch war die Religion die Waffe der Wahl gewesen, um ihn zu verprügeln, auch wenn diese Waffe von Menschenhand geführt wurde.

Er hatte schon vor langer Zeit beschlossen, dass er kein Interesse an einem Gott hatte, der es anscheinend völlig in Ordnung fand, Menschen bis in alle Ewigkeit zu foltern, nur weil sie auf eine bestimmte Art oder an einem bestimmten Ort geboren wurden.

Eine der prägenden Erinnerungen an seine Zeit an einer konservativen religiösen Schule war die Frage des Lehrers, ob ein Kleinkind in China, dessen Eltern gläubige Buddhisten waren und ihm deshalb nie etwas über Jesus beigebracht hatten, wirklich in eine Feuergrube geworfen werden würde, um dort für immer zu brennen, wenn es in jungen Jahren bei einem Unfall oder Ähnlichem ums Leben käme. Selbst der mürrische Mr. Evans zog die Grenze bei der Aussage ... *Ja, dieses Kind wird die Ewigkeit damit verbringen, unvorstellbare Qualen zu erleiden, weil seine Familie eine andere Religion hat als wir.*

Stattdessen war er rot im Gesicht geworden und hatte Bibelverse zitiert – *Wer glaubt und getauft wird, der wird gerettet werden; wer aber nicht glaubt, der wird verdammt werden. Und in keinem anderen ist das Heil zu finden. Denn es ist uns Menschen kein anderer Name unter dem Himmel gegeben, durch den wir gerettet werden sollen,* und so weiter und so fort. Als Len darauf hinwies, dass das wohl kaum fair sei, ließ Mr. Evans ihn nachsitzen und zwang ihn, diese Bibelverse jeweils hundertmal zu schreiben.

Wie sich herausstellte, war das meiste, was ihm beigebracht worden war, eine Lüge. Was ...

um fair zu sein, er ohnehin vermutet hatte. Aber es war eine sehr *spezielle* Art von Lüge, eine, die im Laufe von Jahrtausenden als Teil einer Propagandakampagne der Fae während eines übernatürlichen Krieges entstanden war.

Dämonen sind böse ... stellt euch nicht auf die Seite dieser bösen Dämonen, ihr kleinen Menschen! Wenn ihr das tut, werden schlimme Dinge passieren.

Der verblüffendste Teil – der Teil, der Len dazu gebracht hatte, durch einen unbekannten Wald zu wandern, um darüber nachzudenken – war, dass die Fae angeblich nicht lügen konnten. Und das konnte kein Fall von Ignoranz sein, wenn sie ihren Kindern erzählten, dass die *Wilde Jagd* ihre Seelen fressen würde, wenn sie böse seien, weil sie tatsächlich glaubten, dass das passieren würde. Nein ... dies war vorsätzlich geschehen.

Soweit es Len beurteilen konnte, gab es zwei Möglichkeiten. Erstens, Albigard hatte nur vorgetäuscht, dass die Fae nicht lügen konnten und zweitens, war es auch in der menschlichen Natur begründet. Es war nur allzu leicht, sich vorzustellen, wie ein Mensch vor einen Dämon gezerrt wurde und ihm erzählte, Dämonen seien mächtige, gefährliche Kreaturen, die in einem trostlosen unterirdischen Reich lebten. Es wäre typisch für die Menschheit, diese grundlegende Beschreibung in der Nacherzählung zu verdrehen und im Laufe der Zeit in einem Jahrtausende währenden Spiel immer schrecklichere Ausschmückungen hinzuzufügen.

Und auf der anderen Seite war es ebenso einfach, sich vorzustellen, wie die Fae ihren geistigen Einfluss auf leichtgläubige Menschen ausübten und ein beängstigendes Maß an Verehrung erzeugten, was Len nun schon zwei Mal persönlich erlebt hatte, um in den Augen der Menschen zu Engeln zu werden.

Ja. Lens Spezies war mehr als fähig, unangenehme Wahrheiten in noch unangenehmere Fantasien zu verdrehen. Das machte ihn jedoch nicht weniger wütend über die Enthüllung, dass Albigards Leute indirekt dafür verantwortlich waren, dass er im Alter von sechzehn Jahren zu Hause rausgeworfen worden war, weil er schwul war, was … zugegebenermaßen neben der Tatsache, dass Albigards Leute auch direkt dafür verantwortlich waren, dass alle in Lens Nachbarschaft starben und möglicherweise alles auf seinem *Planeten* starb, verblasste.

Er schüttelte den Kopf, um ihn zu klären.

Prioritäten.

Len nahm einen Schluck aus der Wasserflasche, die er mitgenommen hatte. Die kleinen blauen Blumen, die zwischen den Baumstämmen wuchsen, rochen nach Gewürzen und etwas nach Kiefern. Oder … vielleicht kam das auch von den Kiefern, die sich unter die Laubbäume gemischt hatten. Er war kein Experte. Wolken schoben sich über die späte Morgensonne – eine graue Wolkendecke, die langsam von Westen nach Osten über den Himmel zog.

Er atmete noch einmal tief durch und drehte sich um, um seiner Spur zurück zu folgen. Er wollte nicht riskieren, dass ein Sturm die kleinen Stöckchen, die er zur Markierung der Stelle hinterlegt hatte, an der Albigards Spur auf den öffentlichen Naturpfad traf, verstreute. Trotzdem brauchte er fast eine Stunde, um zu dem einsamen Haus am Rande des Hügels zurückzukehren. Er ging in die Küche, um seine Wasserflasche aufzufüllen und vielleicht einen Salat zu machen oder so.

Als er den Raum betrat, fand er zwei riesige schwarze Höllenhunde vor, die sich mit der Katzensidhe stritten, die in Tiergestalt mit gewölbtem Rücken und erhobenen Nackenhaaren schützend vor Albigard stand.

KAPITEL VIERZEHN

LEN ERSTARRTE, die Wasserflasche fiel ihm aus der Hand und landete mit einem dumpfen Aufprall auf dem Boden. Unter diesen Umständen wunderte es ihn nicht, dass er ein paar Sekunden brauchte, um zu bemerken, dass der Dämon und eine ihm unbekannte Fae mit kupferfarbenem Haar einander von gegenüberliegenden Seiten des Raumes aus wachsam beobachteten.

„Was zum Teufel geht hier vor sich?", sagte er lediglich.

Albigards Augen huschten für einen Augenblick zu den seinen.

„Das sind die Cu-Sidhe", sagte er, als würde er nicht von einer zehn Pfund schweren Hauskatze vor zwei riesigen Höllenhunden beschützt. „Auf Dhuinne sind sie die Wächter der *Wilden Jagd*. Leider scheinen sie zu glauben, dass es unter den gegenwärtigen Umständen am besten ist, mich in Eisenketten in das Reich der Fae zu schleppen, um mich dann als Köder zu benutzen und die Jagd in ihre Heimat zurückzulocken."

„Die Katzensidhe *hat* nicht erwähnt, dass du *mit einem Dämon verkehrst*", schnauzte die unbekannte Fae in der Ecke.

Len blinzelte.

Oh. Warte. Die andere Fae war doch nicht *ganz* fremd.

Verdammt.

„*Verkehren* ist kaum der richtige Ausdruck dafür“, antwortete Nigellus milde. „Mein Fachwissen wurde in einer noch nie da gewesenen Situation angefordert. Ich bin aus reiner Höflichkeit hier, nichts weiter.“

„Eine *Gefälligkeit*“, wiederholte die Fae ungläubig.

„Einen Moment mal. Du bist ... der Typ, der den Club in die Luft gejagt hat“, bemerkte Len, wobei ihn ein Gefühl bizarrer Distanziertheit überkam. „Was mich zu meiner Frage von vorhin zurückführt ... *Was zum Teufel geht hier vor sich?*“

„Das ist Teague. Er ist für die Überwachung von St. Louis zuständig“, erklärte Albigard knapp. „Der Vorfall mit der *Wilden Jagd* fällt in seinen Zuständigkeitsbereich.“

Na toll. Dieses Arschloch war also Teil der Fae-Regierung, die einen Großteil der Menschenwelt hinter den Kulissen kontrollierte? Das könnte erklären, warum er hier war, aber das bedeutete nicht, dass es Len gefallen musste.

„In dem Nachtclub waren Menschen, als die Gasleitung explodierte“, sagte er, und ein Muskel in seinem Kiefer zuckte. „Viele von ihnen sind gestorben.“

„Es werden noch viel mehr Menschen sterben, wenn wir uns nicht auf das *eigentliche Problem* konzentrieren“, sagte Nigellus.

Das war anscheinend zu viel für einen der Höllenhunde – oder *Cu-Sidhe*. Er knurrte – das

Geräusch grollte tief in seiner massiven Brust, und schlich sich vorwärts, als wolle er direkt durch die Katze hindurch zu Albigard gelangen.

Die Katzensidhe zischte warnend und fletschte ihre winzigen Reißzähne.

Len dachte nicht nach. Er fummelte in seiner Tasche und holte das Pfefferspray heraus, das er downtown gekauft hatte, trat vor die albtraumhafte Kreatur und sprühte ihr direkt ins Gesicht. Es schnappte nach dem Strahl, immer wieder, wie ein Hund, der versucht, das Wasser aus einem Gartenschlauch zu trinken.

Bei Menschen zielt man beim Einsatz von Pfefferspray auf die Augen. Bei Hunden zielt man auf die Schnauze. Len versuchte, beide Bereiche abzudecken. Es war schwer zu sagen, ob er Erfolg hatte – der orangefarbene Strahl des Sprays verschwand fast vor der unnatürlichen, matten Schwärze des Fells der Kreatur.

Ungefähr eine halbe Sekunde bevor Lens Nerven blank lagen und er rückwärts in Deckung ging, hörte der Höllenhund auf, sich auf ihn zu stürzen, und schüttelte den Kopf. Er schlug mit einer Vorderpfote nach seinem Gesicht ... einmal ... zweimal. Dann wiederholte er die Bewegung mit der anderen Vorderpfote. Innerhalb weniger Augenblicke vollführte er einen wilden Tanz und versuchte, seine Schnauze gleichzeitig an beiden Vorderbeinen zu reiben. Die Realität verzog sich, und der Höllenhund nahm eine humanoide Gestalt an, wobei er immer noch wütend über die orangefarbenen Flecken wischte.

Der andere Höllenhund folgte seinem Beispiel einen Moment später, und als Len sich umschaute, hatte auch die Katzensidhe ihre menschliche Gestalt angenommen. Die elfenhafte Gestalt starrte einen Moment lang verblüfft auf den Höllenhund, bevor sie in glockenhelles Gelächter ausbrach und vergnügt auf das farbverschmierte Gesicht der Cu-Sidhe zeigte.

Len trat vorsichtig ein paar Schritte zurück, bis er neben Albigard stand, was eine etwas bessere Wahl zu sein schien, als allein, mit einer metaphorischen Zielscheibe auf der Brust, in der Weltgeschichte herumzustarren. Alle Augen im Raum hüpften zwischen ihm und der grummelnden Cu-Sidhe hin und her.

„Oh, das *hast du verdient!*", brachte die Katzensidhe kichernd hervor und gewann langsam die Kontrolle zurück.

Und … die Cu-Sidhe schien die Auswirkungen einer Ladung Capsaicin im Gesicht schneller abzuschütteln, als es für die Anwesenden gut war. Len nutzte die Gelegenheit und musterte die Neuankömmlinge. Sie waren groß und breit, doch ihre Gesichtszüge und ihre Körperform wirkten auffällig androgyn. Wenn sich die Katzensidhe am weiblichen Ende des nicht-binären Spektrums befanden, so befanden sich die Cu-Sidhe am männlichen Ende.

Darüber hinaus hatten die beiden mit ihrem kurz geschnittenen dunklen Haar, den grünen Augen und den hohen Wangenknochen eine verblüffende Ähnlichkeit. Vielleicht waren sie Zwillinge? Len war sich nicht sicher, wie das bei den Fae funktionierte, besonders nachdem die Katzensidhe erwähnt hatte, dass Zwillinge selten waren. Es genügt zu sagen, dass es für ihn verdammt schwer sein würde, die beiden in ihrer dunklen, identischen Kleidung voneinander zu unterscheiden.

Na ja … bis auf die orange Farbe im Gesicht des linken, natürlich.

„Könnten wir uns alle wieder beruhigen und die Dinge vernünftig besprechen?", schlug Nigellus in einem bestimmenden Ton vor.

„Ja, *bitte*", stimmte die Katzensidhe zu. Ernüchtert von ihrer Heiterkeit wandte sie sich wieder den anderen Sidhe zu und streckte eine Hand mit Nachdruck in Albigards Richtung. „Wie ich schon sagte, hilft es uns nicht, diesen Unseelie nach Dhuinne zurückzuschleppen, um unser Problem zu lösen. Die Jagd ist verwildert und zeigt kein Interesse daran, ihn zu verfolgen, da es diesseits des Risses im Schleier leichtere Beute gibt. Und selbst wenn sie ihm in unser Reich folgen würde, könnte sie, sobald sie ihn verschlungen hat, nichts daran hindern, sofort zu ihrem neuen Jagdgebiet zurückzukehren. Wir müssen die Schwachstelle zwischen den Welten reparieren."

Die Cu-Sidhe auf der rechten Seite neigte den Kopf in einer hündischen Geste und tauschte einen Blick mit der anderen aus. „Dieses Argument hat wohl seine Berechtigung."

Die zweite Cu-Sidhe sah so irritiert aus, wie man es von jemandem erwarten würde, dem gerade Pfefferspray ins Gesicht gesprüht worden war, und nickte zögernd. Doch bevor Len ein stummes und ironisches *Halleluja* anstimmen konnte, meldete sich Teague zu Wort – das sprengstoffbegeisterte Arschloch, das Guthries und Ginas Jazzclub zerstört und dabei fast einige von Lens Freunden getötet hätte.

„Was hindert die Jagd daran, einen neuen Riss zwischen den Welten zu öffnen, wenn sie merkt, dass dieser repariert ist?", fragte er. „Die Jagd ist bereits dabei, stärker zu werden."

Die Katzensidhe warf Nigellus einen unruhigen Blick zu, bevor sie antwortete. „Mit etwas Glück war die Jagd nur in der Lage, ein solches Kunststück zu vollbringen, weil die Barriere, die die beiden Reiche trennt, eine Schwachstelle aufwies."

„Mit … etwas Glück", wiederholte Len langsam.

„Wie auch immer …", so Nigellus. „Der erste Schritt ist die Abdichtung des bestehenden Risses, wenn sich die Jagd auf der anderen Seite befindet."

„Ich verstehe immer noch nicht, was das mit *dir* zu tun hat, Dämon", schoss Teague spöttisch zurück.

„*Teague*", sagte Albigard warnend und klang dabei über alle Maßen müde. „Genug. Hast du eine Ahnung, wie viel Kraft nötig sein wird, um den Schleier zu kauterisieren? Man lehnt die Hilfe eines Dämons ersten Ranges nicht ab, wenn so viel Power erforderlich ist."

„Es gibt noch eine weitere Überlegung", fuhr Nigellus fort. Er hob eine Hand, als ob er nach etwas greifen wollte, und in seinem Griff materialisierte sich ein circa neunzig Zentimeter langes flammendes Schwert, das einen flackernden Feuerstrahl in die Küche warf.

Ein flammendes. Verdammtes. *Schwert.*

Len blinzelte, und plötzlich knurrten Teague und die Cu-Sidhe warnend. Teague hatte mit erhobenen Händen eine Verteidigungshaltung eingenommen, während um ihn herum leuchtende Magie wirbelte. Aus den Augen der Cu-Sidhe strömte rotes Licht und vermittelte den Eindruck, dass er bereit war, sich wieder in die Form eines Höllenhundes zu verwandeln und aufzuspringen.

„*Verdammt!*", schrie Len erschrocken und überlegte, in welche Richtung er am besten rennen sollte.

Doch bevor die Hölle losbrach – und verdammt, dieses Wortspiel *war in diesem Moment nicht einmal witzig* –, machte *Nigellus* eine beiläufige Bewegung mit seinem Handgelenk und das Schwert verschwand so abrupt, wie es aufgetaucht war. Die drei Fae erstarrten an Ort und Stelle, brachen ihren Angriff ab, entspannten sich aber auch nicht.

Aus der Richtung der Katzensidhe ertönte ein verärgerter Seufzer. „Ihr Narren. Seht ihr es denn nicht? *Das ist eine Waffe, die zwischen den Dimensionen existiert und zum Kauterisieren verwendet werden kann!* Muss ich euch das wirklich darlegen?"

„Ich gehe davon aus, dass das nicht nötig sein wird", murmelte Albigard und warf Teague einen spitzen Blick zu. „Und habe ich es dir nicht beigebracht? Was glaubst du, was deine Magie gegen einen Dämon ausrichten kann? *Er ist unsterblich.*"

Teague schaute einen Moment lang etwas verlegen, bevor er langsam die Hände senkte. „Ich kann mich auch nicht daran erinnern, dass du mir beigebracht hast, wie ein toter Baum dazustehen, der mit der Axt gefällt werden soll."

Die Cu-Sidhe hingegen machten immer noch diese Laserstrahl-Augen-Sache, obwohl sie zumindest nicht mehr so aussahen, als würden sie sich gleich quer durch den Raum stürzen und versuchen, Nigellus die Kehle herauszureißen.

Der Küchentür näherten sich Schritte und plötzlich drehten sich alle um und sahen zu, wie Rans und Zorah eintraten. Rans hob langsam eine Augenbraue, als er die Szene betrachtete, und dann tauschten er und Zorah einen Blick aus.

„Ähm ... *hallo*", gurrte Zorah langsam. „Ich habe das Gefühl, wir haben ein paar Dinge verpasst, während wir unterwegs waren."

※

Eine halbe Stunde später hatte sich die Situation merklich beruhigt, obwohl die Spannungen zwischen den verschiedenen Gruppen immer noch spürbar waren. Len hielt sich bei der Diskussion im Hintergrund, da er nicht das Gefühl hatte, viel Substanzielles beitragen zu können. Es fühlte sich jedoch auch falsch an, die Diskussionsrunde zu verlassen und sich in seinem Schlafzimmer zu verstecken, während das Schicksal der Welt auf dem Spiel stand.

Zorah war erst vor Kurzem in einen Vampir verwandelt worden, sodass sie sich sozusagen noch als „menschenähnlich" betrachtete. Während die anderen diskutierten, setzte sie sich neben Len an den Küchentisch und erzählte ihm ein paar Dinge, von denen er noch nichts gehört hatte.

„Also … dieser Typ, Teague", begann sie leise. „Du weißt, dass er der Mistkerl ist, der dafür gesorgt hat, dass *Brown Fox* in die Luft gesprengt wird, oder?"

„Ja", antwortete Len, ebenfalls so leise, dass er hoffentlich nicht die Aufmerksamkeit der anderen auf sich zog. „Er kam ein paar Mal her, um Guthrie zu bedrohen, und dabei führte er sich generell wie ein Arschloch auf. Ich kann nicht sagen, dass ich überglücklich war, als ich erfuhr, dass er Teil der unterdimensionierten Justice League sein wird."

Sie nickte. „Ich verstehe dich, glaub mir. Aber hier kommt der Teil, den du *nicht* weißt. Es hat sich herausgestellt, dass er Albigards Protegé war, bevor er nebenbei Vampire in die Luft jagte. Und zwar *jahrelang*."

Len starrte sie einen Moment lang an. „Soll mich das irgendwie für ihn erwärmen?"

Sie rümpfte die Nase. „Ich bin noch nicht fertig. Während der Schlacht bei Stonehenge war er es, der die Kavallerie heranbrachte und das Blatt damit wendete, als uns in den Hintern getreten wurde. Und das geschah, nachdem sich Albigard heimlich mit ihm getroffen und ihm erzählt hatte, was wirklich mit den Kindern geschehen war, bei deren Entführung er geholfen hatte."

„Okay …", sagte Len.

„Und nachdem Albigard vor Vonnies Sohn gesprungen war, um ihn zu retten, und deswegen in Schwierigkeiten geriet, war Teague derjenige, der uns drei weggebracht hat, bevor es die anderen Fae erkennen würden, wer Albigard war und ihn verhaften konnten. Er hat uns nach St. Louis portiert und uns dort abgesetzt. Das war kurz bevor wir vorletzte Woche vor deiner Tür aufgetaucht sind."

Len verdaute das kurz. „Du willst mir also sagen, dass er eine gewisse Loyalität gegenüber Blondie hat? Sogar jetzt noch?"

Zorah zuckte mit den Schultern. „Anscheinend. Aber es sieht so aus, als würde diese Loyalität bis zum Äußersten strapaziert werden, wenn Nigellus hier ist und sich wie ein Dämon benimmt und so."

Len versuchte, die neuen Puzzlestücke in das Bild einzupassen, das sich bereits gebildet hatte, und scheiterte. „Ich werde nicht lügen, Z. Ich weiß nicht, wie sich das damit vertragen soll, dass er dich fast getötet hat, als er ein achtstöckiges Gebäude in die Luft gejagt hat."

Zorah winkte ab, obwohl sie beunruhigt aussah. „Er war nicht annähernd daran interessiert, mich zu töten. Es hat Guthrie mit dieser Aktion nur um Haaresbreite verfehlt … und Vonnie hätte es wahrscheinlich auch erwischt, wenn ich nicht bei ihr gewesen wäre, als die Gasleitung explodierte."

Len warf ihr einen ungläubigen Blick zu. „Mit anderen Worten, mein Standpunkt steht. Mir fällt es schwer zu verstehen, warum es eine gute Idee sein soll, dass er hier ist."

Ihre Lippen verzogen sich. „Weil er für die Fae-Schattenregierung in St. Louis verantwortlich ist und wir in ein Gebiet gelangen müssen, das im Moment wahrscheinlich noch dichter abgeriegelt ist als Fort Knox. Wenn wir dann dort sind, müssen wir in diesem Gebiet seltsame übernatürliche Dinge tun, ohne die Polizei, das Militär und wer weiß wen sonst noch auf den Plan zu rufen."

Len seufzte. „Genau. Wunderbar."

Sie tätschelte seinen Arm. „Wenn man es genau nimmt ... scheint er eine echte Zuneigung zu Albigard zu haben, auch wenn er jetzt ein Flüchtling ist."

„Ich bin mir nicht sicher, ob schlechter Geschmack bei Freunden in Kombination mit einem mörderischen Pyromanen tatsächlich ein gutes Verkaufsargument ist, Z."

Zorah rollte mit den Augen. „Versteh mich nicht falsch. Nach dem, was Guthrie und Vonnie zugestoßen ist, würde ich ihm gerne ein paar sehr böse Dinge antun, aber nicht, solange wir ihn brauchen – und *wir* brauchen ihn. *Leider*."

Len warf einen Blick in Richtung der kupferhaarigen Fae und stellte entsetzt fest, dass ihn Teague mit seinen Augen durchlöcherte. „Dir ist klar, dass sie wahrscheinlich jedes Wort davon gehört hat, oder?"

Zorah lächelte und zeigte ihre Fangzähne, als sie sich drehte, um den Blick der Fae zu erwidern. „Oh ja. Und ob mir das klar ist."

KAPITEL FÜNFZEHN

AUF DER ANDEREN SEITE DES RAUMES war die Diskussion und Planung noch immer im Gange.

„Wenn wir den Verstoßenen nicht als Köder benutzen wollen, um die Jagd zurück nach Dhuinne zu locken, sollte er hierbleiben", meinte eine der Cu-Sidhe. „Sonst könnte er die Jagd direkt zu uns locken."

„Nein, nein. Wir können seine Macht nicht entbehren", argumentierte die Katzensidhe. „Nur wenige Fae können ihm das Wasser reichen, und noch weniger besitzen sowohl Lebens- als auch Elementarmagie."

„Du schon", sagte die andere Cu-Sidhe unwirsch.

„Und wir sind beide unentbehrlich, um die Seiten des Risses zusammenzuziehen, damit ihn die Dämonenklinge verschweißen kann", warf Albigard ein.

„Außerdem kann Albigard von Zorah Kraft ziehen", meinte Rans. „Und Zorah kann sich von meinem Blut ernähren, damit alle während des Vorgangs versorgt sind."

„*Juhu*", murmelte Zorah und klang dabei so erfreut wie ein Tier vor der Schlachtbank. „Ich kann es kaum erwarten."

Teague blickte Albigard angewidert an. „Du hast dir einen Blutsauger als Vasallen genommen?"

„Sie war noch nicht verwandelt worden, als sie mein Geschenk annahm", sagte Albigard.

„Aber sie war bereits eine Dämonin", schnauzte Teague. „Eine hybride Sukkubus-Abscheulichkeit."

Albigard hob eine Schulter und ließ sie nachlässig wieder fallen. „Und jetzt wird uns ihre Kraft gut dienen … auch, wenn mir danach übel sein wird."

Zorah winkte mit einer Hand vor seinem Gesicht umher. „Ich sitze genau hier, Leute. *Hallo.*"

Beide ignorierten sie, und Len rieb sich den Nasenrücken.

Die Katzensidhe sah sich im Raum um. „Wir sind uns also alle über die Strategie einig?"

Albigard nickte müde. „Ich glaube schon. Du wirst Teague Energie entziehen, und ich den Vampiren. Gemeinsam werden wir die Ränder des Schleiers zusammenziehen, damit der Dämon ihn mit seiner Klinge versiegeln kann. Sollte die Jagd auftauchen, bevor wir fertig sind, werden die Cu-Sidhe versuchen, sie durch den Spalt zurückzutreiben, damit wir unsere Aufgabe erfüllen können."

Nigellus' bourbonfarbener Blick fiel auf Len. „Der Mensch sollte uns ebenfalls begleiten."

Zorah sah abrupt auf. „Len? *Warum?* Es ist zu gefährlich … die Jagd hat ihn schon einmal fast getötet!"

„Er könnte nützlich sein", war die einzige Antwort, die Nigellus gab.

Von seinem unendlich erscheinenden dämonischen Blick gefesselt, konnte Len nur trocken schlucken und nicken.

Die Katzensidhe hatten den Austausch aufmerksam verfolgt. „Wenn ein Schicksalsdämon eine Vorhersage macht, ist es weise, sie zu beherzigen", meinte sie langsam.

Len schaffte es endlich, seinen Mund genug mit Spucke zu befeuchten, um zu sprechen. Die Vorstellung, in diese schreckliche Zone des Todes zurückzukehren, ließ ihn erschaudern, aber er hatte auch einen Großteil der letzten Monate damit verbracht, auf seinem Hintern zu sitzen, während die Menschen um ihn herum ihr Leben im Kampf gegen das Böse riskierten. Von daher ...

„In Ordnung", erwiderte er. „Ich werde mitkommen und mich im Hintergrund halten, aus dem Weg gehen, falls es brenzlig wird und falls sich jemand verletzt ... Ich habe eine Ausbildung als Ersthelfer gemacht – nicht, dass tödliche Verletzungen einen von euch sonderlich ausbremsen würden."

„Len –", begann Zorah.

„*Es ist in Ordnung*", wiederholte er monoton und spürte, wie der sandige Meeresgrund der Normalität unter seinen Füßen ein paar weitere Zentimeter erodierte.

Rans' gletscherblauer Blick blieb einen Moment lang auf ihm ruhen, und Len hatte den Eindruck, dass er *verurteilt* wurde. Nach ein paar Sekunden jedoch wandte der Vampir seine Aufmerksamkeit wieder Nigellus und der Katzensidhe zu.

„Wenn das alles geklärt ist, wie sieht dann unser Zeitplan aus?", fragte er. „Nach dem ersten Angriff dauerte es eine Woche, bis die Jagd den Mut aufbrachte, in die Menschenwelt zurückzukehren ... aber es scheint zu optimistisch, anzunehmen, dass dies auch beim nächsten Mal der Fall sein wird."

„In der Tat", stimmte Nigellus zu. „Ich habe andere unvermeidliche Verpflichtungen, die es erforderlich machen, dass ich vorübergehend abreise, aber ich werde morgen Vormittag zurück sein, wenn das akzeptabel ist."

Teague warf dem Dämon einen einschneidenden Blick zu. „Gehört zu diesen *unvermeidlichen Verpflichtungen* auch, dass du zu deinem Rat zurückeilst, um jedes Wort von dem zu berichten, was hier gesagt wurde, Höllenbrut?"

Nigellus schenkte ihm ein friedliches Lächeln. „Nein. Zufälligerweise diesmal nicht."

Rans schnaubte. „Ach, komm schon. Glaubst du, der Dämonenrat würde wohlwollend betrachten, was er tut, Teague? Die würden sich genauso sehr ins Hemd machen wie du gerade. Wahrscheinlich sogar mehr."

„Dann ist es abgemacht. Wir werden morgen Vormittag aufbrechen", sagte die Katzensidhe entschlossen. „Das gibt den Cu-Sidhe genug Zeit, nach Dhuinne zurückzureisen und zu versuchen, den aktuellen Standort der Jagd von der anderen Seite des Schleiers aus zu bestimmen."

Die beiden unheimlich ähnlichen Sidhe tauschten einen Blick aus und nickten. „Wir werden morgen früh zurückkehren", sagte der Typ, den

Len mit Pfefferspray besprüht hatte. Einen Augenblick später öffnete sich hinter ihnen ein Portal. Sie traten hindurch und verschwanden.

„Ein gesprächiges Paar, nicht wahr?", bemerkte Len trocken, als das feurige Oval hinter ihnen zuschnappte.

Die Lippen der Katzensidhe zuckten bei einem schnellen, kaum wahrnehmbaren Lächeln. „Ich fürchte, sie sind eher für das Praktische als für das Reden gemacht. Nun muss auch ich mich um andere Dinge kümmern. Ruht euch aus und stärkt euch für unsere morgige Aufgabe."

Damit erschien ein weiteres Portal. Die kleine Fae verwandelte sich wieder in ihre Katzengestalt und trottete mit hocherhobenem Schwanz hindurch.

„Bis morgen", sagte Nigellus und verschwand ohne viel Aufhebens.

Und schon war Len mit Zorah, Rans und Albigard in der hallenden Küche allein. Die Fae sah immer noch drein, als würde sie bald dem Henker vorgeführt – genau wie zuvor, als er zum ersten Mal einen Blick auf die Jagd am Ende von Lens Straße erhascht und erkannt hatte, dass sie hinter ihm her war. Der Ausdruck hatte sich noch verstärkt, als Len die Cu-Sidhe vorfand, die planten, ihn ins Verderben zu zerren.

„Wird das funktionieren?", fragte Len die Anwesenden. „Oder werden wir morgen sterben?"

Wie vorherzusehen war, ignorierte Albigard die Frage. Es war Rans, der antwortete.

„Ich bin mir nicht sicher, ob es genügend Prä-
zedenzfälle gibt, um eine wahrscheinliche
Vorhersage zu treffen", meinte der Vampir.

„Nigellus scheint zu wissen, wovon er spricht,
wenn es um diesen Schleier geht", warf Zorah mit
gezwungenem Optimismus ein. „Und die Katzensidhe. Das muss doch etwas wert sein."

Albigard grunzte vage.

„Na gut", erwiderte Len und ergab sich damit
seinem Schicksal. „Was steht denn für den Rest des
Tages auf dem Programm?"

„Für uns? Wir gehen in die Stadt, um zu sna-
cken", antwortete Rans. „Wenn wir morgen als
glorreiche magische Batterien fungieren sollen, sollten wir uns besser stärken. Ihr beide solltet euch
ausruhen. Braucht einer von euch was? Wir könnten es von unterwegs mitbringen."

Len dachte daran, dass er einen halben Tag
und eine ganze Nacht nichts anderes zu tun hatte,
als sich Sorgen zu machen, und seufzte. „Ja", meinte er. „Gib mir eine Minute, ich mache euch eine
Liste."

***

Drei Stunden später stand Len in der Küche, beugte sich über den alten Gasherd und versuchte, den
unheimlichen Gestank zu ignorieren, der den
Raum durchflutete. Er sah auf, als Albigard eintrat
und konnte die Abscheu, die seine hochmütigen
Gesichtszüge verzerrte, nicht übersehen.

„Wenn du diese Knospen decarboxylieren
willst, solltest du die Ofentemperatur um zehn

Grad reduzieren", meinte die Fae in demselben Tonfall, in dem die meisten Menschen *Offensichtlich bist du ein Idiot* sagen würden.

Len warf ihm einen finsteren Blick zu und drehte die Temperatur ein wenig herunter. „Es ist nicht meine Schuld, wenn dein Herd falsch kalibriert ist. Dieses Mausoleum nennst du eine Küche?"

Albigard sah ihn ausdruckslos an. „Ja. Wie sollte ich es sonst nennen?"

In diesem Moment trat Zorah herein. Sie war verdächtig rot im Gesicht und hielt auf einem Arm ein paar Einkaufstüten. Sie blieb in der Tür stehen und rümpfte die Nase. „Was um alles in der Welt machst du hier?"

Len ging zu ihr herüber und nahm die Plastiktüten entgegen. „Stressbacken."

„Stressbacken? Und was? Ein Stinktier?", fragte sie angeekelt.

„Er versucht, Cannabisknospen zu decarboxylieren", antwortete Albigard. „Oder sie möglicherweise zu verbrennen. Es ist im Moment noch unklar, was daraus wird."

Len nahm die Tüten und stellte sie mit etwas mehr Kraft als unbedingt nötig auf dem Tresen ab. „Das war's. *Raus hier.* Alle beide."

Sie zuckten mit den Schultern und ließen ihn in Ruhe. Len versuchte weitere zehn Minuten, die augentränende Intensität des Geruchs zu ignorieren, bevor ihm einfiel, dass er die Fenster öffnen könnte. Dank des Schutzzaubers, mit dem das Haus belegt war, würde niemand herausfinden, woher der überwältigende Gestank von Gras kam, falls er überhaupt bis zu den entfernten Nachbargrundstücken vordringen würde.

Was er tat, war nicht ideal – Pot-Brownies waren ehrlich gesagt viel schmackhafter, wenn sie Cannabis angereichertes Kokosnussöl anstelle der zerbröselten Knospen im Teig enthielten, aber das Öl aufzusetzen dauerte Stunden und er hatte sich vorgenommen, so bald wie möglich im Stoner-Land zu treiben.

Das Positive daran war, dass er zumindest nicht gezwungen wäre, seine wachsende Abhängigkeit von psychopharmakologischen Schlafmitteln zu offenbaren, wenn sie am Morgen alle schmachvoll durch die Hände der Jagd sterben würden. Aber die Aussicht, die ganze Nacht an die Schlafzimmerdecke zu starren, während er im Geiste immer schrecklichere Szenarien durchspielte, wollte er im Moment nicht zu genau betrachten.

Während er darauf wartete, dass die alte Küchenuhr die sechzig Minuten herunterzählte, holte er die Lebensmittel heraus, die Zorah mitgebracht hatte, und ordnete alles so an, dass er effizient arbeiten konnte. Es war beruhigend, sich im Backen zu verlieren, selbst wenn aus dem Ofen der erdrückende Gestank von zweihundertvierzig Grad heißem Gras drang.

Als die Sonne am späten Nachmittag durch die offenen Fenster schien, war der Geruch auf ein erträgliches Maß gesunken und durch den Duft von Schokoladen-Brownies, die auf der Theke abkühlten, und dem Duft der noch dampfenden Auberginen-Lasagne, die er gerade aus dem Ofen geholt hatte, ersetzt worden.

Höchstwahrscheinlich vom neuen Aroma aus seinem Versteck gelockt, erschien Albigard wieder in der Tür und hielt inne, als würde er eine Falle erwarten, die zuschnappte, wenn er den Raum betrat.

„Nimm dir etwas, wenn du willst. Alles Bio", meinte Len zur Begrüßung. „Da kein Fleisch im Haus war, war ich mir nicht sicher, ob du eventuell Vegetarier bist oder so. Es ist alles vegan, nur um sicherzugehen."

Die Fae sah immer noch so aus, als erwarte sie, dass jemand aus einem Versteck sprang, also ignorierte Len sie. Stattdessen schöpfte er die Hälfte der Aubergine-Lasagne auf einen abgeplatzten Porzellanteller und begann zu essen. Nach einem zögerlichen Moment ließ sich Albigard auf den Stuhl ihm gegenüber nieder, bevor er dasselbe tat. Er nahm eine Gabel von seinem Teller und untersuchte sie, als ob er Len verdächtigte, ihn vergiften zu wollen.

Währenddessen schaufelte Len einen weiteren Bissen in seinen Mund. Schließlich gab Albigard seine Untersuchungen auf und kaute akribisch auf der Aubergine herum, bevor er schluckte.

„Dir wurden die kulinarischen Künste gelehrt?", fragte er schließlich.

Len rollte mit den Augen. „Ja, ich wurde in den kulinarischen Künsten ausgebildet. Das war mein Job, bevor dein Fae-Kumpel meinen Arbeitsplatz in die Luft gejagt hat. Ich habe früher die Küche in Guthries und Ginas Nachtclub geleitet."

Albigard nickte langsam. „Vermutlich gab es in einem solchen Etablissement keinen großen Bedarf an der Decarboxylierung von Marihuana. Das erklärt vieles."

Das klang verdächtig ... nach einem Scherz.

„Halt die Klappe, oder du bekommst nichts von meinen verdammten Brownies", murrte Len.

Sie kauten schweigend weiter. Len nahm sich vor, dass er diese Tofu-Ricotta-Marke nie wieder verwenden würde, denn der Hersteller schien beschlossen zu haben, dass der Schlüssel für einen intensiveren Milchgeschmack darin bestand, eimerweise Salz hinzuzufügen. Len blickte leicht überrascht auf, als Albigard seine Gabel auf seinen leeren Teller legte und das Wort ergriff.

„Dieses Gericht ist ... annehmbar", sagte er, als müsste er einen Moment lang nach einem Wort suchen, mit dem man etwas, das ein Mensch gekocht hatte, loben konnte.

Len zuckte mit den Schultern. „Etwas zu salzig für meinen Geschmack. Vegane Küche ist nicht wirklich meine Spezialität."

Die Fae hob überrascht eine Augenbraue. „Meine auch nicht. Ich bevorzuge lediglich Fleisch von Tieren, die gejagt wurden, anstatt das aus Käfigzucht, das viele Menschen zu bevorzugen scheinen."

Len neigte leicht interessiert den Kopf. „Hm. Ist das ein Fae-Ding?"

Albigard schien über die Frage überrascht. „Ich bezweifle, dass die Wechselbälger auf der Erde eine starke Präferenz für die eine oder andere Sachen haben. Viele der Unseelie im Menschenreich wurden in sehr jungem Alter mit menschlichen Säuglingen vertauscht. Sie wuchsen mit Fertignahrung und Käfighaltung auf."

„Aber du nicht?", drängte Len und war sich nicht ganz sicher, warum er sich die Mühe machte. Es war ein interessantes Thema und wahrscheinlich ein Schritt weiter in die richtige Richtung, und definitiv besser, als einander anzuschnauzen.

„Ich bin nicht auf der Erde aufgewachsen", antwortete sein Gegenüber.

Len nickte, zog die Brownie-Backform näher zu sich heran und wischte das Messer, mit dem er die Lasagne geschnitten hatte, an einer Serviette ab. Er rechnete kurz durch und schnitt viermal an der kurzen Seite der Backform und fünfmal an der längeren Seite entlang.

„Was ist mit Dhuinne?", fragte er. „Züchtest ihr dort keine Tiere, um sie später zu verzehren?"

„Viele ziehen es für ihre Ernährung vor, in der Wildnis zu jagen oder zu fischen, aber es gibt auch Vieh im Reich der Fae", erwiderte Albigard. „Besonders in der Nähe der Städte. Nur wird das Vieh der Fae im Freien aufgezogen, nicht eingesperrt."

„Freilandhaltung also", meinte Len und nickte. „Wie nachhaltig ..." Er nahm ein Browniestück heraus, das etwa halb so groß war wie eine normale Portion, die nicht in einer Backform zubereitet wurde. Dann schob er die Backform zu Albigard. „Ich warne dich, ich habe keine Ahnung, wie hoch der THC-Gehalt dieses stinkenden Krauts ist. Iss das auf eigene Gefahr."

Die Fae nickte verstehend. Sie nahm zwei Stücke und beschnupperte sie vorsichtig, wie sie es zuvor mit der Lasagne getan hatte. Diesmal zögerte sie nicht so lange, aß beide Stücke auf und wischte sich die Finger danach sorgfältig an einer Serviette ab. Len genoss sein Stück viel langsamer. Es war, wie er vorausgesagt hatte, ziemlich ekelhaft für einen Brownie.

Zum Glück ging es bei dieser Übung nicht um den Geschmack.

Er schnappte sich die Lasagneform und stellte sie zum Einweichen in die Spüle. Und dann nahm er die Brownieform in eine Hand und holte mit der anderen eine frische Flasche Wasser aus dem Kühlschrank. „Ich verlege die Party nach draußen … Dieses Haus fühlt sich an wie eine Gruft, und das deprimiert mich. Komm mit, wenn du willst, aber erwarte nicht zu viel an schillernden philosophischen Gesprächen. Oh, und wenn du es schaffst, eine Überdosis von meinen Brownies zu bekommen, bist du auf dich allein gestellt."

Mit diesen Worten machte er sich auf den Weg zur Hintertür.

KAPITEL SECHZEHN

IM LAUFE DES TAGES WAR ES WÄRMER GEWORDEN und trotz der gelegentlichen Mücken war Len Manns genug, um zuzugeben, dass ihm die Abgelegenheit des Hauses zu gefallen begann. Irgendwann im Laufe des Nachmittags hatten sich die grauen Wolken verzogen. Er machte es sich auf der Betonbank vor der dekorativen Steinmauer bequem und nutzte die Hauswand als Rückenlehne. Nachdem er die Backform mit den Brownies in Reichweite platziert hatte, öffnete er die Wasserflasche, trank einen Schluck und beobachtete, wie sich der Himmel in Rosa- und Orangetönen färbte.

Albigard gesellte sich einige Augenblicke später zu ihm und lehnte sich ein paar Schritte von Lens Sitzplatz entfernt gegen die Wand. Die Fae schloss die Augen und drehte sein Gesicht so, dass er die schwache Brise auf seiner Haut spüren konnte. Len wurde es einen Moment später bewusst, dass er das perfekte Profil der Fae anstarrte, und wandte seinen Blick irritiert ab. Wie schon beim Essen zuvor senkte sich Stille über sie. Len lehnte seinen Kopf an die Backsteinmauer des Hauses und beobachtete, wie der Himmel in lavendelfarbenen und langsam dunkler werdenden Blautönen erstrahlte. Er fühlte sich seltsam ruhig, wenn man die Umstände bedachte, in denen sie sich befanden, und die Tatsache, dass der Brownie noch nicht zu wirken begonnen hatte.

Nachdem etwa eine Stunde verstrichen war, ohne dass auch nur die geringste Wirkung zu spüren war, holte sich Len ein weiteres Stück aus der Backform und haute rein. Albigard warf ihm einen fragenden Seitenblick zu.

„Ich habe dir gesagt, dass die Ofentemperatur zu hoch war", meinte er und nahm sich zwei weitere Brownies. „Du hast die Potenz reduziert."

„Es ist dein Ofen", erwiderte Len nicht zum ersten Mal. „Du kannst mir das kaum verübeln, wenn du ihn nicht richtig kalibrierst."

Er lehnte den Kopf wieder zurück und beobachtete, wie ein Stern nach dem anderen auftauchte und das königliche Blau des Himmels in Marineblau und schließlich in Schwarz überging. Als der letzte Hauch von Tageslicht im Westen verschwand, hatte die Wirkung der Brownies endlich eingesetzt. Len entspannte sich und genoss die Stille, während er an der Fassade des Hauses lehnte, weil er das für sicherer hielt als alles andere, was ein Minimum an Gleichgewicht erforderte.

Als sich Len umschaute, stellte er fest, dass Albigard offenbar anderer Meinung war. Ein Lichtkegel schien aus dem Inneren des Hauses durch die Terrassentür … Albigard lag auf dem Rücken, ein Bein angezogen, den Fuß auf dem Betonsims balanciert, beide Arme angewinkelt und die Finger hinter dem Kopf verschränkt. Auch er starrte in die Sterne, die über ihnen funkelten.

Die Terrassentür öffnete sich mit einem Quietschen und schloss sich wieder. Ein neuer Schatten verdunkelte für einen Moment das Licht. Rans nahm die Szene in sich auf und schnaubte leise.

„Großer Gott, Len. Du hast es geschafft, ihn zum Stoner zu machen? Ich weiß nicht, ob ich beeindruckt oder entsetzt sein sollte."

„Sei nicht beleidigt", meinte Albigard und sprach deutlicher, als es jemandem, der in zwei Stunden vier Pot-Brownies gegessen hatte, erlaubt sein sollte.

Rans schnaubte etwas lauter, und Len wurde kurz schwindelig, als er sich in Nebel auflöste und einen Augenblick später oben auf der Mauer und mit dem Rücken an das Haus gelehnt auftauchte.

„Wo ist Zorah?", fragte Len.

„Sie versucht, Guthrie und Vonnie zu kontaktieren, um ihnen mitzuteilen, was los ist", sagte der Vampir.

„Du *machst ständig Lärm*, Blutsauger", murmelte Albigard. „Du solltest damit aufhören. Es war so schön ruhig, bis du nach draußen gekommen bist." Er streckte eine Hand gebieterisch hinter sich aus, die Handfläche nach oben. Rans – am nächsten an der Brownie-Backform – warf ihm ein weiteres Quadrat zu. Er fing es ohne hinzusehen auf und schob sich den Brownie in den Mund.

Rans ignorierte die Anweisung der Fae zum Schweigen, lehnte sich gegen die Wand und seufzte. „Meine Güte, das bringt Erinnerungen zurück. Wer war dieser Kerl in London in den Siebzigern? Der, der unsere Sangria mit LSD versetzt und dich damit zugedröhnt hat?"

„Warhol?", schlug Albigard gelangweilt vor.

„Nein, nein. Der andere. *Mancuso* – das war sein Name. Ich dachte, du würdest ihm das Rückgrat herausreißen, als du am nächsten Tag endlich aufgehört hattest, über deine eigenen Füße zu stolpern."

Die Fae grunzte, und um fair zu sein, es *war* die Art von Grunzen, die darauf hindeutete, dass er ihm irgendwann in der Zukunft, wenn er nicht zu stoned war, um sich darum zu kümmern, das Rückgrat rausreißen würde.

„Scheiße", bemerkte Len und sah müde zwischen den beiden hin und her. „Zorah hatte hundertprozentig recht mit euch beiden, nicht wahr?"

Albigard grunzte wieder, aber diesmal weniger mörderisch ... vielmehr fragend.

„Blödsinn", erwiderte Rans. „Es war lustig, das ist alles. Du hättest dabei sein müssen."

„*Aha. Richtig*", murmelte Len zustimmend. Er machte eine Geste in Richtung der Brownies, da er sie nicht ganz der Fae überlassen lassen wollte. Rans reichte ihm einen Brownie, anstatt ihn zu werfen, was wahrscheinlich auch gut so war. Er drehte den Kopf und sah in die Augen des Vampirs, die in der Dunkelheit ein schwaches inneres Licht ausstrahlten. „Ich würde dir ja was anbieten, aber es wirkt bei dir nur, wenn du das THC mit meinem Blut trinkst, richtig? Also gehst du heute leer aus. Nichts für ungut."

„Kein Problem", sagte Rans leichthin. „Die Mühe lohnt sich sowieso nicht – die Wirkung hält in meinem Alter kaum eine Minute an."

Len hatte auf komplizierte Art und Weise erfahren, dass Drogen und Alkohol nur dann auf Vampire wirkten, wenn sie zuerst durch den Blutkreislauf eines Menschen gefiltert wurden … und selbst dann war die Wirkung nur von kurzer Dauer. Wenn es darauf ankam, war er nicht ganz abgeneigt, einem Vampir in Not zu helfen, aber nach der Nahrungsaufnahme heute Nachmittag war Rans bereits überversorgt. Außerdem war Len im Moment der paranormalen Welt im Allgemeinen nicht besonders wohlgesonnen.

Er richtete seine nicht sehr konzentrierte Aufmerksamkeit wieder auf Albigard. „Du. Wie kommt es, dass du in die Schattenregierung der Fae verwickelt wurdest, wenn du kein … wie nennt man das? Wechselbalg warst?"

„Oh, er hatte ein echtes Händchen für diese Arbeit", sagte Rans trocken. „Du hättest ihn mal in einer Soutane sehen sollen. Er sah aus wie ein Priester."

„Als Baby galt ich als zu wertvoll, um zur Erde geschickt zu werden", meinte Albigard und ignorierte den Kommentar des Vampirs. „Als ich dann erwachsen war und der Krieg mit den Dämonen begann, hielt man mich für zu wertvoll, um mich daran zu beteiligen."

Len versuchte, gedanklich die Ereignisse der letzten Tage durchzugehen und stellte fest, dass es eine größere Herausforderung war als noch vor einer Stunde. Seine Muskeln verwandelten sich langsam in Wackelpudding, und die harte Wand in seinem Rücken wurde immer bequemer.

„Weil deine Familie Zwillinge hervorbringt?", fragte er.

„Weil ich ein Zwilling *bin*."

Len verdaute das kurz. „Du hast einen Zwilling?" Irgendwie war es für ihn unmöglich, sich das vorzustellen.

Es herrschte Stille. *Totenstille.*

„In gewisser Weise", antwortete Albigard schließlich. „Meine Schwester starb im Mutterleib. Die Hebammen sagten, ich hätte ihr fötales Gewebe absorbiert ... und ihre Magie."

„Oh", hauchte Rans mit dem Tonfall von jemandem, der eine Offenbarung hatte. „Deshalb kannst du also sowohl Elementar- als auch Lebensmagie anwenden? Darüber habe ich schon die ganze Zeit nachgedacht."

Len runzelte die Stirn und versuchte, genug Gehirnzellen zusammenzukratzen, um dem Gespräch zu folgen. „Die Katze sagte ... so etwas in der Art. Vorhin, meine ich. Über Lebensmagie und ... was war das andere?"

„Elementarmagie", meinte Zorah von der Tür aus. Len hatte nicht einmal bemerkt, dass die Schiebetür geöffnet wurde. „Euer Gespräch klingt interessant. Nur zu ... macht weiter." Sie lief über die Terrasse, hüpfte zu Rans auf die Mauer, machte es sich zwischen seinen Beinen bequem und lehnte sich an seine Brust. Er schlang einen Arm um sie, um sie in ihrer prekären Stellung festzuhalten.

„Mehr gibt es nicht zu sagen." Albigard klang distanziert, und Len hatte den Eindruck, dass er nicht mit diesem Thema begonnen hätte, wenn er nicht bereits bekifft gewesen wäre.

„Was ist der Unterschied?", fragte Len. „Zwischen Lebensmagie und Elementarmagie, meine ich."

„Wir haben im Vorfeld von Stonehenge eine Art Crashkurs zu diesem Thema erhalten", sagte Zorah. „Unterbrecht mich, wenn ich das falsch verstanden habe, aber im Grunde kann man mit Elementarmagie unbelebte Objekte wie Felsen, Luft oder Wasser beeinflussen. Mit Lebensmagie kann man eine Blume zum Blühen bringen oder eine Liane wachsen lassen, um jemanden am Bein zu packen. Vonnies Ex – der Vater ihres Kindes – kann einen Geisterwolf heraufbeschwören, der stark genug ist, um jemandem die Kehle herauszureißen."

„Und dann gibt es noch Blutmagie", sagte Albigard in den Nachthimmel und klang immer noch seltsam distanziert. „Das können die Vampire bezeugen. Und Todesmagie ..."

„Nicht", hauchte Len, dem in der lauen Nachtluft plötzlich kalt wurde. „Wir haben bereits darüber gesprochen."

Die Fae ließ es auf sich beruhen.

Zorah griff das Gespräch wieder auf. „Wie auch immer, bei den Fae sind die Seelie weiblich und neigen zur Lebensmagie. Die Unseelie sind männlich und neigen zur Elementarmagie. Ich habe den Eindruck, dass viele der Wechselbälger – die Unseelie, die auf der Erde aufgewachsen sind – magisch nicht so stark sind wie diejenigen, die auf Dhuinne geblieben sind."

„Das ist unterschiedlich", erwiderte Albigard. „Teague ist ein Wechselbalg und beherrscht seine Magie sehr gut."

Sie zuckte mit den Schultern. „Aber erinnere dich mal an Caspian – weißt du, wen ich meine, Len? Er war dieses Wiesel, das hinter mir her war, als ich Rans kennengelernt habe. Er hatte die Fähigkeit, den menschlichen Verstand zu beeinflussen, aber abgesehen davon war er ein ziemlicher Blindgänger, wenn es um Magie ging."

„Richtig", meinte Len. „Was ist eigentlich aus dem Kerl geworden?"

„Ich habe ihn im Kampf getötet", antwortete Albigard tonlos. „Es war ein Rachemord."

„Oh", hauchte Len und dachte, dass er sich wahrscheinlich darüber mehr Gedanken machen sollte, aber er war sich in seinem jetzigen Zustand nicht sicher, welche Art von Gefühlen angemessen wäre, und das herauszufinden, klang nach furchtbar viel Arbeit.

Rans gab ein angewidertes Schnauben von sich. „Und als die Fae-Behörden anfingen, Fragen zu stellen, gestand dieser Idiot den Mord und setzte sich damit an die Spitze der Liste der am meisten unerwünschten Personen am Court. Das ist der Grund für unsere derzeitigen Probleme."

„Caspian war ein Verräter", murmelte Albigard.

„Er war ein Verräter, der zufällig in der Gunst des Courts stand, als du ihn getötet hast", schoss Rans zurück.

„Er war für den Tod meiner Geschwister am Ende des Krieges verantwortlich", sagte Albigard.

Die Worte hingen einen Moment lang in der Luft.

„Ja", hauchte Rans sehr leise. „Das kann ich nicht leugnen."

„Der Scheißkerl hatte es verdient zu sterben", sagte Zorah wütend. „Wenn du es nicht getan hättest, hätte ich es gemacht."

Wieder spürte Len, wie er dabei war, der Welt zu entgleisen. Er erinnerte sich daran, wie er und Zorah sich zum ersten Mal getroffen hatten – ein Koch, der pleite war, und eine Kellnerin, die zufällig auch pleite war – und zusammen in einer örtlichen Bar mit Grillrestaurant arbeiteten. Er hatte Arschlöcher, die dachten, sie hätten das Recht, sie zu belästigen, vertrieben – so gut er es eben konnte –, und sie hatte ihm immer Komplimente für seine medium-rare Steaks gemacht.

Die Zorah von vor zwei Jahren wäre entsetzt über die Vorstellung gewesen, dass jemand ermordet wird. Und die Aussicht, selbst jemanden zu ermorden? *Undenkbar.*

Nun verfolgte sie der Tod auf Schritt und Tritt. Len hatte gesehen, wie Vampire, Dämonen und Fae Leben auslöschten, als wären es Kerzen. Einige dieser Menschen hatten es wahrscheinlich verdient, wie Zorah gesagt hatte. Doch Len war nicht bereit, die Art von Mensch zu werden, die solche Werturteile fällte.

„Kann mir jemand die Brownie-Backform reichen?", verlangte er.

Zorah stieß einen missbilligenden Seufzer aus, aber sie reichte sie ihm trotzdem hinunter. Len nahm noch einen Brownie heraus und aß ihn. Dann kämpfte er sich auf die Beine und schlurfte hinüber zu Albigard, der immer noch auf dem Rücken lag,

als wäre der Betonboden eine opulente Chaise-
longue und nicht eine harte Steinunterlage. Er ließ
die Backform auf den flachen, muskulösen Bauch
der Fae fallen und begegnete ihrem missmutigen
grünen Blick im Licht der Tür.

„Im Ernst, iss sie nicht alle", meinte er. „Diese
Brownies sollten für etwa zehn Personen reichen."

Die Fae schürzte die Lippen. „Für zehn *Men-schen* vielleicht."

Len drehte sich zu den Vampiren um und
schwankte ein wenig, als er sich versehentlich zu
schnell bewegte. „Ich werde jetzt ins Koma fallen
und so tun, als gäbe es den morgigen Tag nicht."

„Nacht, Len", rief Zorah ihm besorgt hinterher.

„Schlaf gut, Kumpel", meinte Rans. „Wir bleiben hier draußen und behalten Tinkerbell im
Auge."

„Macht das", sagte Len und machte sich vorsichtig auf den Weg zur Tür.

KAPITEL SIEBZEHN

EINIGE STUNDE SPÄTER LAG LEN mit Herzrasen in dem ihm kaum vertrauten Gästezimmer und starrte in der Dunkelheit an die Decke. Er verfluchte sich selbst dafür, dass er seine Schlafroutine nicht besser geplant hatte. Er hätte das Schlafengehen noch ein paar Stunden hinauszögern sollen, anstatt sich in dem Moment aus dem Staub zu machen, als die Unterhaltung zu unangenehm wurde. Len war viel zu früh ins Bett gegangen.

Anstatt bis zum Morgen glücklich im Koma zu schlummern, war er jetzt um halb eins hellwach und hatte keine Chance, wieder einzuschlafen. Und … ja, dieses Mal fühlte er sich zu allem Überfluss auch noch ziemlich beschissen.

Trockene Augen, check.

Ausgetrockneter Mund, check.

Übermüdung, check, check, check.

Schlechte Lebensentscheidungen für den Sieg.

„Verdammt", murrte er in Richtung Decke, obwohl sie in der Dunkelheit nicht zu sehen war. Im Bett zu bleiben war völlig sinnlos, ganz zu schweigen davon, dass die Gefahr auf eine weitere Panikattacke bestand, während er gedanklich die geplante morgige Reise durchspielte.

Schritt eins. Aufstehen.

Schritt zwei. Frühstücken.

Schritt drei. Den Gedanken der Gerechtigkeit wieder implizieren, obwohl die meisten von ihnen mehr Lust hatten, gegeneinander Krieg zu führen, als zu kooperieren.

Schritt vier. Nach St. Louis zurückkehren, um möglicherweise auf ein wütendes Todesmonster in der gleichen Gegend, in der er vor ein paar Tagen fast gestorben wäre, zu treffen.

Er rollte sich abrupt aus dem Bett und stieß mit seinem Ellenbogen im Dunkeln gegen den Nachttisch. Es schluckte einen Fluch herunter, da ihm ein heißes Brennen durch seinen Arm jagte. Nicht gewillt, still zu sitzen und darauf zu warten, dass ihn sein Nervensystem noch mehr zusetzte als ohnehin schon, tastete er sich zur Tür vor und schaltete das Licht an, um zu duschen und sich anzuziehen.

Genau wie am Morgen zuvor gab er sich große Mühe mit seinen Haaren – nicht, weil es irgendeinen Unterschied für den Ausgang des verrückten Plans machen würde, wenn sein bunt gefärbter Fauxhawk aggressiv gestylt war, sondern weil es ihn selbstbewusster machte, der Meute von Dämonen und gestaltverändernden Fae entgegenzutreten.

Als er mit seinem Styling zufrieden war, ging er die Treppe hinunter. Das Haus lag größtenteils im Dunkeln, aber jemand hatte das Licht in der Küche angelassen. Wahrscheinlich hatten sie es seinetwegen getan, denn Vampire brauchten in der Nacht kein Licht, und er bezweifelte, dass die Fae es brauchten. Aus dem hinteren Flügel des Hauses waren Laute zu hören, die Len als das Stöhnen zweier Personen identifizierte, die versuchten, leise zu sein, während sie wilden, bettenzerstörenden Sex hatten – was ihnen nicht gelang.

Er verdrehte die Augen, aber fairerweise musste er zugeben, dass Sex für einen Sukkubus-Hybriden, ob nun Vampir oder nicht, nicht gerade *optional* war. Len erinnerte sich an Zorah von früher – untergewichtig und mit dunklen Augenringen, die sich mit Grünkohl-Smoothies und beängstigenden Mengen an Ibuprofen durch ihre Kellner-Schichten schleppte. *Jahrzehntelanger Hunger*, waren ihre Worte, als sie später erzählte, dass sich jeder, mit dem sie je ausgegangen war, nach dem ersten Mal Sex aus dem Staub gemacht hatte ..., weil diese Männer irgendwie gespürt hatten, dass sie sie auslaugte, auch wenn sie keine Ahnung hatten, wie.

Das war zumindest so gewesen, bis Rans auftauchte. Offensichtlich war die Ausdauer des Untoten wirklich endlos. Abgesehen von den Zitaten aus *die Braut des Prinzen* und möbelzerstörendem Sex war Len der Meinung, dass die beiden wohl die gesündeste Beziehung hatten, die ihm je untergekommen war. Rans und Zorah, das Powerpärchen unter den Vampiren – nimm das, *Twilight*.

Die Tür des anderen Schlafzimmers im Erdgeschoss war fest verschlossen; kein Licht drang aus dem Inneren. Len ging daran vorbei und erlaubte sich nicht, sich zu fragen, ob Albigard auch mit blutunterlaufenen Augen in die Dunkelheit starrte und über seine eigene Sterblichkeit nachdachte.

Als er beim Durchwühlen der Küche keinen funktionierenden Toaster finden konnte, musste

Len seine Pop-Törtchen wie ein Heide in einer Pfanne auf dem Herd erhitzen. Zorah hatte den Kopf geschüttelt, als er gestern Pop-Törtchen auf die Liste gesetzt hatte, aber Trostessen war Trostessen. Pop-Törtchen waren eine der wenigen Erinnerungen aus seiner Kindheit, die nicht besudelt worden waren, und wenn er in ein paar Stunden in tödliche Gefahr geraten sollte, war dies genau das, was er als letztes Mahl essen wollte.

Ein Toaster wäre allerdings nett gewesen.

In einem Topf kochte er das Wasser für seinen Kaffee. Len gab Kaffeepulver hinzu und stellte den Topf zum Ziehen beiseite. Ein paar Minuten später setzte er sich hin, um sein Festmahl zu genießen, und schüttete sich fast den heißen Kaffee in den Schoß, als sich ohne Vorwarnung ein Portal öffnete und die schwarze Katze hindurch trottete.

„Äh … *Hallo*", stotterte er, als die Sidhe keine Anstalten machte, ihre menschliche Gestalt anzunehmen. „Tut mir leid … alle anderen schlafen entweder schon oder haben Sex. Ich wollte gerade frühstücken und danach vielleicht einen Spaziergang machen, wenn die Sonne aufgeht."

Die Katze hüpfte auf den Tisch und setzte sich, den langen Schwanz fest um die Pfoten geschlungen. Sie starrte ihn mit blinzelnden grünen Augen an, rührte sich anderweitig aber nicht vom Fleck. Nach einem Moment zuckte Len mit den Schultern und widmete sich wieder seinem Frühstück, wobei er versuchte, das höchst unangenehme Gefühl zu ignorieren, von einem Tier beobachtet zu werden, während er aß.

Als er fertig war, ging er zum Waschbecken und spülte das Geschirr vom Abend zuvor und heute Morgen ab. Jemand hatte die leere Browniebackform zum Einweichen in die Spüle gestellt. Er versuchte, nicht daran zu denken, wie schwierig es zu erklären wäre, wenn Albigard immer noch im Koma läge oder wenn er über eine Toilette hing und seine Eingeweide auskotzte, wenn die anderen auftauchten und bereit zum Gehen waren.

Nun ja. Er hatte versucht, ihn zu warnen, es mit den Brownies nicht zu übertreiben.

Zweimal.

Die Katze sprang auf den Tresen und beobachtete interessiert, wie er die Teller und Töpfe abspülte und abtrocknete.

„Also", begann er in Ermangelung anderer Möglichkeiten. „Was ist deine Meinung zu dieser ganzen Sache? Wird der Plan funktionieren, oder werden diejenigen von uns, die nicht unsterblich sind, als hässliche Gartengnome inmitten der Todeszone enden?"

Staub wirbelte in der Luft und dann saß die Sidhe auf der Kante der Arbeitsplatte, wobei sie wie ein Kind freudig mit den Beinen strampelte. „Ich hätte dem Plan nicht zugestimmt, wenn ich nicht glauben würde, dass wir eine gute Chance auf Erfolg haben, Mensch."

„Okaaaay", meinte Len und fädelte das feuchte Geschirrtuch zum Trocknen durch den Türgriff des Kühlschranks. „Nun, das ist ... gut. Denke ich?"

Die Sidhe zuckte mit den Schultern.

Als er keine weitere Bestätigung erhielt, holte Len eine frische Wasserflasche aus dem Kühlschrank und ging nach draußen. Der Himmel hellte sich im Osten bereits auf, und obwohl es draußen noch ziemlich dunkel war, war er zuversichtlich, dass er auf dem Weg nicht stolpern und sich ein Bein brechen würde, solange er vorsichtig war.

An diesem Morgen erfüllte eine leichte Brise die Luft – ein Vorgeschmack auf den kommenden Herbst. Würde der Wald nächstes Jahr um diese Zeit noch voller grüner Blätter und zwitschernder Vögel sein? Oder würde Nordamerika einem schwarzen Ödland gleichen, ohne jegliches Leben?

Er hatte das Werk der *Wilden Jagd* in St. Louis mit eigenen Augen gesehen und konnte es immer noch nicht richtig fassen. *Albigard und Nigellus glauben, dass die Jagd, nachdem sie auf der Erde auf den Geschmack gekommen ist, immer wieder zurückkommen wird*, hatte Zorah gesagt. *Und jedes Mal, wenn sie sich nährt, wird sie stärker werden. Sie wird mächtiger werden, Len.*

Nigellus war sogar noch weiter gegangen. *Die Menschen sterben zu leicht. Wenn die Jagd stärker wird, wird sie die Erde in ein Spiegelbild von Dhuinne verwandeln – ein Reich, in dem sich das Leben unkontrolliert vermehrt ... ein Reich, in dem der Tod über das Land kriecht, bis er alles verschlungen hat, was ihm im Weg stand.* Len konnte diese Prognose nicht akzeptieren. Wollte es nicht. Sie würden die Situation irgendwie wieder in Ordnung bringen und die Jagd in Dhuinne einsperren, wo sie hingehörte. Im nächsten Frühjahr würde es in diesem Waldstück in Illinois immer noch Eichhörnchen geben, die herumhüpften und schnatterten. Die Prognose war zu allumfassend, zu *schrecklich*, um sie in Betracht zu ziehen.

Er folgte denselben Wegen wie zuvor und nahm seine Umgebung und die Schönheit um ihn herum besser wahr, als er es sonst vielleicht getan hätte. Die Sonne ging auf und malte den östlichen Himmel in *Disney*-ähnlichen Pastelltönen, die so brillant waren, dass sie seine Augen schmerzten. Vögel zwitscherten. Insekten zirpten. Und als er die öffentlichen Wanderwege erreichte, begegnete er ein paar Joggern und Spaziergängern mit Hund, die sich vor der Arbeit noch etwas bewegen wollten.

Einige von ihnen warfen ihm misstrauische Blicke zu und machten einen großen Bogen um ihn – diesen 1,80 m großen Fremden mit neonfarbenem Haar und Tattoos an den Armen, in dessen Gesicht Piercings funkelten. Doch eine ältere Frau, die mit einem in die Jahre gekommenen Cocker Spaniel spazieren ging, blieb stehen, um ihn ihren Hund streicheln zu lassen, als das Tier an der Leine zerrte, um sich ihm zu nähern.

„Guten Morgen, mein Lieber", rief die Frau fröhlich und erinnerte Len mit einem Stich in der Brust an Betty, die gegenüber gewohnt hatte. „Das ist Bono. Er hat die beste Menschenkenntnis. Sag Hallo, Bono!"

Len lächelte sie an und kraulte Bonos samtige Ohren und der Hund genoss die Zuwendung und fing an zu sabbern und an ihm zu schnüffeln. Er versuchte dabei nicht an die beiden braunschwarzen Fellknäuel zu denken, die er tot neben ihrem Besitzer auf dem Gehweg hatte liegen sehen.

Er kehrte zum Haus zurück, bevor die Sonne zu hoch stand, und spürte, wie sich eine unangenehme Mischung aus Angst und Entschlossenheit in seinem Magen zusammenbraute. Mit Ausnahme von Nigellus waren alle anderen in der Küche versammelt, obwohl es laut der alten Uhr an der Wand gerade einmal kurz nach acht war.

Sehr zu Lens Missfallen war Albigard ebenfalls anwesend und sprach leise mit Teague. Er sah so hochmütig und perfekt aus wie immer, selbst nachdem er letzte Nacht so viele Brownies verputzt hatte, die ein ausgewachsenes Pferd betäubt hätten. Len blieb stehen und starrte die Fae mit seinen trüben, blutunterlaufenen Augen an.

„Alter", brummte er. „Das ist einfach *nicht fair*."

Rans blickte zwischen ihnen hin und her und hob eine Augenbraue. „Übernatürlicher Stoffwechsel. Nimm's nicht persönlich."

Len schüttelte den Kopf und verwarf die Ungerechtigkeit angesichts der viel wichtigeren Dinge, um die sie sich heute kümmern mussten. Die Katzensidhe war wieder eine Katze, aber die Cu-Sidhe waren beide in Menschengestalt. Er kam nicht umhin zu bemerken, dass es derjenige, den er am Vortag mit Pfefferspray besprüht hatte, geschafft hatte, die Farbe aus dem Gesicht zu bekommen. Er hatte recht gehabt – ohne das visuelle Erkennungsmerkmal hatte Len keine Ahnung, wer von ihnen wer war.

Bevor die Stille im Raum unerträglich werden konnte, materialisierte sich Nigellus, der in einer seiner eleganten Hände eine Tasche trug. Der Dämon sah sich um und zählte kurz die Anwesenden durch. „Ah, es scheint so, als würde ich zu spät zur Party auftauchen. Verzeihung." Er hob die Tasche an und sah Len in die Augen. „*Mr. Grayson.* Da Ihre Reise hierher ungeplant war und Sie nicht die Möglichkeit hatten, vorher zu packen, habe ich mir die Freiheit erlaubt, eine Erste-Hilfe-Ausrüstung für die Unternehmungen des Tages zusammenzustellen."

Len verspürte einen unangenehmen Ruck, als er mit *Mr. Grayson* angesprochen wurde, und musste dem Drang widerstehen, hinter sich nach seinem Vater zu suchen. Nigellus warf ihm die Tasche zu – eine willkommene Ablenkung. Er schnappte sie aus der Luft, öffnete den Reißverschluss und durchwühlte den Inhalt – er fand Mull, Watterollen, Aderpressen, elastische Binden, eine Schere, Handschuhe und Klebeband.

„Danke", sagte er unsicher. Als er aufblickte, sah er, wie Rans den Dämon mit einem seltsamen Gesichtsausdruck ansah.

„Eine Erste-Hilfe-Tasche? Wirklich?", fragte der Vampir Nigellus mit hochgezogener Braue.

Der Dämon erwiderte unbeschwert seinen Blick. „Fae sind immer noch anfällig für körperliche Verletzungen, die durch Blutverlust hervorgerufen werden, wenn auch nur vorübergehend. Da wir jemanden haben, der in den medizinischen Künsten ausgebildet ist, erscheint es nur logisch, ihn mit den richtigen Werkzeugen auszustatten."

Len runzelte die Stirn. „Wir versuchen, ein Nebelmonster zu fangen, das die Lebenskraft der Menschen in die *endlose Leere* saugt", betonte er. „Erwarten wir heute Morgen irgendwelche blutenden Verletzungen?"

Nigellus schenkte ihm ein mildes Lächeln. „Man kann nur hoffen, dass es nicht so enden wird. Also … Sind wir bereit, aufzubrechen?"

„Nicht einmal im Entferntesten", erwiderte Zorah. „Kommt schon, lasst uns nach St. Louis aufbrechen und es hinter uns bringen."

KAPITEL ACHTZEHN

LEN TRAT DURCH EIN PORTAL, welches von Teague geschaffen wurde, und fand sich in einem ruhigen Areal hinter einer Ansammlung von Wohnwagen wieder. Der Ort wirkte wie ein provisorisches Militärgelände, das an die Nachrichtenbilder von Haftanstalten oder Krisengebieten erinnerte. Die Wohnwagen waren weiß und rechteckig, und das Gelände war von einem 1,80 Meter hohen Maschendrahtzaun umgeben, der mit Stacheldraht gekrönt war.

Als er langsam um die Ecke bog und eine Kreuzung erkannte, an der er praktisch jeden Tag auf dem Weg zur Arbeit im *Brown Fox* vorbeigefahren war, überkam ihn ein surreales Gefühl. Sie waren vielleicht einen Kilometer von seinem Haus entfernt angekommen, und die gesamte Gegend war jetzt zu einem Militärstützpunkt geworden.

Len war den anderen durch das flammende Oval vorausgegangen, was sich jetzt abrupt schloss, da sie es hinter sich gelassen hatten. Teague schritt an ihm vorbei und warf Len einen Blick zu, den man einer Spinne zuwerfen würde, die an der Wand einer Duschkabine hochkrabbelt, während man duscht.

„Als mir das Ausmaß und die Natur des Überfalls klar wurde, ordnete ich eine obligatorische

Evakuierung in einem Umkreis an, der etwa viermal so groß ist wie die Zerstörungszone", sagte die Fae. „Ich werde mich mit dem Kommandanten der menschlichen Nationalgarde treffen und sicherstellen, dass wir bei unserer Arbeit nicht gestört werden. Dann können wir zum Ort des Risses im Schleier gehen und beginnen."

Damit machte der kupferhaarige Unseelie auf dem Absatz kehrt und marschierte auf das nächstgelegene Gebäude zu. Die anderen folgten ihm. Len blinzelte und lief hinterher, wobei ihm schmerzlich bewusst war, dass ihre kleine, zusammengewürfelte Gruppe nicht wie Teil einer militärischen Operation aussah. Jedoch scheinbar unbekümmert bahnte sich Teague einen Weg durch die schwarzen SUVs und Hummer, gefolgt von zwei Vampiren in schwarzem Leder, einem Dämon im Armani-Anzug und vier Flüchtlingen vom Set von *Herr der Ringe*, denen ein Typ mit blauen Haaren und Piercings im Gesicht folgte.

Len zuckte zusammen, als der streng aussehende Offizier der Nationalgarde, dem sie sich näherten, einen Blick auf sie warf und seine Hand an seine Waffe legte.

„Leutnant", rief Teague, seine Stimme voller Autorität.

Der Blick des Offiziers fiel auf die Fae und leerte sich prompt. Er blinzelte, wurde wieder aufmerksam und konzentrierte sich so vollständig auf Teague, als würde der Rest von ihnen nicht mehr existieren.

„Ja, Sir. Was kann ich für Sie tun, Sir?", murmelte er, und Len spürte, wie ihn ein Schauer der

Abscheu angesichts des anbetenden Tons des Mannes durchlief.

„Gab es seit deinem letzten Bericht irgendwelche Unruhen innerhalb des Geländes?", fragte Teague.

„Nein, Sir. Alles ist ruhig", sagte der Mann.

„Gut", antwortete Teague. „Ruf alle Drohnen zurück und stell alle Überwachungsmaßnahmen ein, bis ich etwas anderes anordne. Vernichte alle aufgezeichneten Bilder von diesem Moment an, bis ich zurück bin. Niemand geht rein oder raus, es sei denn, er kommt mit mir. Kümmere dich darum."

„Sofort, Sir", sagte der Offizier und eilte davon, als würde er die Befehle eines Vier-Sterne-Generals ausführen und nicht die eines blassen Zivilisten, der sein langes Haar zu einem Pferdeschwanz gebunden hatte.

„Bin ich der Einzige, der sich bei dieser Interaktion ernsthaft gruselt?", fragte Len, als der Offizier in einem der Kommandowagen verschwand.

„Nope", sagte Zorah und betonte das *p*. „Willkommen in unserer Welt, in der die Fae alles kontrollieren und der freie Wille eine Illusion ist."

Rans warf ihr einen Seitenblick zu. „Das ist vielleicht ein *bisschen* übertrieben, Liebes."

„Rede dir das nur ein", murmelte sie. „Es ist keine Paranoia, wenn sie es wirklich auf dich abgesehen haben. Ich sag's ja nur."

„Wenn wir nun fortfahren dürften", grummelte Albigard in einem Ton, der Farbe von Wänden abziehen könnte. Im Gegensatz zu den anderen, für die dies offenbar ein ganz normaler Tag im Büro war, wirkte er so angespannt wie eine überdehnte Bogensehne. Wie viel THC auch immer in den Brownies von gestern Abend gewesen sein mochte, für ihn war es eindeutig nicht genug gewesen.

„In der Tat", stimmte Nigellus zu. „Wir sollten uns beeilen. Es gibt zwar keinen Grund zu der Annahme, dass die Jagd jetzt, da sie verwildert ist, von der Anwesenheit des Flight Commanders angezogen wird, aber es ergibt auch keinen Sinn, ihn länger als unbedingt nötig als Köder außerhalb der Mauern seines Heims zu benutzen."

„Ganz recht", stimmte die Katzensidhe zu und öffnete ein Portal.

Len schaute sich etwas verwirrt um und erwartete, Soldaten und Polizisten zu sehen, die angesichts des plötzlichen Auftauchens eines feurigen Rings in der Luft ausflippen würden, aber die wenigen Menschen, die zu sehen waren, ignorierten sie völlig, fast so, als wären sie unsichtbar.

„Warte!", rief Zorah. „Wie sicher sind wir, dass dies für Len sicher sein wird? Das letzte Mal, als er diese tote Zone betrat, war das Ergebnis ... nicht gut."

Die Sidhe legte den Kopf schief. „Das Portal wird uns außerhalb der Begrenzung absetzen. Und das Leben kehrt bereits in das Gebiet zurück – wenn auch auf unangenehme Art und Weise. Es ist jetzt nur noch ein Gebiet des Verfalls, und dieses Mal werden die Menschen eine bessere Vorstellung davon haben, was sie erwartet."

Len spürte, wie sich seine Kehle bei der Erinnerung an die schreckliche Anziehungskraft zusammenzog, die er beim letzten Mal gespürt hatte – wie Eisenspäne an einem Magneten.

„Es ist okay, Z", schaffte er mühsam zu sagen. „Ich hatte schon gemerkt, dass etwas nicht stimmte, als ich näher kam, noch bevor ich den toten Bereich betrat. Wenn dasselbe diesmal passiert, dann … schnapp mich einfach, bevor ich den Bereich erreichen kann, und wirf mich durch ein Portal zurück nach Chicago."

„Wenn du dir sicher bist", meinte sie zögernd und sah immer noch unglücklich über den Plan aus.

Wieder ertappte Len Rans dabei, wie er Nigellus einen prüfenden Blick zuwarf, dessen Gesicht jedoch völlig unleserlich blieb. Bevor irgendjemand einen weiteren Einwand erheben konnte, der den Plan weiter verzögerte, trat Albigard durch das Portal, mit der Ausstrahlung von jemandem, der lieber überall anders sein würde, aber wusste, dass ‚woanders' im Moment nicht infrage kam.

Der Rest der Gruppe folgte ihm, bis nur noch Rans, Zorah und Len übrig waren.

„Rans wird direkt vor dir sein, und ich werde direkt hinter dir bleiben", sagte Zorah. „Wenn du anfängst, dich komisch zu verhalten, werden wir dich daran hindern, der Jagd näher zu kommen."

„Danke", murmelte Len und machte sich auf das gefasst, was er auf der anderen Seite des Ovals gleich sehen würde.

Rans schlüpfte durch das Portal und verschwand aus seinem Blickfeld. Len holte tief Luft und schritt ebenfalls hindurch. Er hörte, wie Zorah hinter ihm ankam, aber das Unmittelbarste, was ihm auffiel, war der überwältigende Gestank. Das Leben war in die tote Zone zurückgekehrt, ja, aber es war die Art von winzigem Leben, das verwelkte Pflanzen in Kompost und Tote in Schleim und Gestank verwandelte.

Sein Magen drehte sich um, aber er unterdrückte die Übelkeit mit dem Können, das er während seiner zweijährigen Tätigkeit als Sanitäter erworben hatte. Vorsichtig schaute er sich um. Sie befanden sich etwa sechs Meter von der scharfen Grenze zwischen Normalität und Zerstörung entfernt. Schleim klebte am abgestorbenen Gras und an den heruntergefallenen Blättern, und gelegentlich ragte ein kränklich aussehender Pilz aus dem verrottenden Pflanzenmulch hervor.

Die menschlichen Leichen waren alle entfernt worden, aber die winzigen, gefiederten Überreste von Vögeln und anderen Kleintieren lagen noch immer auf der Straße herum, übersät von surrenden Fliegen.

Len schloss für einen Moment die Augen und lenkte seine Aufmerksamkeit nach innen. Ein Schauder durchfuhr ihn, der von der schrecklichen Fläche vor ihm ausging, aber diesmal zerrte er nicht an ihm und versuchte auch nicht, ihn hineinzuziehen. Zorah hielt trotzdem nur für den Fall seinen linken Arm fest umklammert.

Er öffnete seine Augen. „Es geht mir gut", raunte er. „Es ist alles in Ordnung. Es sind nur verrottende Pflanzen und tote Vögel."

Len befreite sich aus ihrem Griff, lief los und hatte diesmal seine Bewegungen bewusst unter Kontrolle. Er konnte den Schauer nicht verleugnen, der ihn durchlief, als er *die Grenze* überschritt – eine natürliche Reaktion seines Körpers –, aber in seinen Synapsen wurde kein Feuerwerk gezündet und seine Muskeln krampften sich nicht zusammen.

Sie liefen den anderen hinterher, die bereits ein Viertel des Blocks zurückgelegt hatten. Len konnte nicht umhin, die vertrauten Häuser anzustarren, die von einer völlig ungewohnten Landschaft umrahmt wurden – das Grün wurde durch das Schwarzbraun und Gelb der Verwesung ersetzt.

Sein Haus war in der Nähe, mit all seinen Habseligkeiten. Würde es innen noch genauso aussehen, abgesehen von ein oder zwei verwesten Zimmerpflanzen und einigen verdorbenen Lebensmitteln? War das Gemüse in seinem Kühlschrank unter dem Einfluss der Jagd zu braunen Klumpen verschrumpelt oder war es bereits tot, weil es schon geerntet worden war?

Vielleicht könnte er hineingehen, wenn sie fertig waren und ein paar seiner Sachen in einen Koffer packen, denn es war unwahrscheinlich, dass die Leute in absehbarer Zeit in diese Gegend zurückkehren durften. Einen Chemieunfall hatten sie es genannt. Er fragte sich, wie lange sie versuchen würden, diese Lüge aufrechtzuerhalten, wenn die Jagd immer wieder zurückkam und sich das Gebiet jedes Mal weiter ausdehnte.

Vor ihnen kamen die fünf Fae und Nigellus an der Ecke von Lens Straße zum Stehen – dort, wo die Jagd zum ersten Mal aufgetaucht war, nachdem Zorah und Rans mit dem bewusstlosen Albigard in seinem Haus angekommen waren. Zorah ergriff erneut Lens Arm und hielt ihn zurück.

„Wartet. Es gibt noch andere Fae hier", hauchte sie. „Das war nicht Teil des Plans, oder?"

„Nein", antwortete Rans grimmig. „Das war es ganz sicher nicht."

Sie näherten sich vorsichtig und sahen, dass auf der Kreuzung eine Pattsituation herrschte. Drei unbekannte männliche Fae standen in einer unfreundlich wirkenden Dreiecksformation. Sie blickten zwischen Nigellus, der neben der Cu-Sidhe stand, und Albigard, der bei Teague stand, hin und her. Die beiden Vampire gesellten sich zu Nigellus und Zorah zog Len mit sich.

Am Kommandoposten war ziemlich klar gewesen, dass sie sich hier in St. Louis auf Teagues Territorium befanden, und so war es nicht überraschend, dass er als Erster das Wort ergriff. „Abgesandte. Was ist der Grund für eure Anwesenheit hier?", fragte er. „Ich wurde über diesen Besuch nicht informiert."

Im Gegensatz zu Teague trugen die Neuankömmlinge keine menschliche Kleidung. Um fair zu sein, musste man sagen, dass weder Albigard noch die Sidhe menschlich gekleidet aussahen – ihre Kleidung war aus Wildleder und ungebleichtem Leinen –, aber diese drei waren noch einen Schritt weiter gegangen. Sie waren für den Kampf gekleidet, dachte Len, mit Lederrüstung und Schwertern auf dem Rücken.

Sein Unbehagen stieg auf das nächste Level an.

„Wir wurden auf direkten Befehl von Oren geschickt, um die Lage zu beurteilen, nachdem berichtet wurde, dass die *Wilde Jagd* auf der Erde gesichtet wurde", sagte die Fae auf der rechten. Er hatte ein grausames Grinsen und eine Narbe auf der Wange.

„Wer ist Oren?", fragte Len leise.

„Der Boss des Unseelie-Courts auf Dhuinne", antwortete Zorah leise. „Und ein echtes Arschloch noch dazu, wenn du mich fragst."

„Ein echtes Arschloch, das zufällig auch Albigards Vater ist", fügte Rans ebenso leise hinzu.

Zorahs Kopf wirbelte herum. „Moment, *was?*", fragte sie und schaffte es nicht, ihre Stimme leise zu halten. Mehrere der Fae warfen ihr kurze, angespannte Blicke zu.

Len runzelte die Stirn. „Also … Albigard ist so etwas wie ein Prinz oder so?" Im Gegensatz zu Zorah sprach er leise genug, um nicht noch mehr Aufmerksamkeit zu erregen, als sie ohnehin schon hatten. „Hm. Das erklärt so einiges."

„In gewisser Weise ist er das, aber vergiss nicht den Teil, in dem der Court ihn zum Tode oder zur ewigen Verbannung verurteilt hat, weil er einmal zu oft gegen die Regeln verstoßen hat", antwortete Rans.

Dank der Arschloch-Kommentare der Vampire bekam Len den Eindruck, dass Daddy Dearest sich nicht gerade dafür eingesetzt hatte, seinen Sohn vom Vorwurf des Fehlverhaltens freizusprechen. Er hatte selbst Erfahrungen mit einem Vater gemacht, der sich selbst zum Richter und Geschworenen für die vermeintlichen Verbrechen seines Sohnes ernannt hatte. Nicht, dass Len aktiv nach gemeinsamen Lebenserfahrungen mit der hochnäsigen Fae gesucht hätte, aber er wusste, wie sich so etwas anfühlte – wie ein Messerstich des Verrates in die Brust.

Albigard stand argwöhnisch am Rande der Diskussion, als Teague die Neuankömmlinge über die jüngsten Ereignisse informierte. Er hielt die Hände hinter dem Rücken verschränkt in einer Haltung, die eigentlich lässig wirken sollte, aber seine Knöchel waren weiß vor Anspannung. Der Grund für seine Besorgnis wurde deutlich, als der offensichtliche Anführer des vom Court gesandten Trios Teague finster ansah.

„Diese ausgeklügelten Intrigen sind unnötig", sagte er. „Und die Verbrüderung mit einem *Dämon* ist noch schlimmer. Der Court wird davon erfahren. Wir werden den Verräter mitnehmen. Er hat jeden Rest von Wohlwollen, den er einst in Dhuinne genossen haben mag, verloren. Die Jagd wird ihm folgen und ihn verschlingen."

„Das wird *nicht* …", begann die Katzensidhe, aber die Cu-Sidhe unterbrach sie sofort mit: „Das haben *wir* doch gesagt! So klingt es viel einfacher."

Die beiden Gestaltwandler bewegten sich abrupt und drehten sich zu Albigard um, der seinerseits vorsichtig zurückwich und Abstand zwischen sie brachte. Len beobachtete erstaunt, wie seine Kleidung vom Hals abwärts schmolz und sich in eine dunkle lederne Kampfrüstung verwandelte, ähnlich der, die die Abgesandten des Courts trugen.

Beide Vampire spannten sich an, als wären sie bereit, ihm zu Hilfe zu eilen. Fast schneller als Lens Augen folgen konnten, hob Nigellus abwehrend einen Arm.

„*Nein.*" Seine Stimme knallte wie eine Peitsche, und seine Augen glühten mit roten Flammen, als er den Kopf umdrehte, um Rans und Zorah mit einem unnachgiebigen Blick zu fixieren. „Der Vertrag. Ihr werdet euch *nicht* in aller Öffentlichkeit in die Angelegenheiten der Fae einmischen."

Ein leises Knurren drang aus Rans' Brust, aber beide Vampire erstarrten an Ort und Stelle – mit gefletschten Zähnen und Augen, die so hell leuchteten wie die des Dämons. Len sah zu, wie sie stumm gegen Nigellus' Kontrolle ankämpften und verloren. Wenn er auch nur den geringsten Zweifel daran gehabt hätte, dass Zorah fähig war, einen Mord zu begehen, hätte ihr Gesichtsausdruck in diesem Moment alle Zweifel ausgeräumt.

Len glaubte nicht, dass er der beabsichtigte Empfänger des Befehls des Dämons gewesen war. Er hatte sich nur zufällig in dessen Nähe aufgehalten. Trotzdem war er genauso gelähmt wie die Vampire – jeder Versuch, sich zu bewegen oder zu sprechen, *funktionierte einfach nicht*. Es hätte furchterregend sein sollen, seine Wut heraufbeschwören müssen ... er hatte Albigard für etwas geschlagen, das weit weniger extrem war als das, was der Dämon ihm gerade angetan hatte. Doch selbst seine emotionalen Reaktionen waren gedämpft.

Len konnte nur dastehen wie eine Puppe aus Wachs und zusehen, wie sich die Fae aufteilten und gegeneinander wandten.

Teague wich zur Seite, als sowohl Albigard als auch die Unseelie-Delegation ihre Hände mit funkensprühender Magie erhoben und zum Angriff bereit machten. Die Katzensidhe bewegte sich zwischen ihnen, die Arme mit den Handflächen nach außen erhoben, um die ersten Salven abzuwehren.

„Hört sofort auf!", rief die kleine Fae. „Wir müssen –"

Die Worte wurden unterbrochen, als die Cu-Sidhe ihre Gestalt veränderten und lossprangen – einer der furchterregenden Höllenhunde stürzte sich auf die Katzensidhe, während sich der andere auf Albigard konzentrierte. Er schnappte mit seinen mächtigen Kiefern nach seinem Arm, ohne Rücksicht auf die funkensprühende Magie, die unter seinem Griff flackerte und dann erlosch.

Die Katzensidhe verwandelte sich ebenfalls, wich den schnappenden Kiefern aus und sprang stattdessen auf den Rücken des Höllenhundes. Nadelartige Zähne und Klauen krallten sich in das Genick der Cu-Sidhe, die sich hin und her warf und versuchte, die kleinere Kreatur abzuschütteln. In der Zwischenzeit tat Albigard sein Bestes, um auf den Beinen zu bleiben, während die andere Cu-Sidhe seinen Arm heftig hin und her schüttelte, als wäre er ein Terrier mit einer Ratte.

Ich sollte etwas dagegen tun, dachte Len aus der Ferne, immer noch in Nigellus' erzwungener Passivität gefangen. *Sie werden ihn zum Sterben nach Dhuinne bringen und die Erde als Festmahl für die Jagd hinterlassen. Sie scheren sich einen Dreck um das Reich der Menschen.*

Doch seine Gedanken blieben genau das – müßige Grübeleien, ohne jegliche Willenskraft, sie umzusetzen.

Die drei Abgesandten der Unseelie machten sich zunutze, was auch immer die Cu-Sidhe tat, das

Albigards Magie zu stören schien, und hoben ihre Hände in einer Schleuderbewegung. Seile aus Licht flogen durch die Luft und wickelten sich um Albigards Körper, sodass er zu Boden stürzte. Die Cu-Sidhe ließ ihn los, als seine Gliedmaßen fest zusammenschnappten, gefangen von den magischen Fesseln, so sicher wie jedes Shibari-Seil, das Len je geknüpft hatte. Albigard fluchte und wehrte sich vergeblich, während die riesige schwarze Cu-Sidhe über ihm stand und ihr der Sabber aus dem Maul tropfte.

KAPITEL NEUNZEHN

RANS WAND SICH HEFTIG AN LENS Seite, während er weiter gegen Nigellus' unerbittliche Kontrolle ankämpfte, und die Katzensidhe und die zweite Cu-Sidhe lösten sich aus ihrem Clinch und nahmen, als sie sich wieder gegenüberstanden, ihre menschliche Gestalt an.

„Genug!", schrie die Katzensidhe, die so wild und kratzbürstig aussah wie … nun ja … wie eine Katze, die sich gerade mit einem riesigen Hund angelegt hatte, der zehnmal so groß war wie sie. „Ihr *Dummköpfe!* Ihr werdet alles kaputtmachen! *Seht* ihr das denn nicht?"

Der Anführer der Abgesandten aus Dhuinne trat vor und überragte die kleinere Fae dabei um mehrere Meter. „Ich sehe einen entflohenen Gefangenen – einen *Verräter* – und ich sehe, dass du dich mit ihm verbündet hast. Ob Sidhe oder nicht, Oren hat einige Fragen zu deiner Verwicklung mit dem Ausgestoßenen." Er wies mit seinem Kinn auf Albigard, der gefesselt auf dem Boden lag, während sein Wächter über ihm hechelte.

Die Katzensidhe richtete sich zu ihrer vollen Größe auf und ihre grünen Augen blitzten. „Du wagst es nicht, mir zu drohen, *Unseelie?*"

Teague räusperte sich und alle Augen richteten sich auf ihn.

„Du hast den Ausgestoßenen bereits gefangen genommen. Er liegt gefesselt am Boden. Könnten wir jetzt vielleicht die nächsten Schritte besprechen?", fragte er und klang zu gleichen Teilen gelangweilt und irritiert. „Wie ich schon sagte ... bevor alle beschlossen, mitten auf einer Straße im Menschenreich mit Magie um sich zu werfen, kümmerten wir uns um ein größeres Problem."

„Ich habe nur ein Problem", erwiderte der Anführer von Orens Truppe, „und das ist gelöst."

Doch Teague ließ sich nicht beirren. „Als Abgesandte des Courts bist du natürlich jederzeit in St. Louis willkommen. Ich leite diese Stadt. Es ist üblich, dass Abgesandte sich mit mir treffen und die Gründe für ihren Besuch offenbaren, bevor Maßnahmen ergriffen werden, die zu einer Beeinträchtigung des von mir kontrollierten Gebiets führen könnten."

Die Unseelie beäugte Teague mit einem säuerlichen Blick. „Ich verstehe nicht, wie die Gefangennahme einer entflohenen Fae deinem Territorium schaden kann. Wir werden ihn mitnehmen, und die Jagd wird ihm folgen. Unsere beiden Probleme werden dadurch gelöst."

„Die Jagd wird *nicht* folgen!", fauchte die Katzensidhe. „Bist du schwerhörig?"

Teague hob beschwichtigend eine Hand. „Wie ich bereits zu vermitteln versuchte, wird die Jagd nicht zwischen den Reichen hin und her reisen, um deine Aufträge gegen den Verstoßenen zu erfüllen. Zumindest nicht mehr. Er versteckt sich schon seit einiger Zeit in der Stadt, die er einst beaufsichtigte, Hunderte von Meilen von hier entfernt. Doch anstatt ihm zu folgen, kehrte die Jagd zu dieser bestehenden Schwachstelle im Schleier zurück und ernährte sich wahllos von Leben aus dem Menschenreich, anstatt die ihr zugewiesene Beute zu suchen."

Die Unseelie-Fae erstarrte. „Was meinst du?"

Angewidert fauchte die Katzensidhe. „Was glaubst du denn, was er sagt, du Idiot? Wir müssen den Riss im Gewebe zwischen den Welten schließen, sonst wird sie sich immer weiter nähren und mehr Chaos verursachen."

Nigellus ergriff zum ersten Mal das Wort, nachdem er die Vampire und Len zum Schweigen gebracht hatte. „Dieses Problem ist größer als ein einzelner Gefangener, Abgesandter. Es geht sogar um mehr als die politische Lage zwischen unseren Welten. Glaubst du, ich würde hier sein und einen diplomatischen Zwischenfall riskieren, wenn es nicht so wäre?"

Die Unseelie beäugte ihn skeptisch. „Du bist ein Dämon. Chaos zu säen ist der einzige Grund, den du brauchst. Du tauchst mit Vampiren an deiner Seite auf und erwartest von mir, dass ich das für einen Akt der Selbstlosigkeit halte?"

Nigellus erwiderte den Blick. „Die Vampire stehen unter meiner Kontrolle, wie du sehen kannst", antwortete er, die Worte trockener als Staub. „Glaub mir, meine Zeit und Energie zu verschwenden und einen Konflikt mit den Fae zu riskieren, damit wir die Grenze zwischen den Reichen reparieren können, steht *ziemlich* weit unten auf meiner Liste."

Arroganter Bastard, dachte Len und wünschte sich, er hätte dieselbe Widerstandsfähigkeit gegen den Einfluss von Dämonen, die er offenbar gegen den Einfluss der Fae hatte.

Albigard beobachtete den Austausch schweigend vom Boden aus und seine Brust hob und senkte sich in stummen Atemzügen, während über sein Schicksal debattiert wurde. Len fragte sich, ob die Magie, die ihn körperlich gefesselt hielt, ihn auch daran hinderte, in seinem eigenen Namen zu sprechen. Er sah aus, als kämpfte er gegen die Panik angesichts dessen, was mit ihm geschehen würde, und Lens Herz schlug aus Mitgefühl schneller.

„Mein Vorschlag ist folgender", sagte Teague, bevor die anderen sich weiter gegenseitig anschnauzen konnten. „Helft uns, den Riss im Schleier zu schließen, und ... bringt danach euren Gefangenen nach Dhuinne, wie ihr es ursprünglich geplant habt. Dann werden unsere beiden Probleme *wirklich* gelöst sein."

Zorah, die immer noch unter Nigellus' Kontrolle gefangen war, gab einen entsetzen Laut von sich. Len spürte, wie sich die Abscheu durch die Lagen drängte, die seine Emotionen dämpften, als der Schützling, der Albigard angeblich treu ergeben war, ihn beiläufig vor den Bus warf. Erst Albigards Vater und jetzt *dieser* kleine Mistkerl. Kein Wunder, dass die Fae eine schlechte Einstellung hatte und nicht mit Menschen umgehen konnte.

Teague blickte auf seinen ehemaligen Mentor herab, und in seinem Gesicht zeigte sich echte

Reue. „Du warst ein guter Kommandant und immer fair zu mir. Ich bedaure, dass es so gekommen ist, aber die Jagd zu kontrollieren ist wichtiger als dein Überleben. Und letztendlich *bist* du ein Verräter.“

Albigards Augen schlossen sich.

Die anderen Unseelie schienen Teagues Worte einige Augenblicke lang abzuwägen und tauschten Blicke aus, bevor der Anführer nickte. „Nun gut. Es kann nicht schaden, den Schaden am Schleier zu beheben, bevor wir aufbrechen, nehme ich an. Lasst uns die Einzelheiten besprechen.“

Die Fae begannen vorsichtig sich auszutauschen, obwohl die Katzensidhe immer noch sehr wütend aussah. Len spürte, wie der Griff um seinen Geist und Körper nachließ, als Nigellus seine volle Aufmerksamkeit auf Rans und Zorah richtete.

„Ich werde euch jetzt gehen lassen“, brummte er, „aber ich werde euch nicht erlauben, gegen die Fae vorzugehen. Nicht einmal, um euren Freund zu schützen.“

Beide Vampire wandten sich ihm zu, die Reißzähne ausgefahren und die Fäuste geballt – die Verkörperung wütender Raubtiere.

„Wir mögen bereits deine politischen Marionetten sein, Nigellus“, knurrte Rans, „aber maße dir *nicht* an, uns auch noch zu physischen Marionetten zu machen.“

Nigellus ließ sich von seiner Wut nicht verunsichern. „Mach dir keine Illusionen, Ransley. Du bedeutest mir sehr viel, und deine Achtung ist mir wichtig, aber der Vertrag und der derzeitige Frieden zwischen der Hölle und Dhuinne sind mir wichtiger."

Len überließ die beiden ihrem Kampf und ging zu Albigard hinüber, der irgendwie in Vergessenheit geraten zu sein schien, obwohl er im Mittelpunkt des aktuellen Spektakels stand. Er kniete neben der Fae nieder, deren Augen noch immer fest geschlossen waren. Seine Atmung war hektisch und viel zu schnell – als würde er nicht genug Sauerstoff bekommen. Len war mit diesem Gefühl schmerzlich vertraut.

„Hey", hauchte er und nahm das überraschte Zusammenzucken der Fae zur Kenntnis. „Du hyperventilierst, Blondie. Ich werde deinen Oberkörper ein wenig anheben. Das sollte dir das Atmen erleichtern, in Ordnung?"

Albigard wandte sein Gesicht ab. „Lass mich in Ruhe", brachte er zwischen zwei Atemstößen hervor.

„Nope, tut mir leid, das geht nicht", meinte Len. „Komm schon, lass uns deine Atmung unter Kontrolle bringen. Ein und aus, langsam und tief. Probier's mal."

Er schob einen Arm unter Albigards Schultern und hob ihn so weit hoch, dass er sich hinter ihn setzen und den Rücken der Fae an seine Brust drücken konnte. Albigard spannte sich an, und Len wurde – nicht zum ersten Mal – von der Stärke der unsichtbaren Barriere, die er um sich herum aufgebaut hatte, überrascht. Er fragte sich, wie lange es her war, seit jemand den armen Kerl berührt hatte, außer um ihn zu schlagen oder zu schubsen.

Oder um ihn zu beißen, im Falle der Cu-Sidhe.

Albigards Muskeln waren steif, was zumindest teilweise an den magischen Fesseln liegen musste, die seine Glieder immer noch fest an seinen Körper drückten. Len schlang einen Arm um seinen Oberkörper und legte seine Hand flach auf die Mitte seiner Brust, wo sich das Herz eines Menschen befinden würde, in der Hoffnung, ihm etwas zu geben, das ihn erdete. Tatsächlich donnerte der Herzschlag der Fae unter Lens Berührung und schlug gegen seine Rippen wie ein wildes Tier, das aus seinem Käfig entkommen wollte.

Zorah kniete sich neben sie, nachdem sie offensichtlich Rans die Verantwortung dafür übertragen hatte, Nigellus anzuschreien. Sie legte Albigard eine Hand an die Wange. Len spürte, wie der Fae ein leichter Schauer über den Rücken lief, aber der panische Atem ließ bereits nach.

„Tinkerbell", hauchte sie verzweifelt. „Wir ... wir werden uns etwas einfallen lassen, okay?" Sie hatte sichtlich die Kontrolle zurückgewonnen, seit Nigellus sie befreit hatte, und begann, Albigards Arm, der ihr am nächsten war, abzutasten. „Wie kriegen wir dich aus diesen Fesseln raus?"

Soweit Len beurteilen konnte, gab es da nichts, jedenfalls nichts Physisches, was sie kappen konnten.

„Das könnt ihr nicht", schnaufte Albigard und sein Körper entspannte sich allmählich gegen Lens Brust.

Oh Gott. Die Fae-Abgesandten waren kurz davor, ihn mit sich zurückzuschleppen, um ihn in den Schlund seines Kindheitsalbtraums zu werfen, und wenn Nigellus nicht plötzlich seine Meinung änderte, gab es nichts, was sie tun konnten, um das zu verhindern. Der wahre Schrecken der Situation traf Len wie ein Schlag in den Magen.

Rans gesellte sich schließlich zu ihnen und hockte sich auf Albigards andere Seite. Er sah immer noch so aus, als wolle er jemandem die Kehle herausreißen, egal, wessen Kehle es war.

„Was zum *Teufel* hast du dir dabei gedacht, Alby?", fauchte er. „Warum bist du nicht abgehauen, als du die Chance dazu hattest?" Er schloss seine Hand um Albigards Oberarm und hielt ihn fest.

„Ihr braucht mich, um den Riss zu schließen", antwortete Albigard und sah ihm in die Augen.

„Er blutet." Zorah starrte auf den Arm, den sie berührt hatte.

Len hatte bereits den nassen Fleck bemerkt, der unter dem zerrissenen Leder am Unterarm der Fae hervorquoll, wo die Cu-Sidhe ihn gepackt hatte. „Ich weiß. Ich habe es gesehen. Solange er so gefesselt ist, kann ich nicht viel dagegen tun."

„Das ist belanglos", murmelte Albigard.

Ohne einen genauen Blick darauf werfen zu können, hatte Len keine Ahnung, ob das stimmte oder nicht, doch er hatte auch gesehen, wie Albigard Verletzungen weggesteckt hatte, an denen ein Mensch auf der Stelle gestorben wäre. Rans und Zorah spannten sich plötzlich an. Len blickte auf und sah, dass die anderen auf sie zukamen.

„*Erbärmlich.*" Der Anführer der Unseelie blickte spöttisch auf seinen Gefangenen herab und verzog die Lippen. „Eine Fae von königlichem Blut, der sich mit Menschen und untoten Nachtschwärmern umgibt? Dein Vater wäre entsetzt."

Zorah starrte ihn finster an, ihre Augen blitzten wie kupferfarbenes Feuer. „Nicht so entsetzt wie wir über die Fae. Im Gegensatz zu Oren lassen wir unsere Leute nicht im Stich."

Len schwieg und bemerkte, dass es Rans auch tat – praktisch gesehen *würden* sie Albigard im Stich lassen, zumindest wenn Nigellus sie daran hinderte, zu handeln, wie er es zuvorgetan hatte … scheinbar ohne jegliche Anstrengung. Len drückte die hilflose Fae fester an sich und versuchte, durch seine Berührung Ruhe und Unterstützung auszustrahlen, auch wenn es eine Lüge war.

Als Albigard keine Anstalten machte, auf die Beleidigung zu reagieren, seufzte der Anführer der Unseelie. „Offensichtlich werden deine hybriden Kräfte benötigt, um diesen Schaden am Schleier zu beheben. Bevor ich dich freilasse, benötige ich dein Wort, dass du danach als mein Gefangener mit mir kommst."

Bei den Worten ‚*bevor ich dich freilasse*' verspürte Len einen leichten Hoffnungsschimmer, aber der war nur von kurzer Dauer.

„Alby", sagte Rans warnend. „Tu das nicht …"

Ein Schauer durchfuhr den Leib in Lens Armen. „Ich gebe dir mein Wort, dass ich mich dir nicht widersetzen werde, sobald der Schaden am Schleier behoben und die Jagd eingedämmt ist", sagte Albigard.

Gütiger Gott, wie weit würden die Fae gehen, um immer bei der Wahrheit zu bleiben? *Eine Fae, die eine andere absichtlich in die Irre führt, ist keine Fae mehr*, hatte Albigard gesagt. Und anscheinend hatte es für diese Wesen wirklich viel Bedeutung, mehr als ihre Ehre sogar, denn der Anführer der Unseelie machte eine scharfe Geste. Sofort fielen die Fesseln, die Albigards Arme und Beine gefangen hielten, von ihm ab.

„Nun gut", sagte der Anführer der Abgesandten. „Steh auf und tu deinen Teil, Verräter."

Für die Dauer eines Atemzuges lag Albigard regungslos in Lens Armen. Dann bemerkte er, dass er immer noch einen Arm um die Brust der Fae gelegt hatte, und ließ los, als Albigard aufstand. Len folgte ihm und fühlte sich plötzlich taub. Ein Gefühl, das sich immer weiter in seinem Körper ausbreitete.

„Albigard ist verletzt", gab Len zu bedenken. „Ich habe eine Erste-Hilfe-Tasche dabei, aber ich will mir erst den Arm ansehen."

Die kalten grünen Augen des Unseelie fielen auf ihn, und Len fühlte sich wie ein Insekt, das im Labor unter dem Mikroskop war.

„Mach dich nicht lächerlich, du nutzlose Kreatur", fauchte dieser, winkte ihn weg und wandte sich ab.

„Wir haben hier schon zu lange verweilt", meinte Albigard in hohlem Ton. „Heb dir deine Verbände für jemanden auf, der sie gebrauchen kann."

„Treten Sie zurück, Mr. Grayson", befahl Nigellus, der sich nun, da die Fae wieder auf derselben Seite zu stehen schienen, annäherte. „Je eher wir handeln, desto besser. Ransley ... Zorah ... ihr auch."

Zorah funkelte ihn an und drehte sich um, um Albigard mit einer Hand an seinem unverletzten Arm zu halten. „Nimm dir die Kraft von uns, die du brauchst, Tinkerbell. Hast du mich verstanden? *Alle Kraft, die du brauchst.*"

Ein schwaches Lächeln umspielte einen Mundwinkel der Fae. Hatte Len ihn jemals zuvor lächeln sehen? Er konnte sich nicht daran erinnern.

„Ich weiß deinen Versuch der Täuschung zu schätzen, Dämonin", sagte er und sah zu ihr hinunter. „Aber ich habe mein Wort gegeben, mich nicht zu widersetzen. Ich brauche deinen abscheulichen Vampir-Animus nur für den Zweck, den wir ursprünglich vereinbart haben."

Mit einem mulmigen Gefühl in der Magengegend zog sich Len von der Kreuzung zurück, wo sich Nigellus und die Fae darauf vorbereiteten, den von ihnen geplanten magischen Prozess umzusetzen. Rans blickte Albigard lange hinterher. Die Fae drehte sich nicht um, um seinem Blick zu begegnen. Schließlich führte Rans Zorah ein Stück weg und nahm sie in seine Arme, wobei er ihre Lippen an seine Kehle drückte. Len sah weg, als sie sich an ihn klammerte, bereit, ihm Blut zu entlocken, sobald Albigard anfing, ihr Kraft zu entziehen.

Die drei Unseelie, die von Albigards Vater – dem Arschloch – geschickt worden waren, standen etwas abseits von den anderen und beobachteten das Geschehen genau. In der Zwischenzeit versammelten sich Nigellus und die verbleibenden Fae um die Stelle, an der Len die Jagd zum ersten Mal in diese Welt hatte durchbrechen sehen. Ihm fiel auf, dass es Teague anscheinend schwerfiel, seinem ehemaligen Mentor in die Augen zu sehen, und er verspürte eine Welle des Hasses auf den schmierigen Bastard, der bereits so viel Zerstörung hinterlassen hatte.

Len war sich nicht sicher, was ihn erwartete – im rein physischen Sinne –, als Albigard und die Katzensidhe ihre Hände in Richtung der beschädigten Stelle erhoben. Sie begannen, in einer Sprache, die Len kaum verstand, zu kommunizieren. Er beobachtete mit einer gewissen Beklemmung, wie die klare Mittagsluft zu schimmern begann, wie Wellen auf dem Wasser ... oder wie der metaphorische Schleier, die Beschreibung für die Grenze zwischen den Realitäten.

Es war wunderschön. Doch der Schleier *war* zerfetzt.

KAPITEL ZWANZIG

FETZEN AUS WELCHEM MATERIAL AUCH IMMER, die die Grenze zwischen den beiden Reichen befriedeten, flatterten unter einem unnatürlichen Luftstrom, und die beschädigte Stelle pulsierte rot wie Blut. Der Anblick bereitete Len Kopfschmerzen, aber er konnte nicht wegsehen.

Es war unheimlich, aber zugleich fesselnd. Verstörend und süchtig machend.

„Es ist schlimmer, als wir befürchtet haben", bemerkte Nigellus in einem klinischen Ton. Der Dämon hatte seine maßgeschneiderte Anzugjacke ausgezogen und die Ärmel hochgekrempelt, sodass seine harten, muskulösen Unterarme zum Vorschein kamen, die Len bei ihm nicht erwartet hätte, da er so schlank gebaut war.

Diese Wunde muss gereinigt werden, dachte Len – ein Déjà-vu aus einem anderen Leben, als er für die Versorgung von Fleischwunden verantwortlich war, in einer Zeit, bevor *ihn* der Job gebrochen hatte.

„Die Ränder lassen sich in diesem Zustand nicht richtig versiegeln", meinte die Katzensidhe und gab damit Lens professionelle Meinung wieder.

„Hmm", grübelte Nigellus und rief sein Flammenschwert mit einer präzisen Handbewegung ins Leben. Alle Fae außer Albigard und der Katzensidhe zuckten zusammen, als es erschien, als ob sie sich nicht ganz davon abhalten könnten, auf die vermeintliche Bedrohung durch einen bewaffneten Schicksalsdämon zu reagieren.

Der besagte Dämon näherte sich dem Riss und betrachtete ihn mit einem berechnenden Blick. Er hob seinen Schwertarm, und mit einer fließenden Bewegung lösten sich einige der immateriellen Fetzen aus der beschädigten Stelle und flatterten auf die andere Seite des Risses ... und verbrannten zu Nichts.

„Du wirst es noch größer machen!", schnauzte der Anführer der Unseelie.

„Die derzeitige Größe des Risses wird noch deutlicher zu sehen sein, das ist wahr", schoss Nigellus zurück. „Um ehrlich zu sein, mache ich mir zunehmend Sorgen, wie das überhaupt passieren konnte."

„Ein Problem nach dem anderen", meinte die Katzensidhe und streckte ihre Hände nach dem leuchtenden Schleier aus, der vor Magie glühte. Albigard spiegelte schweigend die Sidhe an seiner Seite wider, während seine Kiefermuskulatur vor Anspannung knackte.

„Durchaus", stimmte Nigellus zu und konzentrierte sich wieder auf den Riss.

Len versuchte, Blickkontakt zu Zorah und Rans aufzubauen, denn soweit er es verstanden hatte, besaß die Katzensidhe die Fähigkeit, anderen Fae Energie zu entziehen, solange sie es erlaubten. Und war nicht an die Annahme von Geschenken, Seelenschulden oder anderen verrückten Dingen gebunden. Die Sidhe konnte also nicht nur auf die Energie von Teague zurückgreifen, sondern auch auf die der drei Abgesandten des Courts, die alle ziemlich mächtig zu sein schienen.

Albigard hingegen hatte, natürlich zusätzlich zu seiner eigenen Macht, nur Zugang zu Zorahs Animus und durch das Trinken von Blut auch zu Rans' Energie. Doch nachdem, was die Cu-Sidhe mit ihm gemacht hatte, als er ihn gebissen hatte, und der Auszehrung durch die magischen Fesseln der anderen Unseelie, hatte Len keine Ahnung, welche Reserven er zu diesem Zeitpunkt noch hatte.

Bisher schien er sich gut zu behaupten, denn Zorah war nicht vor plötzlicher Schwäche zusammengesackt wie beim ersten Mal, als Len sah, wie Albigard ihr die Lebenskraft entzog. Natürlich war alles, was er und die Katzensidhe bisher taten, das Sichtbarmachen der gerissenen Stelle. Sie versuchten noch nicht, sie zu reparieren. In der Zwischenzeit hatte Nigellus große Teile des zerfetzten Schleiers weggeschnitten, wobei er das riesige, feurige Schwert mit weitaus mehr Leichtigkeit führte, als Len erwartet hatte.

Zorah hatte die wahre Gestalt des Dämons einmal beschrieben – eine hoch aufragende Gestalt mit Hörnern, prallen Muskeln und ledernen Flügeln, die locker fünf Meter lang waren. Die Person, die Len jetzt sah, war … nun … er war sich nicht sicher, *was* Nigellus war – er sah nicht wie beschrieben aus. Die Flügel, zum Beispiel, waren nicht einfach nur unsichtbar … man würde nicht dagegen stoßen, wenn man Nigellus aus Versehen anrempelte. Nigellus musste sich auch nicht ducken, um durch eine zwei Meter hohe Tür zu kommen.

Vielleicht befand sich seine dämonische Gestalt an demselben Ort wie das Flammenschwert, wenn er es nicht benötigte. Die ganze Sache bereitete Len fast so viel Kopfschmerzen wie der Anblick des beschädigten Schleiers. Im Endeffekt bedeutete das, dass es wahrscheinlich nicht Nigellus' schlanke menschliche Gestalt war, die das schwere Schwert mit Leichtigkeit einhändig führte, sondern eher ein gewaltiger dämonischer Muskelberg. Trotzdem war der Gedanke, jemanden zu sehen, der körperliche Kraft einsetzte, die er nicht haben sollte ... *beunruhigend.*

Wenn sich jedoch herausstellen sollte, dass er derjenige war, der die Erde vor der *Wilden Jagd* schützen würde, würde Len sich nicht beschweren.

Len sah, wie die letzten zerfledderten Fetzen zu Nichts verbrannten und eine relativ glattrandige Lücke hinterließen, die in Rot- und Violetttönen schimmerte und pulsierte. Es sah aus wie eine entzündete Wunde. Schmerzhaft. *Falsch.* Was auch immer auf der anderen Seite der Öffnung lag, war in dieselbe neblige Undurchdringlichkeit gehüllt wie eines der Portale der Fae.

„Versucht es jetzt", sagte Nigellus und senkte das feurige Schwert an seine Seite.

„*Schnell*", fügte eine der Cu-Sidhe hinzu.

Die beiden Gestaltwandler hatten sich wie Leibwächter neben Albigard und die Katzensidhe postiert. Ihre Aufmerksamkeit wich nicht von der Lücke. Selbst in humanoider Gestalt vermittelten sie den Eindruck von gespitzten Ohren und gesträubten Nackenhaaren. Len glaubte sogar zu sehen, wie einer von ihnen mit aufgeblähten Nasenlöchern in der Luft schnupperte.

Albigard hatte die Cu-Sidhe als die Wächter der *Wilden Jagd* bezeichnet. Später hatte Len zwei und zwei zusammengezählt, mit etwas, das Nigellus gesagt hatte, als sie die Strategie diskutierten. Als Albigard behauptete, dass die Fae gegen die Jagd machtlos seien, hatte der Dämon ihm widersprochen. *„Das stimmt"*, hatte er gesagt, *„aber nicht ganz"*. Offensichtlich fungierten die Cu-Sidhe im Reich der Fae als eine Art Schäferhunde, die die Jagd dorthin führten, wohin sie gehen sollte, wenn der Court beschloss, sie auf jemanden zu hetzen. Die Katzensidhe hatte sie für den Fall hinzugezogen, dass die Jagd auftauchte, während sie noch arbeitete; die Idee war, dass die Cu-Sidhe sie so lange zurücktreiben würden, bis die anderen den Riss geschlossen hatten. Danach würden die Sidhe sofort nach Dhuinne zurückreisen und versuchen, das Ding in seinem natürlichen Lebensraum unter Kontrolle zu bringen.

Die Tatsache, dass die beiden Gestaltwandler plötzlich so nervös wirkten, war für Len *kein* gutes Zeichen.

Anscheinend war Nigellus mit etwas einverstanden und nickte. „Behaltet den Riss im Auge", sagte der Dämon und hob erneut sein Schwert.

„Wir haben zu lange gezögert", fauchte die Katzensidhe und klang dabei zutiefst besorgt. „Verflucht sei euer Unseelie-Kampf!"

234

„Schließt die Lücke", schrie Nigellus. „Schnell!"

Die Cu-Sidhe verwandelten sich abrupt in ihre Höllenhunde und stellten sich zwischen ihre Schützlinge und die Öffnung. Alle Härchen auf Lens Körper stellten sich auf und ein Schauer durchlief seine Adern. Unwillkürlich machte er einen Schritt zurück, obwohl er schon ein ganzes Stück vom Zentrum des Geschehens entfernt war.

Albigard und die Katzensidhe hoben ihre Hände mit einer schiebenden Bewegung und spiegelten einander. Zorah gab plötzlich einen erstickten Laut von sich und ihre Knie gaben nach. Nur Rans' Arme, die er um sie geschlungen hatte, hielten sie noch aufrecht. Die Ränder des Schleiers begannen sich enger zusammenzuziehen, als ob sie von einer riesigen, unsichtbaren Hand zusammengeführt würden. Len hielt den Atem an, als könnte er die magische Anstrengung damit unterstützen.

Was auch immer die anderen taten, es schien zu funktionieren. Rans schwankte plötzlich, als Zorah seine Halsschlagader abzapfte, um sich wieder mit Energie zu versorgen, und sank schließlich mit ihr auf die Knie, was wie ein kaum kontrollierter Zusammenbruch aussah.

Len atmete mit einem Rauschen aus und dachte, *vielleicht ... sie werden es schaffen ... nur noch ein bisschen mehr ...*

Nigellus hob sein Schwert und bereitete sich darauf vor, die Kanten mit dem Feuer der Klinge zu versiegeln.

Dichter schwarzer Nebel explodierte plötzlich durch den dünnen Riss zwischen den Rändern des

Spalts. Er hüllte Nigellus ein, selbst als der Dämon mit seiner flammenden Waffe nach ihm schlug. Lens Herz hämmerte ihm bis zum Hals. Die Cu-Sidhe brachen in Knurren aus und stürzten sich auf die vorderen Ränder der sich windenden Masse.

Es war grauenhaft. Jeder einzelne Teil, auf den sich Len zu fokussieren versuchte, bestand aus schmierigem, waberndem Rauch. Doch die unscharfen Teile waren etwas ... *Schlimmeres*. Die Jagd hatte Zähne, Klauen und blinde, suchende Augen. Sie bestand aus Ungeheuern – einige schienen Hunde zu sein, andere Pferde ... und wieder andere schienen menschlich, oder vielmehr Fae. Alle waren fast bis zur Unkenntlichkeit verzerrt und zu einer einzigen, gefräßigen Masse zusammengewachsen.

Das flackernde Licht von Nigellus' Schwert verschwand in dem Strudel, ebenso wie der Dämon selbst. Die drei Unseelie-Fae, die der Court geschickt hatte, wichen voller Furcht zurück und versuchten, mehr Abstand zwischen sich und die Manifestation ihres schlimmsten Albtraums zu bringen.

„Treibt es zurück in den Schleier, ihr Narren!", rief der Anführer der Gruppe den Cu-Sidhe zu. „Bei Mabs Garten, *treibt es sofort zurück!*"

Die beiden massiven Hunde sprangen nach vorne und schnappten mit ihren Kiefern. Sie wirken auf Len wie zwei Border Collies, die versuchten, eine widerspenstige Herde aufgeschreckter Schafe zu bändigen. Ein krallenartiger Rauchschwall streckte sich blitzschnell aus, und der Hund, der die Katzensidhe abgeschirmt hatte, heulte auf. Als sich das schmierige Nebelglied zurückzog, lag die Cu-Sidhe regungslos auf dem Boden.

„Dhuinne beschütze uns!", rief eine der Unseelie.

Der Anführer öffnete ein Portal aus dem Nichts und schnauzte: „Los, *weg hier!*" Er schob seine beiden Untergebenen hindurch, doch bevor er ihnen folgen konnte, peitschte ein zweiter schmieriger Nebelarm aus der Masse hervor und traf ihn in den Rücken. Das Portal schnappte zischend zu und er fiel zu Boden.

Tot, schoss es Len durch den Kopf, unfähig zu verarbeiten, während alles in seiner näheren Umgebung in Chaos ausbrach. *Es hat ihn kaum berührt, und er ist tot.*

Albigard und die Katzensidhe stemmten sich mit all ihrer Magie gegen die Ränder des wachsenden Spalts, während sie physisch zurücktraten und langsam von beiden Seiten des Risses zurückwichen. Während Len zuvor die dunklen Formen, die aus dem Riss kamen, als Zähne und Klauen interpretiert hatte, sah er jetzt Tentakel, die nach außen peitschten, sich schlängelten und sich durch das Loch, das in diese Welt führte, quetschten.

„Verdammt", krächzte er, die Fäuste in hilfloser Ohnmacht an den Seiten geballt. „Verdammt, verdammt, *verdammt!*"

Er sah, wie Rans seine gletscherblauen Augen weit aufriss. Der Vampir wirbelte herum – langsam und unbeholfen durch den Blutverlust –, stieß Zorah zu Boden und schützte ihren Körper mit seinem, bevor die Jagd zum dritten Mal zuschlug. Len glitt der Boden unter den Füßen weg. Er stürzte sich gedankenlos auf die beiden, obwohl es schon viel zu spät war, um zu verhindern, dass der Schlag sein Ziel erreichte. Das Glied, das wie eine Peitsche zuschlug, zog sich zurück und hinterließ zwei schlaffe Körper dort, wo eben noch seine Freunde zusammengekauert aufeinandergelegen hatten.

Len kam neben den Vampiren zum Stehen und fiel auf die Knie, biss sich auf die Innenseite seiner Lippe, bis sie blutete – unfähig, sich einen Reim auf das zu machen, was er sah. Er sah in zwei starre Augenpaare – blau und braun, ausdruckslos wie der Tod, aber … das konnte nicht richtig sein. Sie waren an Dämonen gebunden und konnten nicht sterben. Nigellus würde sie jeden Moment zurückbringen …

Im Hintergrund hörte er, wie Albigard und die Katzensidhe etwas riefen. Weder Zorah noch Rans bewegten sich, ihre Augen blieben leer. Das vertraute, erstickende Gefühl der Panik durchflutete Lens Lungen und hemmte ihn in seiner Intensität. Es war ein Gefühl von erdrückender Unausweichlichkeit – wie in dem Moment, als er Yussefs Auto an der Unfallstelle erkannt hatte oder als sein Vater alle seine Habseligkeiten vor dem Haus der Familie auf den Bordstein geworfen hatte und ihm klar wurde, dass er soeben obdachlos geworden war, mittellos im Alter von sechzehn Jahren und praktisch verwaist.

Er streckte zitternd eine Hand aus und berührte mit seinen Fingern Zorahs Handgelenk. *Dumm,* er würde keinen Puls finden. Sie hatte keinen Puls mehr gehabt, seit sie vor Monaten in einen Vampir verwandelt worden war.

„Wach auf", hauchte er heiser. „Komm schon. Du solltest unsterblich sein und wieder aufwachen. Das war die Abmachung. Das hast du mir gesagt."

Ein Boden erschütterndes Brüllen hallte aus dem Zentrum der sich windenden Masse wider und riss Lens Aufmerksamkeit von ihrem leeren, braunen Blick weg. Kam das Geräusch von der Jagd ... oder von Nigellus, der in seiner erstickenden Umarmung gefangen war? Dämonen sollten im wahrsten Sinne des Wortes unsterblich sein. Sie *konnten* nicht sterben. Was geschah in diesem wirbelnden Wirrwarr aus Dunkelheit und Schrecken?

Die feinen Härchen in Lens Nacken sträubten sich, und einen Augenblick später spürte er, wie sich greifende, schmierige Krallen mit unheiliger Geschwindigkeit auf ihn stürzten. Er versuchte, genug Luft einzuatmen, um zu schreien ... und plötzlich war er sich des Gefühls des Todes bewusst, das ihn umgab, als die Jagd nach ihm griff, um ihn niederzustrecken.

Es wich nur wenige Zentimeter von seinem Gesicht entfernt zurück. Einen endlosen Augenblick lang starrte er in den Schlund seiner eigenen Zerstörung, und sie starrte zurück. Dann wich sie zurück und verschwand in der großen brodelnden Rauchwolke. Die verzweifelten Schreie der Überlebenden verblassten und wurden zu einem fernen, tiefen Jammern, während sich alles in Lens Bewusstsein verlangsamte. Es fühlte sich an, als wäre er unter Wasser ... als würde sich seine Umgebung kaum verändern, während sein Verstand raste und seine Lunge brannte.

Die Jagd war vor ihm zurückgeschreckt.

Sie hatte sich *zurückgezogen*.

Seinetwegen.

Nekromant ... der Gestank von verwesenden Seelen umgibt dich wie Moschus.

Albigards Stimme hallte in seiner Erinnerung wider.

Du stinkst nach Tod.

Die *Wilde Jagd* ernährte sich von dem *Leben*. Len hob seinen Blick von Rans und Zorah und hatte das Gefühl, sein Kopf würde hundert Pfund wiegen. Seine Sicht war durch seine Tränen verschwommen, aber er konnte Albigard und die Katzensidhe noch erkennen. Sie verloren langsam den Kampf, die Ränder der Lücke zu schließen. Die überlebende Cu-Sidhe stand vor Albigard und bot ihm Deckung, die bald nichts mehr ausrichten würde, wenn die Jagd ihre Aufmerksamkeit in diese Richtung lenken würde.

Den Blick fest auf die aufgewühlte Masse gerichtet, die versuchte, sich ihren Weg durch den Schleier zu bahnen, kam Len auf die Füße und machte einen Schritt darauf zu ... dann noch einen ... und noch einen. Links ... rechts ... links ... rechts ... ging er auf den Strudel der Dunkelheit zu, ohne irgendeine Rückmeldung seiner Sinne zu erhalten.

Der Tod, der Len Tag für Tag umgab – ein Schutzpanzer, den er sich nie gewünscht hatte, bestehend aus verpassten Gelegenheiten, Positivem, Negativem und Gleichgültigem, stieß an die Ränder des wirbelnden Nebels. Verschwunden, aber nicht *weg*. Nicht, solange es an Len haftete.

Lens Familie hatte ihn verstoßen, als er nicht mehr in ihre Weltanschauung passte ... so wie Albigards Vater seinen Sohn seinen Richtern überlassen hatte und die Abgesandten der Unseelie vor wenigen Augenblicken den Kampf gegen die Jagd aufgegeben hatten oder genauso wie Nigellus offenbar Rans und Zorah der Leere überlassen hatte.

Doch Lens Geister hatten ihn nicht aufgegeben. Sie waren *immer noch hier*. Und er würde jene *nicht* im Stich lassen, die immer noch darum kämpften, die Welt zu retten. *Seine* Welt. Er machte einen weiteren Schritt nach vorne.

Die Jagd wich zurück und machte ihm Platz. Len ging vorwärts. Die Jagd zog sich zurück.

Nigellus taumelte hustend aus ihrem Zentrum, stützte sich auf eine Hand und ein Knie, das Schwert noch immer in der anderen hocherhoben. Es schnappte nach Luft und stotterte und Dampf stieg von ihm in Flammen auf.

„Schließt die Ränder!“, krächzte der Dämon. „*Tut es jetzt!*“

Len ging weiter. Die Jagd erbebte und schlängelte sich zurück wie eine schreckliche Meereskreatur, die sich in ihrem Bau zwischen den Felsen wand. Schleimiger Rauch kitzelte an den Rändern seines Bewusstseins. Ohne es zu bemerken, wie nahe er gekommen war, fand sich Len direkt an dem schimmernden Schleier wieder, dessen Ränder sich zusammenzogen, während er zusah.

Benommen hob er eine Hand in Richtung des sich verengenden Spalts. Die letzten Strähnen der Jagd lösten sich von seinen Fingerspitzen und verschwanden darin. Der Spalt schloss sich, streifte dabei seine Haut, und eine unsichtbare Kraft schleuderte ihn nach hinten. Zum zweiten Mal innerhalb weniger Wochen traf er mit unbarmherziger Wucht auf den Bürgersteig auf.

Er lag auf der Seite, seine Ohren klingelten und Blitzlichter explodierten in seinem Blickfeld. Und durch all das hindurch konnte er gerade noch Nigellus' Silhouette ausmachen, der sein flammendes Schwert in die Luft riss, um es gegen die Naht zu drücken.

Und dann wurde alles schwarz.

KAPITEL EINUNDZWANZIG

ALS ES LEN ENDLICH IN DEN SINN KAM, dass er einen Körper und Augen hatte und dass er vielleicht versuchen sollte, diese Augen zu öffnen, um zu sehen, wo er sich befand, erkannte er zuerst die Unebenheiten einer weiß gestrichenen Zimmerdecke. Es war nicht gerade eine vertraute Decke … aber sie war auch nicht *völlig* fremd.

Sein Kopf schmerzte. Es war kein Spannungskopfschmerz oder Katerkopfschmerz. Er strahlte von einer ganz bestimmten Stelle an seinem linken Scheitelbein aus. Auch seine linke Schulter und seine Hüfte schienen nicht gerade glücklich mit ihm zu sein. Er blinzelte ein paar Mal und versuchte sich zu erinnern, ob bei dem, was er getan hatte, bevor er in Albigards Gästezimmer gelandet war, Drogen im Spiel gewesen waren.

Es war Tag, dem grellen Sonnenlicht nach zu urteilen, das durch das Fenster fiel. Und er schien vollständig angezogen zu sein, bis auf seine Schuhe. Die Tatsache, dass er in Chicago war, fühlte sich nicht richtig an. Er sollte nicht hier sein. Er hätte in St. Louis bleiben sollen. Mit … den anderen.

Die anderen.

Er setzte sich abrupt kerzengerade auf, aber sein Körper protestierte vehement gegen die schlagartige Bewegung. Stöhnend legte er eine Hand an seinen Hinterkopf und stieß auf eine Beule von der Größe eines Gänseeis. Er war mit den anderen nach St. Louis gegangen, um zu versuchen, das Loch zwischen den Welten zu versiegeln. Die Jagd war gekommen, bevor sie ihre Aufgabe beenden konnten. Und dann …

Lens Hände begannen zu zittern.

Etwas in seinem peripheren Blickfeld bewegte sich und das Licht von draußen glitzerte auf dem blassen Platin. Er drehte sich um, wobei er die Bewegung diesmal langsam machte, um den daraus resultierenden Schmerz zu minimieren. Albigard saß zusammengesunken auf dem Boden, mit dem Rücken an die Wand gelehnt, und glich einer Marionette, deren Fäden gekappt worden waren. Während Len ihn beobachtete, hob die Fae den Kopf und traf seinen Blick.

Es lag Len auf der Zunge zu fragen, was geschehen war, nachdem er das Bewusstsein verloren hatte, insbesondere, ob Nigellus Rans und Zorah wieder zum Leben erweckt hatte, indem er seine Lebenskraft durch das Seelenband, das er über sie hielt, kanalisierte. Die Frage erlosch auf seinen Lippen, die Antwort war in Albigards eingesunkenem Gesicht deutlich zu erkennen. Es war eine Antwort, auf die Len nicht vorbereitet war.

Er schluckte gegen den Kloß in seinem Hals an – und schluckte erneut, als sein erster Anlauf nicht zu helfen schien. Er würde später um Zorah und Rans trauern. Im Moment konnte er sich den Gedanken an sie nicht stellen.

„Die Jagd?", krächzte er stattdessen, denn das Einzige, was noch schlimmer sein könnte als das, was er in Erinnerung hatte, war, wenn alles umsonst gewesen wäre.

Albigards Blick wanderte wieder in die Ferne. „Nicht mehr auf der Erde. Die Cu-Sidhe, der die Schlacht überlebt hat, ist nach Dhuinne zurückgekehrt, um nach ihr zu suchen."

Stille legte sich wie ein Leichentuch über den Raum. So unlieb es ihm auch war, zwang er sich trotzdem, den Rest des Tages, an den er sich erinnern konnte, durchzugehen. Albigard war hier, aber er hatte versprochen, sich der Verhaftung durch die Unseelie nicht zu widersetzen, sobald der Spalt zwischen den Welten sicher geschlossen war. Wie also …?

Oh.

Richtig.

So hatte er es nicht formuliert. Nicht ganz. Er hatte versprochen, sich dem *Anführer* der Unseelie nicht zu widersetzen, sobald die Lücke geschlossen war. Doch jener Anführer war tot … und seine Untergebenen waren durch ein Portal in Sicherheit geflohen, kurz bevor es passierte. *Mist.* Er kannte nicht einmal den Namen dieses Typen. Nicht, dass er dem Kerl besonders wohlgesonnen war, aber er hatte sich zumindest um die Sicherheit seiner Männer gekümmert, bevor er sich um seine eigene Sicherheit sorgte. Das war auf seine Art … irgendwie lobenswert, dachte Len.

Sosehr er sich auch bemühte, logisch zu denken, seine Gedanken lösten sich immer wieder von den übrigen Erinnerungen, wie Wassertropfen auf einer Orangenschale. Er wusste, dass das schlecht war – wie eine rote Fahne, die ihn warnte, dass er Gefahr lief, eine mentale Klippe hinunterzustürzen, wenn er erst einmal anfing, alles richtig zu begreifen. Ohne genau zu wissen, woher der Impuls kam, schwang er vorsichtig seine Beine über den Rand des Bettes, stand auf und humpelte die paar Schritte durch den Raum zur Wand, an der Albigard lehnte. Ohne ein Wort rutschte er daran herunter und setzte sich neben die Fae, wobei er ein paar Zentimeter zwischen ihnen ließ.

Alles tat weh, aber Len schien nicht ernsthaft verletzt zu sein – abgesehen von blauen Flecken und Beulen. Dieser Gedanke reichte jedoch aus, um etwas anderes in seinem Gedächtnis wachzurütteln. Er griff nach dem Arm der Fae und hob ihn an Ellbogen und Handgelenk an. Albigard trug noch immer die dunklen Lederstulpen und den zerfetzten Unterarmschutz, zusammen mit dem Rest seiner Rüstung. Sein hellblondes Haar hing in ungepflegten Strähnen aus dem verschlungenen Zopf.

Überraschenderweise riss er seinen Arm nicht aus Lens sanftem Griff. Len tastete rundherum ab, konnte aber keine Schnallen oder andere Befestigungen an den Lederstulpen finden. „Wie kriege ich das ab? Ich muss mir deine Wunde ansehen."

Die Tatsache, dass Albigard nicht sofort auf den physischen Kontakt reagiert hatte, wäre wahrscheinlich besorgniserregend gewesen, wenn Len nur die emotionale Kapazität gehabt hätte, sich mit der unerwarteten fehlenden Reaktion der Fae auseinanderzusetzen. Nur hatte er das nicht.

Anstatt die Frage zu beantworten, schloss Albigard die Augen und seine Kampfrüstung verschmolz zu Leinen und Wildleder. Er sah nicht sofort auf, sondern senkte den Kopf und presste das Kinn an die Brust.

Len schob Albigards Ärmel bis zum Ellbogen hoch und sah, dass getrocknetes Blut die rosafarbenen Ränder der heilenden Wunden bedeckte. Er hätte es wissen müssen ... er hatte gesehen, wie der Bastard es überstanden hatte, von riesigen Dornen aufgespießt zu werden, ganz zu schweigen von den tödlichen Magie-Angriffen, mit denen er beworfen worden war.

Fae sind zäh. Rans' präziser englischer Akzent hallte in Lens Ohren wider. *Man kann sie kaum töten, außer man pfählt sie mit einem Eisenpflock. Oder, na ja, durch Enthauptung.*

Verdammt. Verdammt! *Verdammt!* Er sollte es vermeiden, an Rans zu denken. Gedanken an Rans würden unweigerlich zu Gedanken an Zorah führen. Und er konnte nicht ...

Er schluckte schwer, was zu sehr nach einem Wimmern klang, als beruhigend zu sein. Len versuchte, es zu überspielen und nuschelte: „Sieht aus, als würde es gut verheilen", und legte den Arm zurück auf den Schoß der Fae.

„Die Vampire sind beide tot", sagte Albigard, ohne aufzublicken. „Es sollte nicht möglich sein, dass sie sterben, es sei denn, Nigellus will es, aber er hat versucht, sie wieder zum Leben zu erwecken, und ist gescheitert."

Das panische Gefühl, dass die Welt außer Kontrolle gerät, das unter der Oberfläche gelauert hatte, begann sich in Lens Brust zu entfalten. Er versuchte, es zu unterdrücken, aber konnte kein Wort herausbringen, während sich seine Kehle immer weiter zuschnürte.

„Ransley Thorpe war jahrhundertelang auf der Suche nach dem Tod", fuhr Albigard fort und hob den Kopf, um noch einmal in die Ferne zu blicken und eine Erinnerung zu durchleben, die nur er sehen konnte. „Nach dem Krieg, der alle anderen Vampire auslöschte, glaubte er, dass er nichts mehr hatte, wofür es sich zu leben lohnte. Wie ironisch, dass nur wenige Monate nachdem er die Dämonin gefunden und beschlossen hatte, mit ihr an seiner Seite die Zukunft zu begrüßen, sein letzter Wunsch in Erfüllung ging."

Len stockte der Atem, als er versuchte, Albigards Worte nicht mit seinen prekären Gefühlen zu vermischen. Unwillkürlich erinnerte er sich an Zorahs Sticheleien über den homoerotischen Subtext ihrer Feindfreundschaft und an Rans' verwirrte Beteuerungen.

„Warst du in ihn verliebt?", fragte Len die Fae, wobei ihm die Frage ohne jegliche Vorwarnung herausrutschte.

Das reichte aus, um Albigard zumindest aus seinem abgedrifteten Zustand aufzuschrecken. Er runzelte die Stirn. „Verliebt ... in *Rans?*" Er ließ es klingen, als hätte Len ihn nach etwas Unmöglichem gefragt. Sein stechender Blick traf Lens. „Sag mir, Mensch – empfindest du im Zoo häufig amouröse Gefühle für Orang-Utans?"

Len starrte ihn an und hielt sich wie an einen Rettungsanker an seiner Irritation fest. „Nicht generell, nein, obwohl ich den Zusammenhang mit meiner Frage nicht wirklich sehe."

„Er war ein Vampir", sagte Albigard in einem überraschend geduldigen Ton. „Ich bin eine Fae. Deine Frage ist unsinnig."

Diese Situation war tatsächlich einfacher zu handhaben, wenn Albigard sich wie ein Arschloch verhielt, stellte Len erleichtert fest. Er hob skeptisch eine Augenbraue. „Okay. Unerwiderte Liebe ist also offenbar vom Tisch, aber ich finde es wenigstens cool, dass du mit den Orang-Utans befreundet bist. Das ist gut zu wissen, denke ich."

Albigard sah weg. „Wir waren keine Freunde."

Blödsinn, dachte Len, selbst als er Rans' Geist *Freund* flüstern hörte. *Du benutzt dieses Wort immer wieder. Ich denke nicht, dass es bedeutet, was du denkst, dass es bedeutet.*

Seine Hände begannen wieder zu zittern, obwohl er sich bemühte, es zu kontrollieren. Plötzlich und *schmerzhaft* überkam ihn das Verlangen nach etwas, das all das für eine Weile verschwinden lassen könnte. Etwas, das *viel* wirksamer war als eine Handvoll Pott-Brownies. Er wischte sich mit der Hand über das Gesicht und zog absichtlich an seinen Piercings, um sich von dem Gedanken abzulenken.

„*Jesus*", fluchte er mit zitternder Stimme. „Wegen dieser Art von Scheiße war ich total auf Kokain, als wir uns das erste Mal getroffen haben, weißt du. Ich habe es so satt, die Menschen zu verlieren, die mir wichtig sind."

Albigard gab keinen Kommentar ab. Wieder senkte sich die Stille über den Raum, während Len gegen den Drang ankämpfte, aufzustehen und in die Stadt zu fahren und Drogen zu kaufen, die er sich nicht leisten konnte und die er nicht nehmen sollte. Die Minuten vergingen, und das Bedürfnis wuchs zu einem körperlichen Schmerz an – ein stechender Schmerz, der sich in der Tiefe seiner Brust ausbreitete und seinen Magen verkrampfte.

„Ich kann … das nicht mehr", hauchte er, und trotz seiner Bemühungen schlich sich Verzweiflung in seinen Tonfall. „*Verdammt.* Warum habe ich jemals gedacht, dass ich mit dieser Art von psychotischem Twilight-Scheiß umgehen kann? Ich hätte mich von Rans hypnotisieren lassen sollen, damit ich das alles vergesse, als wir uns das erste Mal getroffen haben. Verdammt, ich hätte in dem Moment, in dem Zorah das Wort *Vampir* erwähnt hat, die Flucht ergreifen sollen."

Albigards Antwort klang heiser. „Hättest du das getan, würde die Jagd jetzt wahrscheinlich ungehindert eine Stadt mit drei Millionen Einwohnern verwüsten."

„Schieb das nicht auf mich", flüsterte Len, der nicht daran denken wollte, was er in einem Moment des Wahnsinns getan hatte.

„Es ist nicht deine Schuld", sagte die Fae. „*Nichts* von alledem ist deine Schuld, außer, dass du die Angelegenheit erfolgreich gelöst hast. *Ich* bin derjenige, hinter dem die Jagd ursprünglich her war."

Len zog die Knie an und bedeckte sein Gesicht mit beiden Händen. Sein ganzer Körper zitterte jetzt, als heiße und kalte Schockwellen über ihn hinwegfegten.

„*Verdammte Scheiße!* Das nennst du eine *erfolgreiche Lösung?* Herrgott, Albigard!*"*, schnauzte er. Ein würgendes Geräusch entrang sich seiner Kehle und wurde von seinen Handflächen erstickt. „Ich habe es satt, Menschen, die mir etwas bedeuten, sterben zu sehen. Ich dachte, wenn ich von meinem Job beim Rettungsdienst wegkäme, wäre mein Leben wieder normal." Er begann mit dem Oberkörper zu schaukeln, als der Drang, sich zu bewegen, zu groß wurde. Vorwärts und rückwärts, vorwärts und rückwärts – alles, um nicht aufzuspringen und sich auf die Suche nach Drogen zu machen. Ein hässliches Geräusch, das vielleicht ein Lachen war, entwich ihm. „*Und* – hey! Sieh mal, wie gut *das* geklappt hat."

Eine schwielige Hand umfasste Lens Handgelenk, zog eine seiner Hände von seinem Gesicht weg und brachte seine Bewegungen zum Stillstand. Albigard umfasste sein Kinn und drehte seinen Kopf, bis sich ihre Blicke trafen. Der Ausdruck der Fae war von Verzweiflung erfüllt ... von *Trauer*, trotz all seiner Beteuerungen. Len schluckte krampfhaft und ließ sich mit so etwas wie Erleichterung in diese verzweifelten, grünen Augen fallen.

„Im Moment ist nicht alles gut", sagte Albigard ernst. „Aber ich bin noch bei dir. Du ..." Er hielt inne. „*Wir* ... sind nicht ganz allein in der Dunkelheit. Noch nicht."

Der verzehrende Schmerz nach Drogen, der sich in Lens Brust aufgestaut hatte, verschwand und wurde durch segensreiche, warme Erleichterung ersetzt. „Danke", flüsterte er, hauchte es, sodass es kaum zu hören war. Seine Muskeln entspannten sich, einer nach dem anderen, und die Spannung löste sich langsam aus seinem Körper.

„Es würde mir gefallen, wenn du dich eine Weile ausruhen würdest, ohne Träume und Sorgen für die Zukunft", brummte die Fae. „Kannst du das für mich tun, Len?"

Weit davon entfernt, ihn dieses Mal zu schlagen, nickte Len und war sich kaum der warmen Tränen bewusst, die ihm bei der Bewegung über die Wangen liefen. Diese Tränen waren irgendwie weniger wichtig als die plötzliche Erschöpfung, die seine Augenlider zufallen ließ und ein süßes Vergessen versprach, zumindest für eine kurze Zeit. Er sackte nach vorne, als hätte er keine Knochen.

Len schlief und träumte nicht ... doch als er einige Zeit später erwachte, stand ein wütender Dämon in einem Armani-Anzug auf der anderen Seite des Raumes und drückte Albigard mit einer Hand um seine Kehle gegen die Wand.

KAPITEL
ZWEIUNDZWANZIG

„WIE SOLL ICH DEM RAT dieses Fiasko erklären?", knurrte Nigellus und sah weit weniger aus wie der sanfte, kultivierte Dämon, den Len zuvor gekannt hatte. Die Flügel und Hörner waren nicht zu sehen, aber zum ersten Mal konnte sie sich Len vorstellen, ohne dass das Bild, das sich daraus ergab, auch nur im Entferntesten unglaubwürdig wirkte.

Albigard musterte den Dämon von oben bis unten. Seine Arme hingen locker an seinen Seiten herab und er wehrte sich nicht. „Welchen Teil?", fragte er trocken. „Den, in dem zwei deiner drei Lieblingsvampire tot sind, oder den Teil, in dem du dich ganz offen und vor aller Augen in die Angelegenheiten der Menschen eingemischt hast, in eklatanter Missachtung des Friedensvertrags?"

„Es gibt *keinen Vertrag* mehr!", schrie Nigellus.

Sein Mittagsschlaf, nachdem Albigard seinen Geist beeinflusst hatte, hatte nicht das Geringste dazu beigetragen, die Kopfverletzung oder die Prellungen an seinem Körper zu heilen. Er kam trotzdem auf die Beine und fühlte sich unbehaglicher als ein Kaninchen, das mit einem Grizzlybären und einem Wolf in einem Gehege gefangen war.

„Ähm … hey, ihr zwei", stammelte er, ahnend, dass es die schlechteste Idee war, die er bisher gehabt hatte. Angesichts der jüngsten Ereignisse hieß das wirklich etwas. Er räusperte sich und fuhr fort. „Könnten wir vielleicht versuchen, uns *nicht* gegenseitig umzubringen, nachdem wir es gerade noch geschafft haben, die Welt zu retten?"

Nigellus schnappte den Kopf herum und fixierte Len mit einem Blick. Die Augen des Dämons loderten mit der orange-roten Intensität eines Lauffeuers. Irgendetwas daran wirkte auf ihn auf eine Weise, wie es die glühenden Vampiraugen noch nie geschafft hatten, sodass er am liebsten zurückgeschreckt wäre, bis er in der Wand verschwand. Glücklicherweise stand er bereits an besagter Wand, seine Schultern daran gepresst, um das Gleichgewicht zu halten. Andernfalls wäre er zurückgestolpert, weil sein Körper instinktiv versucht hatte, zu fliehen.

„Gute Idee", stimmte Albigard trocken und etwas atemlos zu.

Nach einem Moment riss Nigellus seine Hand von der Kehle der Fae weg und wirbelte durch den Raum, wobei er beiden den Rücken zuwandte. Albigard drehte seinen Hals vorsichtig in die eine und dann in die andere Richtung, als wolle er sich vergewissern, dass alles noch richtig saß.

Dhuinne hatte den letzten großen Krieg gegen die Dämonen gewonnen, wie Len zur Genüge wusste. Es war jedoch klar, dass der Sieg der Fae nicht auf einer physischen oder gar magischen Überlegenheit im Kampf beruhte – was, wie er annahm, eine Art Selbstverständlichkeit war, da ihre Feinde *buchstäblich nicht getötet werden konnten.*

Aber trotzdem hatte er gesehen, wie jeder Fae in der Nähe in schlecht verborgener Angst zusammengezuckt war, als Nigellus in St. Louis sein Flammenschwert ins Leben gerufen hatte. Und er hatte auch die Resignation in Albigards Gesicht gesehen, selbst als er den Dämon verbal weiter geködert hatte.

Wenn Nigellus Albigards Tod gewollt hätte, hätte er ihm den Kopf abreißen und ihn wie einen Fußball wegkicken können, und es gab nichts, was die Fae hätte tun können, um ihn aufzuhalten. Len war sich wirklich nicht sicher, ob er so etwas im Moment verkraften konnte, nicht einmal angesichts seiner seit Langem bestehenden Abneigung gegen Albigard.

Der Dämon hielt sich mit einer Hand am Türrahmen fest, seine Schultern hoben und senkten sich vollumfänglich, in einem langsamen Rhythmus von jemandem, der versuchte, sich wieder zu beherrschen.

„Wie ironisch", meinte Albigard säuerlich, „dass die letzten Worte der Blutsauger an dich in bitterem Zorn gesprochen wurden. Selbst für eine Höllenbrut wie dich muss das ein Schock sein."

Das Holz des Türrahmens zersplitterte unter Nigellus' Griff.

„Mein Gott!", fluchte Len. „*Albigard!* Das ist nicht hilfreich, verdammt!"

Albigard wirbelte zu ihm herum. „*Er sollte sie am Leben erhalten!*" Seine grünen Augen blitzten vor

Wut ... und etwas Tieferem, etwas Rohem, Trauer, die Len bisher nur in Ansätzen gesehen hatte.

Nigellus atmete scharf ein, doch als er sich umdrehte, waren seine Augen wieder Whisky-Braun statt Höllen-Rot, und sein Gesicht war in strenge Linien verzogen.

„In der Tat", sagte er heiser. „Ich sollte sie am Leben erhalten."

Angespannte Stille herrschte im Raum und Len sah von einem zum anderen und stieß einen langsamen Seufzer aus.

„Können wir ... einfach ... nach unten gehen und uns hinsetzen, um über die nächste Krise zu sprechen, die sich am Horizont aufbaut, bitte? Wir haben alle unvorbereitet zwei Menschen verloren und müssen erst einmal damit klarkommen." Er rieb sich die Augen und zog dabei eine Grimasse. „Und das Schlimmste ist, wenn Zorah und Rans uns jetzt sehen könnten, wären sie sicher nicht im Geringsten überrascht, dass wir einander anschrei-en, anstatt etwas Produktives zu tun."

Es dauerte einen Moment, bis Nigellus sagte: „Ganz recht", und sich umdrehte, um den Raum zu verlassen. Len folgte ihm, weil er davon ausging, dass Albigard mitkommen würde. Er tat es wider-willig und stakste einen Augenblick später in die Küche, als Len bereits damit beschäftigt war, Was-ser in einen Topf zu füllen, um Kaffee zu brauen. Nigellus setzte sich an den Tisch, während Albi-gard in der Tür stehen blieb und sich umschaute.

„Zorah hat mir einige Dinge über den Vertrag erzählt", begann Len, während er den Kaffee ab-maß und dabei versuchte, seine Stimme ruhig zu halten. „Aber nicht alles. Hatten die Fae nicht ursprünglich vor, sie zu töten, weil sie den Vertrag irgendwie gebrochen hat?"

Nigellus kniff sich in den Nasenrücken und rieb sich die Augen. Es war eine sehr menschliche Geste.

„Die Dämonen haben die Kontrolle über die Erde und die Menschheit an die Fae abgetreten, als wir um Frieden baten", erklärte er. „Es war, kurz nachdem die Fae ihre neueste magische Waffe eingesetzt hatten – die, die alle Vampire zerstörte."

„Nicht *alle* Vampire", sagte Albigard scharf.

„Nein", stimmte Nigellus ruhig zu. „Du hast natürlich recht. Ich hatte gerade zeitig genug die Vorwarnung erhalten, um Ransley Thorpe in Sicherheit zu bringen und in der Hölle zu verstecken, bevor die Waffe auf der Erde zum Einsatz kam. Trotzdem war es der entscheidende Schlag im Krieg – das Todesurteil für die militärische Strategie der Hölle."

Albigard schürzte die Lippen. „Die Dämonen haben zugestimmt, sich auf der Erde nicht einzumischen, im Austausch für die Klausel, die besagt, dass der letzte verbliebene Vampir nicht getötet wird", fuhr er fort. „Es hätte ihnen schließlich nicht gedient, den einzigen noch lebenden Vampir zu verlieren. Nicht, wenn sie sein Blut eines Tages brauchen könnten, um eine neue Armee von Blutsaugern zu schaffen."

Die Bosheit hinter den Worten war offensichtlich, aber der Dämon ging nicht darauf ein.

„All dies hat jedoch nichts mit deiner Frage nach Zorah zu tun", sagte Nigellus. „Dämonen können sich nicht fortpflanzen. Seit Anbeginn der Zeit ist unsere Zahl unverändert geblieben. Wir gebären nicht, wir sterben nicht. Doch es ist einigen Mitgliedern unserer Art – den Sukkubi und Inkubi – möglich, das menschliche Fortpflanzungssystem zu benutzen und Hybriden zu erzeugen. Wie du dir vorstellen kannst, sind die Fae der Ansicht, dass solche Versuche unter die Ägide der Einmischung auf der Erde fallen. Sie stellen daher eine Vertragsverletzung dar."

„Aber Zorah war zum Teil Dämonin", sagte Len. „Das heißt …"

„Zorahs Mutter war ein Hybrid", klärte Nigellus auf. „Ein Cambion – halb Inkubus und halb Mensch – gezeugt von einem Dämon, der den Krieg neu aufflammen lassen wollte. Sie wurde von einem Agenten der Fae getötet, aber nicht bevor sie selbst ein Kind gezeugt hatte – ein Kunststück, das unter normalen Umständen nicht möglich gewesen wäre. Dennoch geschah es, und Zorah schaffte es, eine Zeit lang unter dem Radar zu fliegen, wie die Menschen so schön sagen. Als die Nachricht von ihrer Existenz schließlich kursierte, wurden die Dinge sehr schnell äußerst unangenehm für sie."

„Aber der Krieg *wurde nicht* wieder angefacht", warf Len ein.

Albigard schnaubte. „Es wäre fast passiert. Ransley Thorpe kam nach Dhuinne, bevor die Dämonin hingerichtet werden konnte, und band ihre Seele mit gestohlener Dämonenmagie an die seine. Damit stellte er sicher, dass, wenn sie starb, auch er sterben würde."

„Und das war auch eine Vertragsverletzung", stellte Len klar. „Verdammt. Das war ..."

„Gerissen?", schlug Albigard vor.

„Ich glaube, ‚selbstmörderisch leichtsinnig' ist der passendste Ausdruck." Nigellus zuckte mit den Schultern. „Wie auch immer, am Ende haben beide Seiten beschlossen, das ganze peinliche Chaos unter den Teppich zu kehren. Und das ist in der aktuellen Krise nicht gerade hilfreich."

„Ist es nicht?", verlangte Len und versuchte bei der Erinnerung daran, dass Zorah und Rans jetzt tot waren, den Schmerz in seiner Kehle zu verdrängen. Er hasste es, dass er seine eigene Wirkung auf die Jagd nicht rechtzeitig herausgefunden hatte, um sie zu retten. Wenn er doch nur vor ihnen gestanden hätte, als die Jagd zuschlug, anstatt sich außer Schussweite zu verstecken.

Er schluckte schwer. „Du hast die Vertragsverletzungen einmal ignoriert. Warum nicht ein zweites Mal?"

Der Dämon seufzte. „Die Fae könnten bereit sein, über meine Beteiligung hinwegzusehen, wäre da nicht ein wachsender Anteil unter den Unseelie, die darauf aus sind, den Status quo auf den Kopf zu stellen ... wie sie es kürzlich in Stonehenge beinahe geschafft hätten. Doch die Dämonen werden nicht so nachsichtig sein, wenn es um Verlust von Ransley Thorpes durch eine Fae geht."

„Ich wüsste nicht, warum", sagte Albigard säuerlich. „Du hast immer noch einen Vampir übrig, wenn du ihn überreden kannst, nach deinen Regeln zu spielen."

Len wusste, dass es sich bei dem fraglichen Ersatzvampir um Guthrie Leonides handelte, seinen ehemaligen Boss, der sich derzeit an einem geheimen Ort mit Vonnie Morgan und den magiebegabten Kindern aufhielt, die die Fae für ihre eigenen ruchlosen Zwecke entführt hatten. So wie er seinen ehemaligen Arbeitgeber kannte, konnte Len mit ziemlicher Sicherheit vorhersagen, dass ‚nach deinen Regeln spielen‘ *nicht* seine Reaktion sein würde, wenn er gebeten wurde, die wandelnde Vampir-DNA-Blutbank für eine Gruppe von Dämonen zu sein.

„Darum geht es nicht", erwiderte Nigellus. „Aber du kannst dir sicher sein, dass ich Mr. Leonides unter diesen Umständen genau im Auge behalte."

„Also … was dann?", drängte Len. „Die metaphorischen Bomben werden bald wieder fliegen, und die Menschheit wird am Ende noch mehr im Arsch sein, als wir es ohnehin schon sind?"

Der Dämon zögerte.

„Er hat es dem Rat noch nicht gesagt", meinte Albigard.

Len blinzelte, als es ihm dämmerte. „Richtig. Okay. Also … das ist doch gut, oder? Aber was ist mit den Fae? Ist es wahrscheinlich, dass sie halb gespannt handeln werden?"

„Halb … *gespannt*?", wiederholte Albigard und runzelte verwirrt die Stirn.

„Das ist eine Anspielung auf Feuerwaffen", erklärt Nigellus. „Wenn der Spannmechanismus nicht vollständig in Position ist, ist die Waffe nicht schussbereit. Sollte sie trotzdem losgehen, ist sie für den Träger gefährlicher als für das beabsichtigte Ziel."

„Ah, ich verstehe." Albigard warf Len einen Seitenblick zu. „Ich wage zu behaupten, dass meine Leute intern versuchen werden, die Angelegenheit zu klären, bevor sie nach Gründen suchen, einen Krieg wieder aufzunehmen, den sie bereits gewonnen haben."

Ein Teil der Anspannung löste sich von Lens Schultern. „Gut zu wissen." Er holte tief Luft und machte sich bereit, sich weiter mit einem Thema zu beschäftigen, über das er lieber gar nicht nachdenken wollte. „Nächste Frage. Wenn der Tod von Rans und Zorah für die Dämonen eine so große Sache ist, warum hast du ihnen dann noch nichts davon erzählt?"

Nigellus' Augen spiegelten die Last mehrerer Jahrhunderte wider, als er Len ansah. „Glauben Sie, ich will einen Krieg wieder aufnehmen, der bereits so viel Zerstörung auf allen Seiten verursacht hat, Mr. Grayson?"

Len verspürte kurz einen irrationalen Drang, Nigellus zu sagen, dass ‚Mr. Grayson' sein Vater war und er ihn bitte nie wieder mit diesem Namen ansprechen sollte. Irgendwie konnte er sich aber nicht vorstellen, dass ihn der mächtige Schicksalsdämon bei seinem Vornamen nannte ... also zwang er sich, darüber hinwegzukommen.

„Für jemanden, der behauptet, keinen Krieg zu wollen", stichelte Albigard, „hast du ziemlich viel investiert, um die Mittel für den Aufbau einer neuen Armee zu sichern."

Nigellus' durchdringender Blick richtete sich auf die Fae. „Die Aussicht auf eine weitere Vampirarmee ist als mögliche Abschreckung gedacht, nicht als Provokation."

Albigard hob scharf eine Augenbraue. „Ich versichere dir, dass der Fae-Court das nicht so sieht."

Der Dämon machte eine abweisende Geste mit einer Hand. „Der Fae-Court hat im Moment seine eigenen Probleme, wie du bereits erwähnt hast."

„Das ist aber immer noch keine Antwort", sagte Len. „Ich meine, ich nehme an, die Dämonen werden eher früher als später von diesem Schlamassel erfahren, oder? Aber du versuchst immer noch, es vor ihnen zu verheimlichen." Und dann richtete er sich auf und fragte: „Was ist da eigentlich passiert? Was ist schiefgelaufen? Zorah sagte, du hättest schon früher Leute von den Toten zurückgeholt – auch Rans."

„Auch ich hätte auf diese Frage gerne eine Antwort", sagte Albigard.

Len schenkte zwei Tassen Kaffee ein – er wusste, dass Albigard das Zeug nicht mochte – und stellte eine davon vor Nigellus auf den Tisch. Der Dämon ignorierte sie und ein Ausdruck der Frustration glitt für einen Moment über seine Gesichtszüge, bevor er eine neutrale Miene aufsetzte.

„Ihre Seelen wurden mir im Augenblick des Todes entrissen", erwiderte er. „Ich hätte so etwas nicht für möglich gehalten ... aber die *Wilde Jagd* riss sie fort und schleuderte sie in ein Reich, das ich nicht erreichen kann."

„Die *endlose Leere*", hauchte Albigard und wurde bleicher, als er ohnehin war.

Nigellus hob eine Schulter und ließ sie fallen. „Ein Reich außerhalb der Reichweite meiner Kräfte, wie auch immer ihr es nennen wollt. Ganz gleich, wie viel Animus ich in die Körper kanalisiere, sie werden in Abwesenheit ihrer Seelen unbewohnt bleiben."

Albigard schloss die Augen und der Ausdruck intensiven Nachdenkens straffte seine hageren Gesichtszüge. Als er sie wieder öffnete, hatten sie ein manisches Glitzern, das Len die Nackenhaare zu Berge stehen ließ.

„Wenn du eine Sondergenehmigung für einen Besuch in Dhuinne erhalten könntest", begann er. „Wenn du die Jagd aufsuchen könntest, jetzt, da sie wieder unter Kontrolle ist ... könntest du ihre Seelen aus der Leere zurückholen? Sie sind Vampire. Ihre Körper können immer noch heilen, selbst nach einer langen Zeit des physischen Todes. Wenn du ihre Seelen zurückholen könntest ..."

„Die Jagd ist nicht *unter Kontrolle*", erwiderte Nigellus schroff. „Und sie ist nicht in Dhuinne."

Albigard zuckte zurück, als hätte ihn ein Schlag getroffen. Len spürte, wie ihm ein kalter Schauer über den Rücken lief.

„Was meinst du damit, sie ist nicht in Dhuinne?", fragte die Fae. „Wir haben den Riss im Schleier geschlossen. Wo sollte sie sonst sein?"

„Das ist eine Frage für die Sidhe", meinte Nigellus, wobei sich wieder Wut in seinen Tonfall einschlich. „Die Cu-Sidhe, die die Konfrontation in St. Louis überlebt haben, kehrten sofort zurück, nachdem der Riss geschlossen wurde. Und die Katzensidhe berichtete, dass sie keine Spur der Jagd im Reich der Fae finden konnten. Offensichtlich war sie auf den Geschmack gekommen, andere Reiche zu besuchen, in denen es einfacher ist, Lebewesen zu töten und Seelen zu ernten. Es scheint wahrscheinlich, dass die Jagd durch eine weitere Schwachstelle im Schleier ausgebrochen ist. Wo sie gelandet ist, ist nur eine Vermutung."

Len spürte, wie sein Puls zu rasen begann. „Du meinst, sie ist irgendwo auf der Erde?"

Er musste an all die Orte auf dem Planeten denken, an denen niemand ein Areal des Todes bemerken würde, das sich immer weiter ausbreitete. Orte, die so abgelegen waren, dass die Jagd sich ernähren und fressen und fressen konnte, ohne dass die Menschen es bemerkten, bis es viel zu spät war.

„Vielleicht", sagte Nigellus. „Oder vielleicht ist die Jagd in einer parallelen Dimension aufgetaucht, von der noch nie jemand etwas gehört hat. Der Punkt ist, dass sie außerhalb meiner Reichweite liegt, also ist es egal, ob ich die Leere irgendwie überwältigen kann, um die Seelen von Ransley Thorpe und Zorah Bright zurückzuholen." Er spuckte die Worte aus, als hätte jedes einzelne eine scharfe Kante.

Albigard wirkte immer noch erschüttert, ganz abgesehen davon, dass ihm die Worte fehlten, was für Len ein ungewohnter Anblick war.

Der Dämon warf ihm einen harten Blick zu. „Dhuinne gerät aus den Fugen, Albigard von den Unseelie. Und viele deiner Familie scheinen mehr darauf bedacht zu sein, ihr sinkendes Schiff zu verlassen, als das Problem anzugehen, bevor es unwiderruflich auf die anderen Reiche übergreift. Wir haben von der Wiederaufnahme des Krieges gesprochen, aber wenn Dhuinnes magisches Ungleichgewicht ungehindert fortschreitet, wird der Krieg wie ein sanfter Regen erscheinen, bevor der Orkan kommt."

Albigard holte tief Luft, als wollte er antworten, aber die Worte erloschen, bevor sie seine Lippen erreichten.

„Ich muss bald aufbrechen, um die Leichen an einen Ort zu bringen, an dem sie nicht gefunden werden können und nicht zu Schaden kommen", fuhr Nigellus fort. „Aber ich kann die Situation nur so lange verheimlichen, bis die Nachricht die falschen Ohren erreicht. Und wenn das geschieht – auch wenn ich ein Schicksalsdämon bin –, habe ich nicht die leiseste Ahnung, was als Nächstes passieren wird."

KAPITEL
DREIUNDZWANZIG

GETREU SEINEM WORT verließ Nigellus kurz darauf das Haus. Unmittelbar danach machte Albigard auf dem Absatz kehrt, ging zur Hintertür und ließ Len mit seinen Geistern allein.

Er hatte damit gerechnet, dass Zorah und Rans jetzt unter ihnen sein würden … aber nein. Es waren immer noch Yussef und Rosa, Wild Bill und der Kerl, der auf der Toilette am Busbahnhof gestorben war und dessen Namen Len nie erfahren hatte. Und all die anderen bekannten Gesichter, die ihr Leben unter seinen Händen verloren hatten, als er noch geglaubt hatte, er sei unfehlbar.

Len betrachtete sie mit neuen Augen und versuchte, sie als das zu sehen, was sie laut Albigard waren. *Echos.* Vielleicht ungenutztes Potenzial. Lebenskraft, die vergeudet worden war, als sie hätte genutzt werden können, und die sich irgendwie an ihn geheftet hatte wie ein Mantel, den er nicht tragen wollte und von dem er nicht wusste, wie er ihn loswerden konnte.

Doch ihre Anwesenheit hatte ihm das Leben gerettet, als die Jagd in St. Louis hinter ihm her gewesen war. Sein ungewollter Mantel war am Ende eine Rüstung gewesen.

Er befeuchtete seine Lippen, sah jede Geistergestalt an und zwang sich, sie wirklich zu sehen, ohne sie wegzublinzeln. Dieses Mal fühlten sich ihre leeren Blicke nicht anklagend an. Sie waren leer, weil sie keine Menschen mehr waren. Sie waren auch keine Seelen. Dessen war er sich jetzt sicher. Wenn die *Wilde Jagd* einem mächtigen Dämon wie Nigellus Rans' und Zorahs Seelen entreißen konnte, würde sie auch Len seine Geister nehmen können.

Doch sie hatte es nicht getan. Stattdessen war sie zurückgewichen.

„Es tut mir leid, dass ihr gestorben seid", hauchte er ihnen zu, wohl wissend, dass diese Worte nur für ihn selbst waren, um sein schlechtes Gewissen zu bereinigen. „Ich wünschte, ich wüsste, was ich mit euch machen soll. Vielleicht finde ich es eines Tages heraus. Jedenfalls danke, dass ihr mich beschützt habt, falls das wirklich so passiert ist."

Damit verließ er die Küche, wohl wissend, dass er sie nicht wirklich zurücklassen würde. Die Terrassentür stand offen und Insekten und die kühle Nachtbrise drangen ins Haus. Es schien weniger eine bewusste Entscheidung zu sein, das Haus zu lüften, als die unbedachte Geste von jemandem, der nur daran interessiert war, einer unangenehmen Situation so schnell wie möglich zu entkommen.

Albigard war nicht im Garten. Draußen war es völlig dunkel, bis auf das schwache Licht des abnehmenden Mondes, aber Len ging trotzdem den Trampelpfad hinunter, der in den Wald führte.

Vielleicht hätte er der Fae ihren Freiraum lassen sollen, aber selbst die Aussicht auf seine prickelnde Gesellschaft war besser als die Nacht ganz allein zu verbringen, wenn man bedachte, in welcher Stimmung Len gerade war. Die Trauer und gleichzeitig die Hoffnung auf ein Wunder und eine kaum zu bändigende Angst um die menschliche Art würde ihn in den Wahnsinn treiben.

Tatsächlich fand er Albigard auf einer kleinen Lichtung stehen und zu den Sternen hinaufschauen.

„Wie geht es deinem Hals?", fragte Len, wobei er der Frage genau die richtige Portion Sarkasmus beifügte.

„Ich warte darauf, dass sich die Schlinge darum legt", antwortete die Fae in etwa demselben Ton. „Warum bist du hier?"

„Weil meine Freunde tot sind, ich von Geistern umgeben bin, die keine richtigen Geister sind, und die Welt offenbar immer noch untergeht. Aus irgendeinem seltsamen Grund ist es nicht sehr reizvoll, jetzt allein in dieser Gruft von einem Haus zu sein", antwortete Len mit schonungsloser Ehrlichkeit. „Ich kann mir gar nicht vorstellen, warum. Glaubst du wirklich, dass Nigellus sie noch zurückbringen kann?"

„Ich weiß es nicht." Albigard bewegte sich nicht, seine Aufmerksamkeit war immer noch auf den Himmel gerichtet, der sich schwer auf sie niedersenkte.

„Und ... was jetzt?", drängte Len. „Ich trampe zurück nach St. Louis und du versteckst dich hier in deinem unsichtbaren Haus?"

„Zum ersten Teil kann ich nichts sagen", antwortete Albigard monoton. „Was den zweiten Teil betrifft, so habe ich darüber nachgedacht, was geschehen würde, wenn ich nach Dhuinne zurückkehren würde."

Len versuchte, seinem Gedankengang zu folgen. „Nun … ich meine … du würdest sterben, richtig? Das ist wohl das Wesentliche."

„Das ist möglich", meinte die Fae und nickte. „Aber die Jagd ist derzeit nicht in Dhuinne, wenn man dem Dämon glauben kann. Meine Anwesenheit dort könnte sie zurücklocken, und vielleicht könnte sie dann irgendwie unter Kontrolle gebracht werden."

„Und dann kann Nigellus vielleicht sein Dämonen-Mojo einsetzen und die zwei zurückholen?", fragte Len aufgeregt. „Nur gibt es in deinem Plan zwei grundlegende Haken. Erstens verfolgt sie dich vielleicht gar nicht mehr."

„Sie kam nach St. Louis, um mich zu verschlingen", sagte Albigard.

„Das weißt du nicht", argumentierte Len. „Es war ziemlich absehbar, dass sie so oder so dorthin zurückkehren würde. Deshalb hatten wir es ja auch so eilig, den Schaden zu beheben. Der Zeitpunkt könnte reiner Zufall gewesen sein."

Albigard verzog spöttisch die Lippen.

„Und wie ich schon sagte", fuhr Len fort. „Es gibt einen weiteren Haken. Nämlich, dass sie, wenn du recht hast und sie dich verfolgt, dich töten wird, wenn sie dich im Reich der Fae in die Enge treibt. Das hast du uns allen von Anfang an gesagt. Es gibt dort vor der Jagd kein Entkommen."

„Hast du eine bessere Idee, *Mensch?*", schoss Albigard zurück.

„Nein", antwortete Len ehrlich. „Ich weise nur darauf hin, dass deine Idee nicht sehr gut ist, das ist alles."

Die Fae gab ein Geräusch von sich, das zwischen abweisend und verärgert lag.

Len seufzte. „Hör zu. Komm einfach wieder zurück ins Haus. Ich mache etwas zu essen, und dann können wir versuchen, uns etwas anderes einfallen zu lassen. Es muss einen besseren Weg geben, die Sache anzugehen, und ich kann mich ehrlich gesagt nicht daran erinnern, wann ich das letzte Mal etwas zu mir genommen habe. Ich habe das schreckliche Gefühl, dass es diese Auberginen-Lasagne mit dem ekelhaften salzigen Sojakäse war."

Er hörte ein leises Schnauben, konnte es aber kaum deuten. Es klang … vielleicht ein bisschen erbaulicher als ein Grunzen. Len ging den Weg zurück, den er gekommen war, und wandte sich vorsichtig den Pfad entlang, während die Äste über ihm das fahle Mondlicht verdeckten.

Nach einem Moment hörte er ein tieferes Seufzen hinter sich, und ein zweites Paar Füße knirschten durch das Unterholz aus Zweigen und heruntergefallenen Blättern.

Auf der anderen Seite der Lichtung, hinter den unsichtbaren Mauern des Schutzzaubers, drang eine dunkle Nebelranke durch einen winzigen Riss in der Realität. Wildblumen wurden schwarz und sanken unter der Berührung zu Boden. Ihr Hinscheiden war in der Nacht vom Waldesrand aus nicht zu sehen.

Ende des Buch Eins

Willst du erfahren, wie es weitergeht? Hol dir
Verstoßene Fae: Buch Zwei!

Weitere Bücher dieses Autors finden Sie unter
www.rasteffan.com

www.ingramcontent.com/pod-product-compliance
Lightning Source LLC
Chambersburg PA
CBHW010539170726
48285CB00008B/2681